新潮文庫

ふたりの本多

家康を支えた忠勝と正信

早見　俊著

新潮社版

11775

目次

ふたりの本多

家康を支えた忠勝と正信

第一章　遺恨の萌芽《ほうが》——三河一向一揆《いっこういっき》

一

永禄《えいろく》六年（１５６３）十月、三河の国は連日の雨模様だ。

冷たい雨が降り籠《こ》める中を本多弥八郎《やはちろう》正信《まさのぶ》と三弥左衛門《みつやざえもん》正重《まさしげ》兄弟は三十人ばかりの家臣と共に碧海《へきかい》郡上野城に入城した。正信、正重は馬に乗っているが、家臣たちは徒歩である。

本丸御殿の一室に通された正信と正重は雨と泥にまみれた甲冑《かっちゅう》を脱ぎ、鎧《よろい》直垂《ひたたれ》姿となった。湯漬けが用意されており、二人はそれを無言で平らげた。冷えた身体《からだ》には何よりの馳走《ちそう》だ。身体が温まり空腹も満たされたところで女中が酒と肴《さかな》を持って来た。お酌をしようとした女中を正信は無用と断った。女中が出て行ってから正重が瓶子《へいし》を持ち上げ、正信が手にした杯に酒を注いだ。

「よく降るのう」

正重は天井を見上げた。屋根を打つ雨音が強くなる。

正信は無言で酒を飲む。

正信は数え二十六ながら落ち着いた物腰のせいか、十ばかりは年長に見られる。月代《さかやき》は剃《そ》らず茶筅髷《ちゃせんまげ》を結い、鼻筋の通った面差しには顎髭《あごひげ》を蓄えていた。杯を見る目は三白眼だ。

「兄じゃ、どうして上野城なのだ。上宮寺《じょうぐうじ》か勝鬘寺《しょうまんじ》、あるいは本證寺《ほんしょうじ》に駆け込むのが順当であろう」

食ってかかるように正重は問いかけた。

七つ下の正重は血気盛んの若武者、大きく剃った月代が青々と光っている。若いと侮《あなど》られないよう大きな鷲鼻《わしばな》の下には八文字髭を蓄え、手入れを怠らない。もちろん武芸の稽古《けいこ》にも熱心で暇があれば鑓《やり》を振るっている。

「上野城は岡崎城の北、刈谷《かりや》城の東に位置する。岡崎城を北から脅《おびや》かし、岡崎城と刈谷城を分断するに好都合じゃからのう。それに、寺々には一向宗徒が数多《あまた》集まっておる。わしらが加わることもあるまい」

淡々と正信は答えた。

「兄じゃ得意の軍略か……そうじゃな、言われてみればもっともだ」

納得した正重が返したところで、小者たちが正信と正重の荷物を運んで来た。肌着や着物の他、多数の書物がある。いずれも正信が愛読する、「孫子」や「六韜《りくとう》」「呉子」といった兵法書だ。正信は兵法書を読み耽《ふけ》り、様々な軍略を練るのを無上の喜びとしていた。

兵法書を運んできたのは権次郎《ごんじろう》という小者だ。年齢不詳、駿河《するが》からの流れ者で、胴丸具足を身に着けた身体は貧相だが健脚である。また、ぬぼっとした風貌《ふうぼう》ながら機転が利《き》くのを買って正信は権次郎に物見をさせたり、方々への連絡役に使っている。日に二十里を行く韋駄天《いだてん》ぶりは忍びだったという過去を想像させるが、そのことを正信は確かめていない。

「旦那《だんな》さま、兵法書、一冊も漏らさず持って来ただよ。念の為《ため》、確かめるかね」

駿河訛《なま》りで権次郎は言った。

「いや、おまえを信用する」

正信が返すと権次郎はぺこりと頭を下げて立ち去った。

今回、これらの書物で練った軍略が試される時が来たのだ。

事の発端は先月のことだった。

岡崎城主松平家康《いえやす》配下の将、菅沼定顕《すがぬまさだあき》が碧海郡佐崎の上宮寺から籾米《もみごめ》を黙って持ち出すという事件が起こった。上宮寺は浄土真宗本願寺教団、いわゆる一向宗に属する。菅沼定顕の振る舞いに激怒した一向宗の門徒たちは菅沼屋敷に乗り込み、乱暴狼藉《ろうぜき》を働いた上に食料や農具を略奪した。

この一件はそれだけでおさまらず、菅沼定顕の主《あるじ》である松平家康と三河国内の一向宗徒の対立に発展した。

三河における一向宗は、応仁《おうにん》二年（１４６８）に蓮如が碧南《へきなん》に道場を開いたことがきっかけとなり広まった。その後、上宮寺や針埼《はりさき》の勝鬘寺、野寺の本證寺が中心となり西三河一帯に門徒を得ていった。この三つの寺は三カ寺と呼ばれ、多くの末寺を抱えているから、菅沼とのいさかいの際、上宮寺が呼びかけるとたちまち千人を超す門徒が集まった。

また、三カ寺は不入権を持っていた。この不入権は領主権力が及ばない権利、つまり、年貢《ねんぐ》や諸役は免除され、領主が無断で寺域に押し入ることができない特権である。不入権の内、年貢、諸役免除に魅力を感じ寺域内で商いをする者も多く、堀で囲まれた寺域は寺内町を形成し、三カ寺の堀内には千軒以上の商工業者が暮らしていた。

さながら三河国内における独立した町で、三河全土の平定を進める家康にとってはいつかは対決しなければならない大勢力となっていた。

菅沼定顕の籾米強奪騒動は西三河を二分する騒乱を招いた。西三河の領民の半分が一向宗徒、そして松平家中の武士にも門徒は多い。本多正信、正重兄弟も一向宗を信仰しており、二人のように主の家康ではなく、一向一揆側に味方する者も珍しくなかった。

「本多の本家は家康さまにお味方するようじゃな」

正信は言った。

「兄じゃは本家、本家というが、それがなんだ。戦国の世だぞ。先祖で飯が食えるか。ものを言うのは鑓働きよ」

正重は息巻いた。

武功を挙げた者が偉い、と常日頃から正重は言っているが、その言葉の裏には本多本家への強い対抗意識がある。

三河本多家は平安時代中期の関白太政大臣《だじょうだいじん》藤原兼通を祖としている。兼通の流れを汲《く》む末裔《まつえい》が三河に土着し、松平家に仕えるようになった。正信、正重兄弟の本多家は分家である。

正重の主張に正信は反応せず、黙ったままぐいと酒を飲んだ。そんな兄を見て正重は舌打ちをしてから更に語りかけた。

「これはな、阿弥陀如来《あみだにょらい》が下さった好機かもしれんぞ」

正重は手で正信の肩を揺さぶった。

椀《わん》の酒が零《こぼ》れて正信は顔をしかめたものの、

「好機とは……」

いきり立つ正重に対し、間延びした口調で問い直した。

「本家の奴《やつ》らを見返すのだ。平八郎の首を挙げてやろうぞ。若造の分際で本家面《づら》されてたまるか」

平八郎とは本多忠勝《ただかつ》、数え十六ながら皆から一目置かれている若武者だ。天文十七年（１５４８）に忠勝は生まれたが、翌年に父忠高《ただたか》が討死を遂げてしまう。織田信長《のぶなが》の庶兄信広《のぶひろ》が守る三河安祥城《あんじょうじょう》攻めに参陣し、敵の矢を眉間《みけん》に受けるという壮絶な最《さい》期《ご》であった。

赤子であった忠勝は叔父の忠真《ただざね》に養育され、三年前の永禄三年（１５６０）桶狭間《おけはざま》の戦いで初陣《ういじん》を遂げた。当時今川配下の武将であった家康に従い、尾張における今川方の前線基地、大高城に兵糧《ひょうろう》を運び入れる役目に加わったのである。

忠勝を若造と蔑《さげす》んでいるが正重とは三歳しか違わない。それだけに負けたくない、という意識が強いのだろう。

「兄じゃ、聞いておろう。桶狭間の合戦の時、平八郎は怖じ気づきおって危うく討ち取られそうになったそうじゃ。叔父の忠真に助けてもらって命拾いをしたそうだぞ」

　正重は忠勝をこき下ろした。

　戦慣れしていなかった忠勝は、敵味方入り乱れての白兵戦で馬から落ち、危うく敵の餌食《えじき》になるところを忠真に救われた。忠勝の危機を見て取った忠真の咄嗟《とっさ》に投げた鑓が敵を刺し貫き、忠勝は命拾いをしたのだ。

　忠勝は忠真の機転に救われたのである。

　己が危難を失態と受け止めた忠勝であったが、その後、総大将今川義元《よしもと》が討たれ、今川軍が大敗を喫するという予想外の事態に及び、初陣を飾れなかった恥辱と後悔は吹き飛んでしまった。

　忠勝の初陣となった桶狭間の戦いは主君松平元康《もとやす》（家康）と家臣たちの運命を大きく変えた。義元の討死を機に元康は今川家から独立し、本拠である岡崎城に帰還した。松平家を支えてきた本多一族も悲願であった元康の岡崎城帰還に結束を強めた。

　西三河には織田方の砦《とりで》、城が散在していた。元康は今川家に、義元亡《な》き後のいま織田からの防波堤となって三河を守る、という名目を掲げて、今川家を裏切るものではないという姿勢を示しながら、岡崎城を拠点に西三河の平定に乗り出した。

　岡崎城に戻った時、元康は数え十九であった。十九の若き城主にしてはしたたかな対処である。元康は西三河平定を進める中、義元の後を継いだ氏真《うじざね》に再三援軍を求めた。今川の為に織田と戦っているのだ、と書面で嘆願したのだが氏真は無視し続けた。

　元康は今川が後ろ盾として頼りにならない、と判断し織田と盟約を結んだ。元康に幸運だったのは、信長が西三河に残した砦、城には関心を示さず、美濃《みの》に野望を向けたことだった。それが織田と松平を結びつける土台となった。

　氏真は元康が織田に寝返ったと激怒したが、元康は今川と断交し、今年の七月には元康を家康と改名した。元康は今川義元の、「元」を与えられた偏諱《へんき》であり、その「元」の字を変えることで名実共に今川家からの独立を宣言したのである。

　西三河の主要部分を平定し、今川の勢力が残る東三河平定に取り掛かった矢先に起きたのが一向宗徒による一揆である。

　家康の家臣団の中にも一向宗門徒が多く、一向一揆が三河平定ばかりか家臣団の分裂という危機をもたらしたのだ。

「平八郎は、十三で初陣をしたのじゃ。鑓働きができなくても当然じゃろうて」

　やんわりと正信は言葉を返した。

「兄じゃ、平八郎を庇《かば》ってどうするのだ。あいつはな、一向宗の門徒であったのに、家康さまに媚《こ》びを売って浄土宗に改宗したのだぞ。家康さまが信仰する浄土宗にな。阿弥陀如来を裏切った罰当たりじゃ」

正重は忠勝への罵倒《ばとう》を止《や》めようとしない。

「平八郎には平八郎の考えがあるのじゃろう」

尚《なお》も正信が庇うと、

「兄じゃは人が好《よ》いのう」

呆《あき》れたように正重は苦笑した。

ふたりにとって問題なのは、忠勝より家康である。

「家康さまはどうされるかのう。松平家中は割れてしまった。西三河には一向宗の門徒が多い。領民の半分は一向宗を信仰しておるのだ。せっかく、平定が進んだというのに実りを捨てるような戦を続けるのか……。下手をすれば戦は長引く。そうなれば東三河平定どころか、今川に攻めこまれるぞ」

松平家の家臣の多くが一向宗徒についている。蜂屋《はちや》半之丞《はんのじょう》貞次《さだつぐ》、渡辺半蔵守綱、夏目吉信《よしのぶ》、内藤清長、加藤教明《のりあき》等々、思いつくだけでも松平家を支える土豪、武将たちの多くが一揆側についている。

また、西三河で家康に敵対する東条城城主吉良《きら》義昭《よしあき》、八ツ面城主荒川義弘《よしひろ》、そしてここ上野城の城主酒井忠尚《ただなお》も一向宗徒でもないのに、家康打倒の好機と一揆勢に味方している。

正重が続ける。

「石川康正《やすまさ》殿は一揆にお味方したが、ご子息の数正《かずまさ》殿は平八郎と同じく浄土宗に改宗して家康さまについたな。親子の仲を裂くとは、家康さまは、まことに罰当たりなことよ」

正重は、「罰当たり」が口癖となってしまっている。

「人質の身から岡崎に戻り、今川の頸木《くびき》から解き放たれたというのにな」

家康の身を案ずるように、正信は格子《こうし》の隙間《すきま》から覗《のぞ》く雨空を見上げた。

「申しては悪いが、家康さまは、戦上手と評判であったが、今回のように目先のことにしか頭が回らないのは大将の度量に欠けるとも申せるのではないか」

好き勝手に放言する正重に、

「そうかのう……」

正信は視線を正重に向けた。

正重は見返して持論を展開する。

「目先の兵糧欲しさに一向宗徒の反感を買った挙句にこの様だ。些《さ》細《さい》な兵糧欲しさがきっかけで、松平家中ばかりか、三河の領民半分を敵に回したのだ。大所高所に立った軍略の立てられないお方よ」

「確かに今回の騒動は家康さまが兵糧に拘《こだわ》ったことに起因するかもしれん。しかし、上宮寺側も兵糧騒動に関係のない一向宗徒にまで働きかけて菅沼屋敷に押し入るとは、いささか軽率であった」

　という正信の意見に、

「それは信仰を守る為だ。上宮寺、勝鬘寺、本證寺には不入の権があるのだ。不入の権が侵されれば立ち上がるのは当たり前だ」

　あくまで家康に問題があったと正重は主張した。

「今回の騒動は上宮寺からすれば信仰や不入の権を守らんとする一揆であろう。それでも、そこに驕《おご》りもあったのではないか。自分たちには何人もひれ伏さねばならぬとな」

　ぼそぼそと正信は異を唱えた。

「阿弥陀如来にはひれ伏すのが当然ではないか」

「阿弥陀如来には……じゃ。寺に従うのではない」

　正信は右手をひらひらと振った。

　正重は持て余すように肩をそびやかし、

「どうも、兄じゃは理屈っぽくていかんぞ。物事は素直に考えるべきではないか」

　それでも正信はとくとくと持論を展開した。

「家康さまは西三河の平定を終えたなら、東三河に兵を進める、つまり、三河一国を統《す》べようとしておられる。永年に亘《わた》り、三河は織田と今川に侵され続けてきた。家康さまは三河を松平の国にしようと奮闘しておられるのじゃ。その大きな目的の為に織田と盟約を結んだ」

「それがどうした。織田と盟約を結んだから今川と敵対してしまったではないか。義元公亡き後でも今川は強大だ。信長はまぐれで義元公を討ち取ったが、この先どうなるかわかったものではない。家康さまは信長と共倒れになるかもしれんぞ」

　あくまで正重の家康評は低い。

「まぐれではない」

　ぼそっと正信は返した。

「なんじゃと」

「信長が義元公を討ち取ったのはまぐれではない、と申したのだ。わしは、信長を恐ろしい大将じゃと思う。信長の考えておることは、わしらの考えの内にはないようなことじゃ」

　これまでと一変し、流暢《りゅうちょう》になった正信の口調に正重は口を閉ざした。

「信長は桶狭間で今川に勝った後、三河に積極的に攻めてこなかった。専《もっぱ》ら、美濃に向かっておる。並の大将なら、他国を侵す上でまず弱い地を攻め取るものじゃ。信長にとっての弱い地とは三河に他ならない」

　桶狭間の戦いの直後、三河は混乱状態にあった。西三河は織田方の砦、城が多くあり、織田に誼《よしみ》を通じる土豪も多い。尾張との国境に近い三河刈谷城主水野信元《のぶもと》は、桶狭間の戦い以前から信長についていた。義元を討ち取った余勢を駆って、信元を先兵に立てて、三河に攻め入れば、西三河は信長の勢力下に置かれていた可能性は大だった。

「本来、美濃攻めより三河に軍勢を向けるのが軍略の常道だ。それを信長は三河を自分の物とはせず、家康さまと盟約を結んだ。信長は美濃をとるのはもちろんのこと、その先も見据えておるのじゃ」

　正信は断じた。

「その先……」

訝《いぶか》しそうに正重は首を捻《ひね》る。

「都じゃ。信長は上洛《じょうらく》を考えておるぞ」

「馬鹿《ばか》な」

正重は一笑に伏した。

それには構わず正信は続けた。

「家康さまは、信長の将来を見据えて手を組んだのだ。今川より織田が伸びる、と踏んだのだ。家康さまの覚悟じゃ。今回のことも、目先の兵糧に拘ったように見えるが、三河を統べるという目的を貫徹せんが為、たとえ一向宗徒や門徒の家臣団を敵に回しても三河一国の領主となる決意の表れと、わしは見たぞ」

「そうかのう……」

正重は正信の雄弁に圧倒され、しばし、口を閉ざしたが、

「兄じゃは軍略を語る時は口数が多くなるのう」

と、山積みにされた兵法書に視線を向けた。

正信は鷹揚《おうよう》な顔で、

「よってじゃ、我らも相当な覚悟で戦わねばならぬ。一揆のつもりではなく、戦と考えて戦わねばならぬ」

と、話を締め括《くく》った。

「むろん、おれは本気だ」

「おまえだけがそう思っても駄目だ。一向宗徒と我らで一致団結せねばな」

「阿弥陀如来の教えで我らは一枚岩になっておるぞ」

「戦と違って武功を挙げても褒美《ほうび》が出るわけではない」

「阿弥陀如来の教えに殉ずる合戦じゃ。褒美目当てで参陣する者などおらぬ」

正重は強い口調で言い立てた。

「勢いのある時はよいのだ。しかし、戦は勢いだけでは勝てぬ。軍略、兵糧、軍備のすべてがしっかりとしておらなければならぬ」

「兄じゃは戦となるとくどい」

そっぽを向いて正重は正信をくさした。

「ならば問う。我らの軍備じゃ。鑓の数、弓矢は何張りか、鉄砲は、そして兵糧の備えはどうだ。半年、一年保てるか」

正信の問いかけに、

「それは……大丈夫じゃ。三カ寺と末寺も合わせれば一年や二年戦えるだけの兵糧はある。一揆勢は鑓や弓矢は使えなくとも鋤《すき》や鎌《かま》で立ち向かうさ」

胸を張って正重は答えた。

「あてずっぽうで物を申すな」

ぴしゃりと正信は注意した。

正重は唇を噛《か》んだ。

「わしは、自分が意気地なし、腰抜けと陰口を叩《たた》かれておること、よう、存じておる。じゃがな、戦において慎重さは欠かせぬ。臆病《おくびょう》と慎重は大きな違いじゃ。臆病は味方の足を引っ張るが、慎重さは味方を助けるのだ」

血気にはやる正重を諭すように正信は主張した。

「わかった。兄じゃの言い分はもっともだ。だがな、今回の一揆……あ、いや、合戦は、結局、一揆側の言い分が通ると思うぞ。家康さまは膝《ひざ》を屈するさ」

正重は楽観的であった。

それ以上、正信は異を唱えなかった。

「まあ、見ておれ」

正重は己《おの》が鑓働きを信じている。

そこへ、酒井忠尚が入って来た。

丸々と肥えた身体を素襖《すおう》に包み、脂《あぶら》ぎった顔には十月の夜寒にもかかわらず汗が滲《にじ》んでいた。

正信と正重は深々と頭を下げた。

「わしの見通した通りじゃ。家康はひどい男であるな。世話になった今川義元公が武運拙《つたな》く果てられると、掌《てのひら》を返したように今川と敵対しおった。しかも、よりによって義元公を討った信長と結ぶとは言語道断じゃ」

織田との盟約を結ぶことに猛反対していた忠尚らしく、正信と正重の顔を見るなり家康の悪口を並べたてる。

「おっしゃる通りです」

正重は即座に応じたが、正信は信長と盟約を結んだ家康を評価した後だけに、曖昧《あいまい》な笑みを浮かべるに留めた。

「今回の一揆はわしの正しさを阿弥陀如来がお認めくださったのだ。弥八郎、三弥左衛門、一向宗徒と共に家康を打ち負かす。東条城の吉良義昭殿、八ツ面城の荒川義弘殿も家康討伐に立ち上がった。我らの勝利は間違いない」

自信に満ちた忠尚に正重も声高らかに賛同する。冷めた気持ちで正信は忠尚に問いかけた。

「家康さまに勝利するとは、岡崎城を落とし、家康さまの首級《しるし》を挙げる、ということですか」

「そういうことじゃ」

答えてから忠尚はそれがどうした、というような目で正信を見返した。

「すると、忠尚殿が岡崎の城主、つまり、三河を統べるおつもりか」

忠尚の目が彷徨《さまよ》った。

「それは……吉良殿や荒川殿、それに三カ寺とも話し合って……」

「話し合いなどでは決着がつきませぬぞ。その間に信長が攻めて来るかもしれませぬ」

正信に指摘され、

「信長が攻めてくれれば今川が援軍を寄越してくれる」

忠尚は言った。

「それは考えられませぬな。家康さまが信長と盟約を結ぶ前、織田方の城、砦を攻めても氏真さまは一切援軍を寄越さなかった。今川が当てにできないからには、落とし所を決めておくべきと思いますぞ。でないと、底なし沼のような戦いとなります」

正信の考えを受け入れるように忠尚は首を縦に振ってから、

「落とし所とは……」

と、問い直した。

「家康さまに一向宗の教えと不入の権を認めてもらうことです。一切の領知は求めぬのがよろしかろう」

正信が答えると、

「それでは、わしや吉良殿、荒川殿が一揆を後押しする利は何処《いずこ》にある」

不満そうに忠尚は言い返した。

「家康さまには信長と手切れをして頂く、さすれば、忠尚殿や吉良殿、荒川殿のご主張が通ったことになります」

正信の考えに忠尚は異を唱えなかった。

忠尚がいなくなってから、

「忠尚殿、不快に思われたのではないか。あれでは、助勢を当てにできぬぞ」

正重は危惧《きぐ》した。

「心配ない。忠尚殿は一揆勢に味方し続ける。家康さまの首級を挙げたり、岡崎城を落とすなど本気で思ってはおられぬ。そんな器量があれば、今頃は西三河で家康さまを凌《しの》ぐ勢力を築いておるわ。忠尚殿は家康さまの力を削《そ》ぎ、今川を後ろ盾にして、西三河での自分の立場を強めたいだけじゃ。しかも、なるべく自分の兵力、財を減らさずにな。それゆえ、一揆が起きる前は今川を頼り、一揆が起きてからは一揆に加担して一揆の力を使おうとしておられる」

正信は、「小《こ》狡《ずる》いお方」という言葉は胸に仕舞っていた。

二

本證寺で一向宗徒たちの軍議が行われた。

本堂には三カ寺の住職をはじめ、一向宗徒の頭目たちや一揆に味方する一向宗徒の松平家の家臣たちも同席した。酒井忠尚は出席しているが、吉良義昭と荒川義弘は忠尚に任せ、顔を出していない。武士たちはみな甲冑に身を包んでいる。一揆勢の農民の中には、落ち武者狩りや戦に加わった時に分捕った具足を身に着けている者がちらほら見受けられた。

松平家の宗徒代表として、まず蜂屋半之丞貞次が口を開いた。半之丞は正信より一つ下の数え二十五、松平家中では鑓の名手で鳴らし、家康が頼みとする武将の一人である。六尺近い大柄な身体を甲冑で包んだ姿は、阿弥陀如来が一揆勝利の為に遣わした勇者であると、一揆勢からも深い信頼を寄せられていた。

「我らは要求が通るまで絶対に戦を止めないぞ」

半之丞の決意の表明に、一同から歓声が上がった。

正重などは肩を怒らせ、拳《こぶし》を振り上げている。

「わしは一揆のみなに言いたい。わしら松平家に仕えていた者は家康さまに逆らっての戦だ。できれば、殿とは刃《やいば》を交えたくはない。それはここにおる松平家由縁の者であれば同じ思いだろう」

「おれは違うぞ」

半之丞の言葉を受け、正重は異を唱えた。

正重は、みなの視線を受けながら、熱く語る。

「家康さまは阿弥陀如来に逆らったのだ。罰が当たって当然ではないか。主君への忠義は一代限り、阿弥陀如来への忠義は未来永劫《えいごう》続くのだ。この世にあってこその主君だ。あの世へ逝《い》けば阿弥陀如来にお仕えする。そして、あの世はこの世と違って永遠じゃ」

正重の発言に、「そうだ」の賛同の声が上がった。

一揆勢の一人が、

「仏敵との戦、進めば極楽往生、退けば無間地獄が待っているのだわ」

と、声を大きくした。

半之丞は顔をしかめた。

ここで正信が問いかける。

「今回の戦、大坂には報《しら》せておりますか」

大坂とは一向宗の総本山本願寺のことである。

本證寺の住職、空誓《くうせい》が答えた。

「いいや、大坂を煩《わずら》わせるまでもありません。我ら三河の一向宗徒だけで大丈夫です」

空誓の言葉に一揆勢は、「そうだ」と応じる。

「お言葉ですが、わしは大坂に助勢を求めるべきと存じます。法主顕如《けんにょ》さまなら、お聞き届けくださるはずです」

正信が異を唱えると、

「う～む」

空誓は迷い始めたようだが、そこで半之丞が口を開く。

「いや、ここは我ら三河の者だけで決着をつけよう。大坂に助勢を求めれば、他国の一向宗徒もやって来る。兵の数は大きくなるが、合戦の規模も大きくなり、三河は乱れる。戦と関りのない者たちまでが死に、家を失い、田畑が荒らされるのだ。今回の合戦、三河の一向宗徒で勝ち取るのが肝要だ。第一、戦う前から大坂に助勢を求めるなど、弥八郎殿は臆病風に吹かれたか」

大柄な半之丞に威圧され、正信はたじろいだ。

松平家の旧臣からも半之丞に賛同する声が大きくなった。

一揆勢は熱に浮かされたように家康打倒を叫び立てる。正信は黙り込んだ。みな熱くなっている。熱くなり過ぎだ。

半之丞が、

「よいか、岡崎城を攻める前に、まず上和田砦じゃ」

と、提案をした。

上和田砦は岡崎城の南半里程にある大久保《おおくぼ》一族の拠点である。

この策に対して、正重が、

「いや、一気に岡崎城を攻めるべきだ」

強気の正重らしい主張をした。

「いいや、止めておけ」

半之丞も引かない。

「岡崎城は我らが勝手知ったる城じゃ。防御の手薄な箇所もわかる」

正重が言うと、

「家康さまは馬鹿ではない。弱い点は補修をなさっておるだろう。戦上手の殿のことだ。わざと、我らが弱いと思っておる箇所におびき寄せて叩きのめそうと、手ぐすね引いて待っておられるのかもしれんぞ」

半之丞は一同を見回した。

「ならば、尚のこと、そこへ攻めかかってやろうではないか。のお、忠尚殿。岡崎城の北の上野城、南の上宮寺から挟み撃ちにすればよい」

正重は酒井忠尚に賛同を求めた。みなの目が忠尚に集まった。

「蜂屋は歴戦の勇者じゃ。その蜂屋が申しておるのじゃ。上和田砦を攻めようぞ」

忠尚は半之丞に賛同した。

やはり、忠尚は自分の手勢を極力使いたくないのだ、と正信は思った。

大久保一族は結束が固く、その砦の攻略は容易ではない。攻めあぐねている間に岡崎城を出撃した家康に、背後を襲われるかもしれない。

正信は立ち上がって一同を見回した。

半之丞がうろんな物でも見るような視線を向ける。

「わしも上和田砦を攻めるのは賛成じゃ。が、攻め落とす前に家康さまに背後をつかれる心配がある。そこで、上和田城を攻めた後、速やかに東に軍勢を移して、小豆坂《あずきざか》で家康さまと大久保の軍勢を迎え撃つ。坂の頂きに陣取れば優位に戦を進められる」

正信の策を聞き、みなの視線が半之丞に集まる。この合戦において主導権を握っているのは本證寺住職の空誓ではなく蜂屋半之丞だ。

半之丞も立ち上がり、板敷を横切り正信の前に立った。正信は半之丞に見下ろされたが今度は動ぜず、静かに見返した。

「弥八郎殿、兵法書の虫と聞いたが、もっともな軍略じゃ。軍師殿の策に従おう」

半之丞に賛同され正信は笑みを広げ、顎髭を指で撫《な》でさすった。

三

本多平八郎忠勝と叔父の忠真は、岡崎城本丸御殿の大広間で開かれている軍議に出席していた。軍議に加わっている者の表情は揃《そろ》って冴《さ》えない。

家康が岡崎に戻って三年、今川家の人質から解放され、祖父清康《きよやす》以来の悲願である三河全土の統一に邁進《まいしん》してきた。今年の七月には義元の偏諱を捨て、元康から家康に改名した。

元康から家康への改名を聞き、忠勝も燃え立った。若き領主の手足となって思う存分、戦場を疾駆したい、と心底から願い、家康さまの為に一つでも多くの大将首を挙げる、と誓った。

忠勝の初陣は桶狭間の戦いの前哨戦《ぜんしょうせん》である大高城への兵糧運び込みであった。大高城は今川が尾張国に打ち込んだ楔《くさび》であった。

織田信長は周りに砦を築き、大高城を兵糧攻めにした。大高城主鵜殿長照《うどのながてる》は今川義元に助けを求めた。義元は尾張へ侵攻する先鋒《せんぽう》を松平勢に任せ、松平元康に大高城に兵糧を運び込むよう命じた。

この戦に参陣した忠勝に、叔父の忠真は鎧、兜《かぶと》、鑓を用意してくれた。

黒糸威《くろいとおどし》胴丸具足に鹿角脇立《かづのわきだて》兜と威風堂々たる鎧、兜だ。

鑓は刃長一尺四寸、柄の長さは二丈余りで、これまた剛の者が得物とするにふさわしい。大きな笹《ささ》の形をした穂は突くに威力を発揮するばかりではなく、切れ味も鋭かった。戦場で立てていたとき、穂にぶつかった蜻蛉《とんぼ》が真っ二つに切れたことから蜻蛉切《きり》の鑓と呼ばれるようになる名槍《めいそう》だ。

忠真の心尽くしの鎧兜、鑓で初陣に臨んだのだが、生まれて初めての戦場である。

全身は汗ばみ、咽喉《のど》はからからに乾いた。

矢玉飛び交う最前線にあって、怖気《おじけ》づいてはならじと自分を叱咤《しった》したが、馬のいなき、陣太鼓、法螺貝《ほらがい》、そして怒号なども耳に入らない有様であった。戦場はまるで別世界のようであった。

そんな最中、敵の刃に気が付かず、落馬をしてしまった。すかさず敵は忠勝の首を掻《か》き切ろうと圧《お》し掛かってくる。

もし忠真が助けてくれなかったら、このとき首級を挙げられていただろう。

忠真の助勢で命拾いをして我に返った忠勝に、忠真は怒鳴るように言った。

「殿を見よ！」

馬上、金小札緋縅《ひおどし》の甲冑に身を固め、鑓を振るう元康は金色に輝き、何とも神々《こうごう》しかった。この瞬間、忠勝は元康の下で戦場を走り回ることに喜びを見出《みいだ》したのだった。

桶狭間の戦いで今川義元が討死し、元康たちは岡崎に戻ることができたものの、三河国内には織田、今川の勢力が依然根を張っていた。

三河統一を成し遂げ、織田にも今川にも属さない松平家を創《つく》る為に家臣団は心を一つにしていたはずだ。それが、今、松平家中は二つに割れている。一揆側に寝返った者たちは阿弥陀如来への信仰を叫び立てている。

忠勝には理解できないことだった。仏道は尊いが、現世では主君に忠義を尽くすべきだ。禄《ろく》を与え、領知を安堵《あんど》してくれているのは阿弥陀如来ではなく家康なのだ。

やがて上座に家康が座した。

年寄の酒井忠次《ただつぐ》が軍議を始める、と切り出し、家康に発言を求めた。

「上宮寺、本證寺、勝鬘寺の三カ寺は一致団結をして戦を挑んで参った。松平家中には親子、兄弟で敵同士となった者もおる。戦場でまみえるのは辛《つら》いであろう。しかし、みな、わしを信じてくれ」

家康はそこで言葉を止めた。

数え二十二の若さながら、長い年月の人質暮らしのせいか、それとも小太りの落ち着いた容貌の為か、家康は年若くしてすでに領主の風格を備えている。

みな、悲痛な面持ちだ。

忠勝は大きな声で応じたかったが、みなの様子を見ると、しゃしゃり出られたものではなかった。

家康は一同を見回していたが、忠勝と視線が交わると、

「平八郎、本多も割れており、辛いであろうな」

「は、はい」

　本多一族からは正信、正重兄弟が一向一揆側についた。二人の名は聞いたことがあるが、会ったことはない。従って、兄弟の人柄、武勇なども知らず、一族が敵味方に分かれたという実感はなかった。

　すると忠真が、

「正信、正重兄弟は一向宗の門徒で教えを捨てておりませぬが、駆け込んだのは三カ寺ではなく上野城です」

　と、言葉を添えた。

　すると酒井忠次が、

「叔父の下に奔《はし》ったのか」

　と、渋面を作った。

　酒井忠尚は忠次の叔父に当たる。

　いかにもと忠真は答えてから、

「従いまして正信、正重兄弟は信仰心とは別に、殿へ叛旗《はんき》を翻《ひるがえ》したことになります。最《も》早《はや》、本多一族とは見なしてはおりませぬ」

　強い口調で言い添えた。

　織田との盟約に露骨に反対し、一揆が起きる以前から家康に敵対していた酒井忠尚に与《くみ》したということは、一揆への同心とは次元が違う、と忠真は言いたかったのだ。

　家康はうなずき、

「一向宗徒と妥協するつもりはまったくない。酒井忠尚ばかりか、吉良義昭、荒川義弘など、一向一揆《いっき》騒動を利用してわしに歯向かうとは実に小狡い。一揆勢にも増して許し難い」

　と、決意を示した。

　これを受けて石川数正が言った。

「三河から反抗する一向宗徒を追い出しますか」

「そうじゃ」

　迷うことなく家康は肯定する。

「しかし、三河の領民の内の半数は一向宗徒ですぞ」

　危惧する数正に、

「わしに逆らわなければよいのじゃ。しかし一揆を利用してわしに歯向かう者どもには痛い目を見せてやろうぞ」

　一向宗徒には寛大な姿勢を見せる家康であったが、悔しさがこみ上げたのか再び吉良義昭、酒井忠尚、荒川義弘を批難した。

申し訳なさそうに忠真が言う。

「弥八郎は日頃より兵法書を精読し、軍略を立てるのを生き甲斐《がい》としております。酒井忠尚殿と組むことで、岡崎城の北を脅かし、刈谷城の水野信元殿との間を遮断する挙に出ると思われます」

「うむ。しかし、物は考えようじゃ。今回の一揆を通じて、はからずも西三河における敵が明確になったのじゃ」

「まさしく、三河平定の好機でござります」

家康の楽観的な見通しに忠真も応じた。

「一向宗徒との合戦を通じて、西三河の統一を成し遂げる。その後は東三河じゃ」

背筋を伸ばし家康は決意を語った。

賛同するように家臣は一斉に平伏した。

数正が、

「織田殿に助勢を頼んではいかがでしょうか。織田殿と盟約を結んで最初の手伝い戦となり、両家の絆《きずな》を深めることになるかと存じますが」

「おお、それはよい」

忠次も賛同した。

家康は思案した後に、

「それはできぬ」

と、数正の提案を却下した。

「織田殿への遠慮でござりますか」

数正が問うた。

「違う」

家康はきっぱりと否定する。

数正と忠次はわけを問うように家康を見返した。家康はみなを眺め回し、

「これは三河国内の問題である。盟約に従っての助勢は、他国の敵との合戦の際に求めるものじゃ。三河の国内の戦であり政《まつりごと》でもある一向一揆との合戦に織田殿の手を借りるわけにはいかぬ」

「畏《おそ》れ入りました」

数正は頭を下げた。

忠勝はうれしくなった。

この力強い矜持《きょうじ》は、さすがは家康さまだ。三河の国主にふさわしいお方、そして仕えるべき主君である。

「みな、辛い戦となろうが、ここは、わしを信じてついてきてくれ」

家康が頼むと、

「御意！」

忠勝が大音声《だいおんじょう》を発した。

それをきっかけに一同が賛同の声を上げた。ここに家臣団は団結した。家康は感激の面持ちでうなずき、忠勝に視線を向ける。忠勝も眦《まなじり》を決して家康を見返した。

一同の興奮が冷めてから忠次が言った。

「一揆勢ですが、岡崎城の前に上和田砦に攻めかかる、と推測致します」

と、上和田砦を守る大久保忠世《ただよ》を見た。

「むろん、我ら断じて退くものではござらぬ」

忠世は自信を漲《みなぎ》らせる。

「その意気やよし」

数正が称賛の言葉を贈る。

「決して見殺しにはせぬぞ」

家康も言い添える。

「心強きお言葉にございます」

大久保の言葉にうなずきながらも、

「上和田砦に攻めかかった一揆勢を挟み討ちにしたいのだが」

家康は、数正を見た。

「そのためには、大久保殿の奮闘が鍵《かぎ》となりましょう。岡崎城から出撃し、一揆勢の背後に回るまで、上和田砦が一揆勢の攻撃に耐え、奴らを引き付けてくれなければなりませぬ」

数正が答えると、

「我ら存分に働きますぞ」

忠世は応じた。

ところが家康は浮かない顔で腕を組んでいる。忠次と数正は顔を見合わせ、忠次が問いかけた。

「何かご不満な点がござりますか」

家康は腕を解き、

「不満というよりは不安であるな」

と、一揆勢が岡崎城の軍勢を考慮せずに上和田砦を攻めるものか、と不安を投げかけた。

「ごもっともですな」

数正が応じた。

忠次は一同を見回して言った。

「ならば、今一度軍略を練り直しますか」

四

十一月の末、上和田砦に攻めかかった一揆勢は、正信の策に従い、一部の軍勢を残して小豆坂に移動を始めた。

ところが、上野城では酒井忠尚が支度に手間取り出陣が遅れてしまった。

厳寒の朝、霜が下りた野道を酒井勢は矢作《やはぎ》川に沿って急ぎ南下をする。総勢三百余り、その内の本多勢は三十である。正信と正重は馬に跨《またが》り、一揆勢と合流しようと行軍を速めたいが、酒井勢の士気が低い。

彼らは一向宗徒ではないので、一向宗の信仰に殉じる気持ちなどあるはずもなく、恩賞も期待できない戦に駆り出され、士気が高まるどころか不満を募らせている。その足取りは重く、出陣の遅れを取り戻せそうにもない。

苛立《いらだ》たし気に正重は正信に馬を寄せて来た。

「忠尚殿は風邪をひいたそうだ。大事な時に、気合いが足りんのではないか。これでは、小豆坂で一揆勢と合流などできぬぞ」

白い息と共に吐き出された不満が流れ消えてゆく。

正信はそれには答えず権次郎を呼んだ。

権次郎は白い息を吐きながら正信の傍らを歩いている。

「小豆坂に先回りをして様子を見て参れ」

正信が命じると、

「わかっただよ」

間延びした声で答え、朝霧の中を疾走し始めた。

「兄じゃ、忠尚殿に行軍を急ぐよう申してくれ」

正重は責めるような口調で正信に言い募る。

「忠尚殿に頼んだところで軍勢の士気は高まらぬ。駆り立てれば却《かえ》って反発を招き、逃げ出す者も出るかもしれぬ」

あくまで冷静な正信はそう返した。

「しかし、この調子ではせっかくの我らの軍略が無駄になる。悔しくはないのか」

面頬《めんぼお》から覗く正重の目は怒りで血走っている。正信は穏やかな三白眼で見返し、

「軍略は戦の推移によって臨機応変に変えるものじゃ。小豆坂への着陣が遅れたなら、それはそれで、家康さまの軍勢の背後を襲うこともできる」

　小豆坂の頂きに陣取る一揆勢を家康勢は坂の下から攻め上がるはずだ。遅れたことにより、その家康勢の背後を絶つことになる。つまり、一揆勢で家康勢を挟み討ちにできるのだ。もちろん、家康勢に比べれば数で大いに劣る。それでも、軍勢というのは背後を絶たれると恐慌《きょうこう》をきたすものだ。

　正信の策を聞いた正重は、たちまち意気軒高となった。

「禍《わざわい》転じて福となす、ことになるのじゃな」

　正重は小豆坂がある南東の空を見上げた。朝霧が消え、冬晴れの空が広がっている。鳶《とんび》が軍勢の頭上をかすめ飛んだ。

　正信たちが左手に岡崎城を過ぎ、上和田砦《とりで》が近づいたところで、権次郎が戻って来た。

「旦那《だんな》さま、もう、小豆坂で戦が始まっているだよ」

　予想通りだ。

一揆勢とて酒井勢を待って合戦を始めては勝機を逸する。

ところが、次に語った権次郎の言葉に正信は驚愕《きょうがく》した。

「家康さまの軍勢は坂の上と下で一揆勢を攻め立てとるだよ。一揆勢は挟み討ちに遭っとる」

裏をかかれた。

一揆勢が小豆坂の頂きに着陣する前に陣取っていたのだ。頂上に陣取ったのは上和田砦の大久保勢だろう。一揆勢が上和田砦を攻め立てたところで家康は岡崎城を出陣、小豆坂で挟み討ちにしたのだ。

「どうする」

正重は動揺しているようだ。

「このまま小豆坂を目指す。坂の下に陣取る家康さまの軍勢に横鑓《よこやり》を入れる。一揆勢の退路を開くのだ」

「忠尚殿には家康勢の横っ腹を突くことができる、と申してこい」

正信は権次郎を伝令として、策を忠尚に伝えさせた。

これで忠尚が奮起して急いで駆けつければ、一揆勢は壊滅を免れる。

正信の策どおり、酒井勢が家康勢の側面を攻撃したことで、総崩れとなっていた一揆勢は退路が開かれ壊滅を免れた。

その後、一揆勢、家康双方の睨《にら》み合いが続いたまま年を越した。

年が改まった永禄七年（１５６４）正月十日、上野城に蜂屋半之丞がやって来た。今後の戦をどのように展開するかを打ち合わせる為《ため》である。

「昨年末の合戦で、家康さまも我らの力を思い知ったはずだ。今度は一気《いっき》呵《か》成《せい》に岡崎城を攻めようではないか」

正重は彼らしい積極策を提案した。

「いやいや、岡崎城は一気に落とすにはいくらなんでも堅固だ」

真っ向から蜂屋半之丞が反対した。

正信は絵図面を広げる。

岡崎城を中心とした西三河の城、砦や、本證寺、上宮寺、勝鬘寺といった三河一向宗の中心である三カ寺とその末寺が事細かに記されている。

半之丞は目を見張った。

酒井忠尚が、

「弥八郎は、じつに目配り、気配りができる男だ。軍略の才がある。本家の平八郎は鑓働きだけの猪《いのしし》武者であるがな。小豆坂の際は、裏をかかれたように見えたが、結局弥八郎の策で伏せられたわが手勢のお陰で総崩れとなるのを防ぐことができた」

　忠尚は誇らしそうに自慢した。その裏には出陣が遅れたことの言い訳があるのは正信も半之丞も感じ取っている。だが、今、それを言い立てては内輪揉《も》めとなるだけだ。

　正信は表情を変えず、

「このように、一揆勢、家康さまに味方する者を区分けして記してあります」

　絵図面には、○と×が記してある。

　半之丞が視線を絵図面に向けた。大柄な半之丞が身を縮こまらせて食い入るように絵図面を見ている姿は、軍議には不似合いなほのぼのとした雰囲気を醸《かも》し出している。

　正信は続けた。

「今回の戦の特長は、敵味方がはっきりとしておることだ。日和見《ひよりみ》を決め込み、有利な方につこうと、態度を明らかにしない勢力がいない」

「まさしく、阿弥陀如来《あみだにょらい》に帰依《きえ》する者とそうでない者に見事に分かれたわけですな」

　正重が言い添えた。

信仰の争いである。利で動く合戦ではないということだ、と正信は言おうとして止《や》めた。酒井忠尚、吉良義昭、荒川義弘といった反家康勢力は、純粋な信仰のためではなく、利を求めて臨んでいるのだ。彼らは一向宗の門徒でもないのに、家康憎しで一向一揆に味方しているだけなのである。

正信はそこが綻《ほころ》びになるのでは、と危惧している。利で動く者は小手先の合戦の結果にいちいち右往左往するものなのだ。

そんな危惧は表には出さずに、

「上野城から出陣をいたしましょう」

正信は扇子で絵図面の上野城を指した。

「岡崎城の背後をつくのだな」

納得したように半之丞が言う。

続いて正信の返事を待たず、

「岡崎城を攻撃するとなると、夜討ちがよいな」

と、半之丞は自分の考えを述べ立てた。

忠尚は思わせぶりな笑みを浮かべて正信を見た。正信はおもむろに半之丞を見返し、

「まこと、蜂屋殿がおおせの如《ごと》く夜討ちを仕掛けます」

半之丞は心得ているとばかりに絵図面に描かれている矢作川を指差した。

「夜討ちには矢作川を下るのがよい。川を使えば、迅速に岡崎城の側までゆくことができる」

どうだ、と言わんばかりに半之丞は巨体を揺さぶった。甲冑《かっちゅう》の草摺《くさず》りが鳴り、勇猛果敢な武者振りが現われた。

正重は半之丞に向き直り、

「畏れながら蜂屋殿、まずは兄の策をお聞き願えませぬか」

自分の考えばかりを言い立てる半之丞に頼み込んだ。

「ああ、そうであったな。すまぬ。ついつい合戦の話となると、我知らず饒舌《じょうぜつ》になってしまう」

半之丞は額を手でぴしゃりと叩いた。

正信は感情を顔には出さず、淡々と話を続ける。

「矢作川を下って夜討ちをかけるのは、蜂屋殿が申された通りであるが、その前に」

正信は扇子を上野城の西、尾張との国境に近い刈谷城にまで動かした。半之丞は目を見開き、

「刈谷城を攻めるのか。それには、反対じゃ。いまのところ、水野信元殿は戦には介入しておらぬ。家康さまにお味方する態度は鮮明にしておられるが、ご自分の領知の

外での争いだからと、静観しておられるのだ。夜討ちをかければ、寝た子を起こすことになる。わざわざ敵を増やすのには反対だ」

半之丞は腰を浮かし今にも摑《つか》みかからんばかりの勢いで言い立てた。

またしても、正重が半之丞に正信の考えを最後まで聞くように注意しようとしたが、正信が正重を目で制して返した。

「おおせの如く、水野殿を敵に回すのはよくないですな。従って、攻めはしませぬ。つまり、囮《おとり》でござる」

「そうか、囮か……」

拍子抜けしたように半之丞は浮かした腰を落とした。

「一揆勢に松明《たいまつ》を持たせ、刈谷城へ進軍させます。その前には刈谷城攻めの流言を広めておくのも忘れてはなりませぬ。忠尚殿が、家康さまが信長と盟約を結ぶことに強く反対なさっているのは周知のこと」

正信は忠尚に視線を向けた。

忠尚はうなずくと、

「信長のような出来星大名と共倒れをしてはならぬと家康殿に進言した。今川と共に生きよ、とな。しかし、家康殿は信長の口車に乗せられ、信長と結んで今川を裏切った。その信長との盟約を仲立ちしたのは水野信元じゃ」

この言葉を受けて、

「忠尚殿が水野殿に憎悪《ぞうお》の念を抱いておられるのは三河で知らぬ者はおらぬ。それゆえ、刈谷城攻めは信憑性《しんぴょうせい》が高い。家康さまも今回の合戦に乗じた夜討ちと思われるだろう」

半之丞は正信の策に納得した。

「家康さまの目が刈谷城に向いている隙《すき》に矢作川を下るのでござる」

という正信の策に納得し、

「いかにも妙案であるが、兵はどれくらいで夜討ちをかけるのじゃ」

半之丞は問いかけた。

「三百くらいじゃのう」

忠尚が答えた。

「三百ではのう……いくら、一揆勢が加勢しようが、岡崎城を攻めるにはちと心もとないのお」

半之丞は難色を示す。

正信は動じず、

「何も岡崎城を攻め落とすのが目的ではない」

「なんじゃと」

おやっとした表情で、半之丞は正信を見返した。

「この策の目的は上和田砦を落とすことなのだ」

正信は岡崎城の南に記された上和田砦を扇子で指してから続けた。

「上和田砦を攻め落とせば、今回の合戦は勝利する。家康さまは和睦《わぼく》に応じるであろう」

「う～ん……岡崎城を落とさなくてもか」

納得がいかないように半之丞は首を傾《かし》げた。

「むしろ、岡崎城は落とさない方がよい」

正信は断じた。

「何故《なにゆえ》じゃ」

眉間《みけん》に皺《しわ》を刻み、半之丞は問い直す。

「まず、双方に多大な犠牲を強いられる。兄弟、親子、親類筋が血で血を洗う戦いとなる。そんな凄惨《せいさん》な合戦が果てることもなく続く。戦が長引けば、今川が三河に攻め込む。信長とて、今は美濃に目を向けているが、三河を取れると思ったら、軍勢を進めてくるかもしれぬ。さすれば、三河で一向宗の信仰もどうなるのかわからぬぞ」

正信の考えを聞き、

「それはそうだがな……」

半之丞は今一つ納得できないようだ。

「繰り返すが、上和田砦が落とされれば家康さまとて、我らとの和睦の交渉に応じる。我ら、信仰の為に立ち上がったのじゃ。家康さまを滅ぼそうなどと考えておる者はおるまい」

正信は忠尚に視線を向けた。

忠尚は、

「わしもな、家康殿にわしの意見具申を聞き入れて欲しいだけじゃ」

「なるほどのう」

半之丞は考え込んだ。

「思えば今回の戦、多分に偶発的なものであったぞ」

確認するように正信は半之丞に語りかけた。

「上宮寺の籾米《もみごめ》に端を発したのじゃな」

半之丞も戦のきっかけを思い返した。

その籾の争いが西三河と松平家を二分する争いとなってしまったのである。

半之丞は言い添えた。

「今回の合戦で喜ぶのは今川じゃのう」

西三河をひとまず平定した家康が東三河の平定に本腰を入れた矢先の一揆騒動である。菅沼定顕が上宮寺の籾を借りようと思ったのも、東三河平定を睨んでの兵糧《ひょうろう》準備であった。

そのことが一向宗徒の反感を買った。

家康の東三河平定に向けての多少の焦《あせ》りが菅沼の強引さを誘発してしまった。

一方、上宮寺も慌《あわ》てたのか、目先の争いだったはずが、信仰を侵すものは許さないと頑《かたく》なになってしまった。

家康は何も三カ寺をはじめとする一向宗と全面的に戦い、一向宗徒を三河から失《な》くそうとしているのではなかった。

それが、こんな大規模な争いになってしまったのだ。家康も戦が長期化することを望んではいないはずで、できるだけ早く手仕舞いをしたいに違いない。

「よし、その策でいくが、その前にじゃ」

半之丞は忠尚を見た。

「なんじゃ」

忠尚は問い直す。

「忠尚殿、今川と手を組み、家康さまの寝首をかくようなことはなさいませぬようにな」

きつく半之丞は念押しをした。

「そんなことは致さぬ」

きっぱりと忠尚は約束をした。

「よろしかろう」

半之丞は応じた。

「ならば、早い方がよいな」

正重は気を逸《はや》らせた。

五

正月十九日、酒井勢は刈谷城を目指し出陣した。

しかし、今度も行軍は遅れた。今回は、忠尚が支度に手間取った事によるのではなく雪……吹雪が行く手を遮ったのだ。

一揆勢が掲げる筵旗《むしろばた》は激しい吹雪に吹き晒《さら》され、喚声も挙げられず、身体《からだ》を縮こまらせる始末だ。

これでは本来の目的である家康勢との合戦に遅参してしまう。正信は、刈谷城に向かうことをやめ、本来の目的である矢作川に向かうよう忠尚に進言した。

忠尚もこれを受け入れ、矢作川に向かうこととなった。

矢作川に到着した彼らを待っていたのは、暴雪に吹き晒された川面《かわも》で、その荒れた様はとても用意した船では役立ちそうになかった。

そこで、やむなく川沿いを南下することにする。

どうにか小豆坂に到《いた》るとそこでは激戦が繰り広げられていた。

一揆勢と家康勢が入り乱れての白兵戦が展開されている。矢玉が飛び交い、刀槍がぶつかり合う戦場に酒井勢も雪崩《なだ》れ込んだ。

とてもどちらが優勢なのかはわからない。

いかなる軍略も意味を成さない乱戦である。正重は鑓を振り回しながら馬を乗り入れ、暴れた。

正信も戦いの場に身を晒す。腕力に自信のない正信は、鑓は使わず、馬上、太刀を抜いて敵勢に向かった。

　群がる雑兵《ぞうひょう》の鑓を太刀で掃《はら》い、家康を捜す。家康の首級《くび》を挙げようとは思わないが、一太刀浴びせ敗走させたい。

　坂を見上げると吹雪の中、「厭離《えんり》穢土《えど》欣求《ごんぐ》浄土《じょうど》」と記された旗がたなびいている。家康の旗印だ。

　胸を高鳴らせ、

「本多弥八郎正信、見参！」

　と、叫び立てるや馬を進めた。

　すると旗の横から一騎の武者が現われた。面頬で素顔はわからないが、鹿角脇立兜を被《かぶ》り、黒糸威胴丸具足に身を包んだ武者はまごうかたなき本多平八郎忠勝に違いない。

　忠勝は馬を下り、蜻蛉切の鑓を構えた。

「下がれ、下郎！」

　殺到する雑兵たちに怒声を放ったのか、それとも自分を下郎呼ばわりしたのか、と正信は戸惑った。

　が、戦場にあって迷いは死に結びつく。正信は我に返り馬を進めた。

忠勝は次々と雑兵たちを蜻蛉切の餌食《えじき》にしてゆく。長柄で殴打《おうだ》された雑兵の頭は兜がない為、柘榴《ざくろ》のように砕ける。甲冑武者は串刺《くしざ》しにされたまま抱え上げられ、味方の群れの中に放り投げられた。

泥にまみれた雪に鮮血が飛び散る。

激しい鑓働きにもかかわらず、忠勝の呼吸は乱れていない。

蜻蛉切の穂先から血が滴《したた》り落ちる壮絶な武者ぶりながら、忠勝は猛々《たけだけ》しくもあり美しくもあった。

戦の申し子……。

正信はしばしその姿に見惚《みと》れていた。

馬がいななき棹《さお》立ちとなった。忠勝が迫り、蜻蛉切に馬が恐れをなしたのだ。

堪《たま》らず正信は落馬する。

地面に落ちた正信に忠勝が容赦なく近づいて来る。正信はしたたかに腰を打ち、膝《ひざ》立ちとなるのが精一杯だ。それでも、太刀を杖《つえ》に立ち上がった。

地吹雪が忠勝の行く手を遮り、一瞬足が止まった。

「兄じゃ！」

正重が馬を寄せ、権次郎たち雑兵が正信を抱き上げて馬に乗せた。

「引くぞ」

正重は馬の腹を蹴《け》った。

「腰抜け！」

振り返った正信に対して、忠勝の放った蔑《さげす》みの言葉は、合戦の阿《あ》鼻叫喚《びきょうかん》があっても、正信の耳朶《じだ》深く、いや、胸の奥にまで響き渡った。

勝敗がつかないまま両軍は軍勢を退《ひ》いた。

二月になり、上宮寺に一揆勢は集まった。

半之丞が、

「どうであろうか。ここらあたりが潮時であると思う」

と、一同を見回した。

一揆勢はみなうなだれている。半之丞はみなの気持ちを汲《く》み取るように、

「そろそろ、田起こしをせねばならぬしのう」

と、語りかけた。

一揆勢から賛同の声がちらほらと聞こえる。

正重が正信を肘《ひじ》で突いた。正重は講和を時期尚早と考えている。

正信が、

「ちょっと、よろしいか」

と、声をかけた。

半之丞がうなずく。

「この場に酒井忠尚殿、吉良義昭殿らの姿がない。かの方々は一向宗の門徒ではないゆえ、この場に呼ばれなかったのだと申されるかもしれぬが、かの方々に多大な支援を受けたのは紛れもない事実だ。それゆえ、家康さまとの和議について意見を求めるべきと思うが」

正信が意見を差し挟むと、

「弥八郎殿が申されるのはわかるが、忠尚殿らの意見を聞けば、今回の戦は異なる結果をもたらしてしまうことになろうぞ。そもそもは、三河における一向宗の存在を勝ち取るのが目的であったはず。忠尚殿らは家康さまを排除するのが目的、つまり、我らとは戦の目的が異なるのだ。それでは、和議の話にはならない」

半之丞の反論に賛同の声が上がった。

最早、一揆勢は戦に倦《う》んでいるのだ、と正信は唇を嚙《か》んだ。

半之丞が主導権を執り、話の流れは和議へと向かう。

意見を述べ立てる一揆勢の面々は、正信が感じ取ったように、戦に疲れているようだ。早く戦が終わって欲しいと願っているのだろう。

「三カ寺への不入の権を認め、一揆に加わった者を罰せず、松平家旧臣の帰参を許す、といった事柄を家康さまには申し送った」

異を唱える者はいるか、と半之丞は確かめた。

「反対ではないが、家康さまが応じるかのう」

正信は危惧《きぐ》した。

「応じてもらわねばならぬ」

決意を示すように半之丞は返した。

次いで、

「弥八郎殿、忠尚殿を説得してくだされ。そして、忠尚殿から吉良殿、荒川殿らも説得して頂きたいのだ」

悪びれもせず半之丞は頼んだ。

それは虫が良すぎる、と正信は反論したかったが、黙ってうなずいた。

すると、伝令がやって来て、半之丞に何事か告げた。半之丞はうなずくと、

「家康さま、承知くださったぞ」

と、声を大きくした。

一同から喜びの声が沸き上がった。

「よかったのお」

誰言うともなく喜ぶ。

それに反し、正信の心は冷めていた。

「ふん、腰抜けどもめ」

正重が小声で悪態を吐《つ》いた。

正信の脳裏に平八郎忠勝の姿が浮かんだ。馬上、見事な鹿角脇立兜を被り、黒糸威胴丸具足に身を包んで蜻蛉切の鑓を振るう若武者の雄姿、それは猛々しくもあり、美しくもあった。

しばし、唖然《あぜん》と見惚れてしまった程だ。

だが忠勝に罵《ののし》られた。

「腰抜け！」

忠勝の罵声《ばせい》は弾丸のように正信の胸を貫いた。強烈な一撃、しかも鉛玉の傷は癒《い》えるが心に突き刺さった言葉の傷は、決して癒えはしない。正信が死ぬか……忠勝が死ぬか……いや、忠勝が死んだとて心の傷は残る。傷を治すには忠勝を見返すことでしかできない。

しかし、戦場で刃《やいば》を交えても忠勝には勝てないだろう。

ならば、いかにして忠勝を凌駕《りょうが》するか。

本多平八郎忠勝……。

蜻蛉切の鑓を思い浮かべ、正信は悔しそうに唇を噛んだ。

「兄じゃ、いかがされた」

正重に肩を叩《たた》かれ、我に返った。

「いや、なんでもない」

正信は薄笑いを浮かべていた。

「さて、忠尚殿は、承知くださるかのう」

正重が不安気に言う。

六

正信は上野城に戻り、酒井忠尚に一揆勢と家康の和議がなされると報告した。

「なんじゃと……和睦とな」

　信じられぬ、と忠尚は首を激しく振った。

「家康さまも承知なさいました」

「家康め、弱気になりおったか。わしは不承知じゃ」

　忠尚は歯軋《はぎし》りした。

「家康さまが弱気になったとは思えませぬな」

「どういう意味じゃ」

「おそらくは、これ以上一揆勢との戦が長引くのを嫌っての和睦でしょう。家康さまは松平家の悲願である全三河の統一を何としても果たしたいのです。東三河の吉田《よしだ》城と牛窪《うしくぼ》城を落とせば、まずは今川方の勢力を東三河から駆逐できます。これ以上、一向一揆に足止めされるのを嫌ってのことでしょう」

　正信は己の推量を述べ立てた。

「西三河には、わしや吉良殿、荒川殿など今川と誼《よしみ》を通じておる者がおるのじゃぞ。家康はわしらなど眼中にない、ということか」

　不快極まると忠尚は顔を歪《ゆが》めた。

「東三河を取れば、西三河と今川のつながりを絶つことができる、と考えておられるのでしょう」

　正信の考えに忠尚は思案するように口を閉ざした。

「ともかく、一揆勢の考えは和議に傾きました」

　駄目押しをするように正信は言葉を添えた。

「和議を潰《つぶ》せぬか」

　諦《あきら》め切れぬように忠尚は言う。

「和議の場に乱入するとでもいうのですか」

　それは反対だというように正信は小さく首を左右に振った。

「おお、なんなら乱入してやるか」

　忠尚は激している。

「さすれば、上野城は家康さま、一揆勢双方から攻められることになりますぞ。吉良殿、荒川殿の居城からはいささか遠うござりますな。援軍も間に合わないでしょう。刈谷城から水野殿が軍勢を進めてくれれば、家康さまと挟み討ちにされます」

　あくまで冷静に正信は反対意見を述べ立てた。

「さすれば、今川に援軍を求める」

　尚《なお》も忠尚は言い立てる。

　しかし、その声音には力が籠《こも》っていない。今川が援軍を寄越す期待が薄いことを忠尚もわかっているようだ。

「弥八郎、和議をぶち壊すことを、今一度、考えてくれ」

懇願口調となって忠尚は頼んだ。

考えてみます、と正信は返事をしたが、実現は無理だろうと内心で思っている。忠尚もわかっているのか諦めの表情だ。

ただ、厄介なのは正重である。

正重は和議の話が出た時に露骨に嫌な顔をしていた。和議に反対なのは手に取るようにわかる。


正信は正重のもとを訪ねた。

「おお、一杯どうだ」

正重は酒を飲んでいた。

肴《さかな》は味噌《みそ》である。縁の欠けた瀬戸物の皿に八丁味噌がある。真っ白い皿に赤黒い味噌が映えていた。

正重は味噌を指ですくって舐《な》めるとぐびりと酒を飲んだ。

「まったく、わしらの待遇は何じゃ。女中に酒を求め、肴が欲しいと申したら、この様だ」

　正重は不平を述べ立てた。

　正信は穏やかな笑みを浮かべ、

「西明寺入道こと北条時頼《ほうじょうときより》公と北条一門の宣時《のぶとき》殿の酒にまつる逸話がある。鎌倉の政を担《にな》うお二方は味噌を肴に酒を酌《く》み交わした。二人は酒肴《しゅこう》に文句は言わずに政を語り合ったのじゃ」

「そんな昔話は知らん」

　正重は苦笑いを浮かべた。

「得宗、執権として権勢を誇った時頼公も質素、粗食を旨《むね》としておられたのだ」

「また、兄じゃの小言か。だがな、こっちは命を懸けて助勢しておるのだぞ。美味《うま》い物を食って酒を飲んでも罰は当たらぬ。おれはな、酒井忠尚というお人がどうも好かん。先だっての兄じゃの策も、あの方の優柔不断のためにうまくいかなかったのじゃ」

　酒が入ったせいか、正重は忠尚への不満を隠そうともしない。

「我らは身を寄せているのじゃ」

　正信は宥《なだ》めた。

「だから、上宮寺か本證寺、勝鬘寺に駆け込めばよかったのだ」

正重は今更のことを言い立てた。

この男の悪い癖が出た。うまくいかないと、過去に決めたことを悔い始める。上野城に駆け込んだのは正信の考えであったが、正重も賛同したのだ。

それどころか、岡崎城の北に反家康の拠点ができる、と正重は大いに奮い立ったのである。

「兄じゃ、飲め」

これ以上、悪酔いしない内に和議を邪魔するな、と釘《くぎ》を刺すか。いや、明日にしよう。酔った正重には何を言っても馬耳東風である。

「おお」

断れば正重は手がつけられなくなる。正信は木の椀《わん》を手に取った。正重は大振りの瓶子《へいし》を持ち上げて椀に酒を注いだ。

自分の椀にも注いで、口まで持っていったが、何か思いついたように板敷に置く。正信は酔いすぎぬように少し舐める程度に留めている。

正重の目は据わっている。

「家康さま、一向宗徒と和議に及んだら、一揆《いっき》に奔《はし》った松平家中の者に帰参を許すそうじゃ」

呟《つぶや》くように正重は言った。

「誰が申しておった」

正信は思わず太い声を出した。

「先ほど、蜂屋殿が参られて、申された。その条件で今月の二十日、上宮寺で和議の運びとなったそうじゃ」

「それで、そなた松平家に帰参する気か」

正重が和議をぶち壊す動きに出るのでは、という心配は杞憂《きゆう》に終わりそうだ。

「兄じゃはどうだ」

忠尚を裏切ることへの後ろめたさであろう、答えずに正信の意志を確かめてきた。

「わしは松平家には帰らぬ。帰っても居場所はない。それに、家康さまはわしを許さんだろうな」

「そんなことはない。蜂屋殿は一揆についた者でも……」

正重が言うと、

「家康さまはわしを一揆の首謀者とお考えじゃ。首謀者まではお許しにはならぬ……そなたは帰参するがよかろう」

正信は帰参を勧めた。

正重は黙り込んだ。

「わしのことなら、気遣いは無用じゃ」

微笑《ほほえ》んで正信は言い添えた。

「忠尚殿とこの城に籠るつもりか」

正重は正信の身を案じ始めた。

「家康さまは、忠尚殿をお許しにはならぬ。一向宗の門徒でもないのに、家康憎しで一揆勢に味方したのだからな」

「兄じゃまで忠尚殿に殉じることはないぞ。忠義を尽くす値打ちはない。狭量《きょうりょう》なるお方よ」

正重は吐き捨てた。

「ともかく、わしは、帰参はせぬ」

言いながら正信は一揆勢に奔った後悔の念に囚《とら》われていた。

正重は椀の酒を飲んだ。

「帰参するか」

改めて問いかけた。

「わからん」

正重は椀をぐいとあおった。

和議の日となった。

蜂屋半之丞貞次、渡辺半蔵守綱らと共に正信は佐崎の上宮寺に近い浄土宗の寺院、妙源寺に赴くと庫裏《くり》の広間に通された。

三カ寺を代表し、本證寺の住職の空誓も加わった。半之丞は家康がこちら側の和議提案を全《すべ》て受け入れた、と話した。

「我らの願いは全て受け入れられたわけで、それを家康さまは起請文《きしょうもん》にしてくださる。異議のある方はおられませぬな」

半之丞が確認すると、異議を挟む者はいなかった。

「苦しい戦であったが、まず、勝利と思ってよいのではないか」

半之丞の考えに、

「勝った気はせぬな」

守綱は不満そうだ。

「そんなことはない。こちらの要望は全て通ったのだ。これを勝ちと言わずして何と申すのだ」

半之丞は誇った。

一揆勢のみなが半之丞に賛同したのを見て、

「まあ、それはそうだな」

守綱もしぶしぶながら納得したようだ。

勝利を嚙み締めるようにみなの表情が和んだ。

すると坊主《ぼうず》が家康の来訪を告げた。

一同に緊張がはしる。

家康は僅《わず》かな供回りを従えて入って来た。その内の一人は本多平八郎忠勝である。

みな、平伏する。

面を上げたところで正信と家康の視線が交わった。家康は露骨に蔑みの目をし、

「おお、弥八郎か。兵法書を片手に賢《さか》しら顔で軍師を気取っておったそうじゃのう。口舌の徒に用はない。そなたの同席を認めぬ。下がれ！」

蠅《はえ》でも掃うように右手をひらひらと振った。

思いもかけない家康の拒絶に正信は言葉が発せられず、三白眼をしばたたかせるばかりだ。

「あ、いや」

すかさず、半之丞が間に入ろうとした。

それを無視し、

「出て行け！」

家康は怒号を発した。

言いようのない屈辱に身を焦《こ》がされる正信の横目に忠勝の姿が映った。

「腰抜けめ」

しゃべらずとも、その目は雄弁に物語っていた。

正信は妙源寺を後にした。

七

上野城に残ることとなった正信に、

「すまぬ」

松平家に帰参することにした正重は、何度も詫《わ》びの言葉を繰り返し、上野城を去った。

家康に許されないのは覚悟していた。しかし、和議の場を虫けらのように追い出された屈辱は、小豆坂の合戦で忠勝から浴びせられた「腰抜け！」という罵声と共に深い傷跡となって、正信の胸に刻まれた。

好かれようとは思っていないが、虚《むな》しさが胸をつく。

それに平八郎忠勝……。

忠勝は、さっそうとした若武者。そして本多本家を輝かしいものとする者だ。

それに対して、己は傍流、家康から捨てられた惨《みじ》めな負け犬である。

一揆勢と家康の和議が整って二月が経過したが、依然として忠尚は叛旗《はんき》を翻《ひるがえ》したままだ。

「まったく、不甲斐《ふがい》ない者どもばかりじゃのう」

正信は上野城で憮然《ぶぜん》とした日々を過ごしていた。

すると、相変わらずのぬぼっとした顔で、権次郎がやって来た。

「家康さまが三カ寺に改宗を迫っただよ」

と、駿河訛《なま》りで報告する。

「改宗……三カ寺に一向宗を捨てよと申されたのか」

思わず正信は強い口調となって問い返した。

「そうだんべえ」

「二月前、家康さまは一揆勢の申し分を認めたではないか」

「おらに言われてもわかんねえだよ。改宗せんかったら、寺を破却するそうだで」

ぬぼっとした表情の為に、まるで茶飲み話のような調子である。

「破却だと……」

正信の開いた口が塞《ふさ》がらない。

正信は心を静め、

「まさか、家康さまはこれを狙《ねら》って和議を結んだのか」

和睦により、三カ寺に籠っていた一向宗徒、松平家の旧臣をはじめとする武士たちは一斉に退去した。つまり、武装解除しておいてから、和議を破って一向宗を三河から追い出す、という策だったのだ。

「そんな腹芸をするとは……」

正信は松平家康という若き武将の何処《どこ》にそんな陰謀の才が備わっていたのだろうと、意外な思いで胸が一杯となった。

「正重は何と申しておる」

正信は問いかけた。

「家康さまはやり方が汚い、見損なったって毒づいておられたわ」

「正重らしいのう」

正信は笑った。

笑うしかなかった。


数日後、正信は馬を飛ばし、上宮寺を訪れた。

城郭のように堀で囲まれている上宮寺の堀を、松平家の雑兵たちが土砂や破却した建物の建材を投げ込み埋めている。大急ぎで堀を無力化しようとしているのだ。

土煙が立ち昇り、喧噪《けんそう》に満ちあふれている。抗《あらが》う戦力のない上宮寺の僧侶《そうりょ》たちは読《ど》経《きょう》しながらこれも仏難と受け入れるしかなかった。

正信にもどうもできない。

それどころか、上宮寺の次は上野城に家康は兵を進めてくるはずだ。

「こうしてはおれん」

正信は上野城に急ぎ戻った。

庭で木刀の素振りをしていた忠尚に近づく。

「三カ寺が破却されようとしています」

正信は家康による三カ寺破却の企てがあることを語った。忠尚は怒りの形相を浮かべると思いきや淡々とした表情で、

「松平家康とはそういう男じゃ」

と、薄笑いを浮かべた。

「次はここか」

上野城が攻められるのは必定と忠尚は腹を括《くく》っていた。

「もはや一揆勢はあてにできぬ。もし今川の援軍が来てくれたなら、籠城《ろうじょう》して勝機が生じるのだがな」

忠尚は言った。

期待薄なのは、忠尚自身もわかっているようだ。

「じゃが、座して死を待つわけにはいかぬ。望みは薄いが今川に援軍を要請するか」

忠尚は言った。

それから、

「弥八郎、わしに義理立てをすることはないぞ。出処進退は好きにせよ」

「いえ、わしは上野城で……」

「たわけ。城を枕《まくら》に討死すると申すか。そなたらしくもない」

「しかし、わしにも意地がありますからな。城が攻められるなら、わしも戦いますぞ」

　正信は決意を示した。

「熱くなっておるとは、そなたらしくもない。よいか、何も三河だけが棲《す》み処《か》ではない。そなたは一向宗の門徒ではないか。今回の戦も一向宗の教えに殉じての参陣であったはず。この後も一向宗の教えに従っていれば、弾圧しようとする勢力といくらでも合戦はある。むざむざここで討ち死にせずに、そこでそなたの軍略も生かせばいいのだ……なんてな。わしも不似合いに説教じみた物言いをしてしまったな。気取らずに申せばわしも逃げるから弥八郎も逃げろ、ということじゃ」

　忠尚は大きく笑い東の空を見上げた。

　忠尚は今川に奔る決意をしたようだ。

　数日後の夜、松平勢が上野城を取り囲んだ。

「やはり今川の援軍はあてにはできんかったな」

忠尚は床几《しょうぎ》から腰を上げた。

正信は無数の旗を掲げ、盛大に篝火《かがりび》を焚《た》いて城門を開けさせた。夜空を焦がす篝火が酒井勢の士気を示しているようだ。

「空城の計です」

兵法三十六計の三十二計である。城門をわざと開け放ち、敵を城内に引き入れる罠《わな》であり、いないはずの伏兵があると敵に警戒心を抱かせれば成功だ。敵は伏兵を恐れて攻め入らない。

正信は昨年十一月の小豆坂の合戦で酒井勢の出陣遅れを逆手に取って家康勢の側面を突いた。家康勢は酒井がまた伏兵を準備しているのかと警戒しているはずだ。

「うむ」

忠尚はうなずいた。

「さあ、来い」

正信は猛《たけ》った。

幸い、松平勢は慎重な姿勢を取り、一旦《いったん》軍勢を退いた。

「もうよい、去るぞ。運があれば、再会することもあろう」

忠尚は言うや、雑兵に紛れて裏門から城を出ようとした。

正信も忠尚に続く。従うのは権次郎だけだ。二人とも胴丸具足という雑兵の形であった。権次郎は正信の兵法書を挟み箱に詰め担《かつ》いでいる。

正信は、

「兵法書はよい」

と、挟み箱を下ろさせた。

「大事な兵法書ずら」

きょとんとなって権次郎は問いかけた。

「全ては頭の中にある。それに、これからは兵法書には頼らぬ。専《もっぱ》ら実戦じゃ」

新天地に向かう正信の決意だ。

正信は篝火の松明を取り、挟み箱を焼いた。燃え上がる兵法書を一瞥《いちべつ》した後、

「さて、何処へ参ろうか」

と、思案気に言ったのだが、行く先はすでに決めていた。

大坂本願寺である。

阿弥陀如来《あみだにょらい》の為《ため》に思う存分に軍略の腕を振るってみたい、と願っている正信にはまさにぴったりの場所だ。

夜陰に乗じて正信と権次郎は裏門から抜け出た。

「ここで別れよう。わしは大坂本願寺に行く。すまぬが、一月後に大坂を訪ねてくれ。阿弥陀如来のお導きがあれば、わしは大坂本願寺におるはずだ。それまで、達者でな。そうじゃ、正重は松平家に帰参を許された。正重の所に身を寄せろ」

正信は一袋の砂金を権次郎に与えた。

「旦那《だんな》さまこそお達者で。きっと、大坂へ行くだよ」

権次郎は闇《やみ》に消えた。

正信はゆっくりと歩み出す。

幸い月のない闇夜である。闇に溶け込み、一旦は北の奥三河を目指そう。

闇を進むと、馬の蹄《ひづめ》の音が近づいてきた。

と、松明の明かりに目が眩《くら》む。思わず立ち止まる。

すると、

「そこにおるのは弥八郎殿か」

と、いう声が聞こえた。

まごうかたなき忠勝である。

正信は見上げた。

「落ち延びられるか……何処へ、とは聞くまい。去りたければ去るがいいわ」

馬上から忠勝は言い放った。

「討ち取らぬのか」

正信は返した。

忠勝はそれには答えず、馬を進めようとした。正信に猛然とした怒りが沸き上がってきた。

「わしは、討ち取るにも値しないか。腰抜けと思うか！」

正信は野太い声を発した。

「そう、ご自分を思われるのか」

乾いた口調で忠勝は返した。

「勝負じゃ」

正信は言った。

「丸腰の者を討つ気にはなれぬ。今の弥八郎殿は一人の一向宗徒でござろう。門徒宗との戦は終わったのだ」

忠勝は馬を走らせた。

正信の三白眼に忠勝の背中がとてつもなく大きく映った。

「いつの日にか……」

正信はそう呟くと西の空を見上げた。
この後のわが身に何の希望も示してはくれない空虚な空が広がるばかりだった。

第二章　家康に過ぎたるもの——姉川の合戦　三《み》方《かた》ヶ原《はら》の合戦

一

永禄七年（１５６４）の七月、上野城から退去した本多弥八郎正信は大坂本願寺に来ていた。

大和川と木津川を天然の外堀とし、十町もの寺内町を抱える広大な寺域は三河の三カ寺など箱庭のようだ。いかなる武将の軍勢の侵入も許さじと、寺の周囲には五十を超える城と砦《とりで》が構えられている。もちろん、寺域内にも無数の櫓《やぐら》が建ち並び、万全の防備が整えられていた。

本願寺境内に通じる正門は屋根が唐破風《からはふ》となった唐門である。正信は閉じられた唐門の前に立った。醤油《しょうゆ》を煮染《にし》めたような布切れで頬被《ほおかぶ》りをし、粗末な野良着《のらぎ》姿とあって、その姿は大坂近在の百姓のようだった。

乳白色の空の彼方《かなた》が茜《あかね》に染まる夜明け前だというのに、唐門の前は門徒で溢《あふ》れ返っている。野鳥の囀《さえず》りに混じって、

「南無《なむ》阿弥陀仏《あみだぶつ》、南無阿弥陀仏、南無阿弥陀仏」
と唱える声が聞こえる。

彼らはひたすら阿弥陀仏への帰依《きえ》を表明する六字名号の「南無阿弥陀仏」を唱え、開門を待ちわびていた。法主、顕如の法話がある日にはお馴染《なじ》みの光景である。

やがて、朝日が顔を出し、鶏が鳴くと唐門が開かれた。

門徒たちは雄叫《おたけ》びを上げながら境内に雪崩《なだ》れ込んだ。まるで戦場にあって突撃をする将兵のようだ。

正信はその勢いに唖然《あぜん》として、出遅れてしまい唐門近くで置き去りになった。

正信が茫然《ぼうぜん》と彼らを見ていると、境内に雪崩れ込んだ数人がつまずき転んでしまったようだ。その彼らにつまずいた門徒たちが次から次へと将棋倒しになる。下敷きになり踏みつけられ身体《からだ》の上に圧《お》し掛かられても門徒たちは経文を唱え続けている。その表情は苦悶《くもん》どころかむしろ愉悦に溢《あふ》れていた。

正信は背筋が寒くなり、唐門から離れた。

「これか……」

正信は呟《つぶや》いた。

聞いたことがある。

大坂本願寺では、顕如の法話がある日には正門前に大勢の門徒が溢れる。開門と同時に彼らは、今日のように我先に本堂を目指すのだが、あまりにも急ぐ為《ため》、転倒する者が出る。ある日、転倒した者に大勢の門徒が圧し掛かり、転倒した者は圧死するという事故があった。すると、何時《いつ》の頃からか、圧死した門徒は極楽往生を遂げたという話が流れ、それが加速して法主さまの法話を聞く為なので、圧死すれば極楽往生できる、という解釈がなされるようになった。そのため、わざと転倒する門徒も現われているらしい、という風聞だ。

まさか尾鰭《おひれ》が付いた伝聞だと思っていたが、たった今、その風聞が真実なのだと目撃した。これが信仰というものか。自ら圧死を望むというのはどういうことなのだろう。深い疑問が正信の胸の奥底に澱《おり》のように残った。

本堂の前を埋め尽くした門徒たちの熱い視線を受けながら法主の顕如が濡縁《ぬれえん》に立った。緋色の袈裟《けさ》に身を包み、青々とした坊主頭《ぼうずあたま》が朝日を弾《はじ》き、面長の顔は聡明《そうめい》さをたたえ、微笑を含んだ口元が限りない慈愛を感じさせる。

思わず拝みたくなるような尊顔で、正信も思わず両手を合わせた。門徒たちも合掌はしているが名号は唱えず、固唾《かたず》を呑《の》んで顕如が口を開くのを耳をそばだてて待っている。

顕如はおもむろに語り始めた。浄土真宗の開祖親鸞《しんらん》や中興の祖蓮如《れんにょ》の法難、法難を乗り越えた本願寺教団のことを語り、一意専心に、「南無阿弥陀仏」を唱えることの尊さを訴えた。

その姿と法話に、あちこちで門徒たちが滂沱《ぼうだ》の涙を流している。

「先頃、三河で門徒たちが法難に遭いました」

顕如は三河一向一揆《いっこういっき》について言及すると、正信の背筋が思わず伸びた。

「松平家康なる武将は邪《よこしま》なる策を以《もっ》て三河から門徒を追い出しました。これからも、家康のように門徒に害を及ぼす者たちが現われましょう。ですが、親鸞聖人《しょうにん》、蓮如上人《しょうにん》の法難を思い、我ら門徒、心一つに南無阿弥陀仏を唱え、阿弥陀如来《にょらい》のお導きに縋《すが》るのです」

そう話を締め括《くく》ると顕如は手を合わせ、「南無阿弥陀仏」を唱え始めた。門徒たちも一斉に「南無阿弥陀仏」と唱える。本堂の前は、「南無阿弥陀仏」の声が紅蓮《ぐれん》の炎のように渦巻いた。

顕如が名号を唱え終えると門徒たちは頭を垂れ、興奮が潮のように退《ひ》いていった。

正信は立ち上がり、

「法主さま！」

と、叫び立てた。

顕如の脇《わき》に立っていた坊官が、

「控えなされ」

と、正信を制した。

うろんな者を見るように門徒たちの視線が正信に集中する。粗末な野良着姿とあって、正信を武士と思う者はいないだろう。

顕如は坊官を宥《なだ》め、

「何じゃ」

と、優しい声音で声をかけてきた。それだけで、正信の胸は熱くなった。

正信は頬被りをしている布切れを取り、

「法主さまに申し上げます。わしは三河の一向一揆に加わり、松平家康と戦いました」

と、言った。

門徒たちはざわめき、顕如と坊官の顔が興味に彩《いろど》られる。

「わしら門徒は一向宗の教えに殉じます。教えを踏みにじらんとする者とは断固として戦います。家康に限らず、一向宗を弾圧する大名がこれからも現われましょう。邪心を抱く大名どもと戦う為、法主さまの下、門徒は一糸乱れず、力を合わせねばなりませぬ」

言葉を止め、正信は顕如を見上げた。

顕如は笑みを浮かべ小さくうなずいた。

「畏《おそ》れ多いことですが、先ほどの門前での騒ぎのような、極楽往生する為、わざと転び、自らの命を絶とうとする行い。これは、教えに反するとわしは思います」

門徒たちはざわめき、中には正信を大声で罵倒《ばとう》する者もあらわれた。正信はそれらの反応にはめげずに続けた。

「法主さま、わざと転び、命を粗末にするのは間違っておる、と諭してくださりませ」

正信は両手をついた。

顕如は階を下り、境内を横切り、正信の方に向かった。

顕如が通る先は両側に分かれ、門徒たちは土下座をしていく。

やがて顕如は正信の前で跪《ひざまず》き、

「面を上げなされ」

と、告げた。

正信は顔を上げると顕如と目が合った。麝香《じゃこう》の匂《にお》いが鼻孔を刺激した。つい、目を伏せ、再び平伏する。

「そなた、名は」

顕如に問われ、素性を語るべきか迷った後、

「弥八郎と申します」

正信は答えた。

顕如は立ち上がり、

「よく気づきましたね」

と、微笑《ほほえ》みかけてから本堂へと戻っていった。

顕如が本堂の奥に入り、門徒たちは三々五々本願寺を後にした。正信も帰ろうとしたが、

「おい、おまえ、生意気やな」

「ほんまや。法主さまにようも無礼なことを言うてくれたもんや」

何人かの門徒に囲まれた。

「わしは間違ったことは申しておらぬ」

胸を張り、正信は返した。

「ようも抜け抜けと……法主さまと口を利《き》くなんぞ、十年早いんじゃ」

一人が正信を殴った。

正信は地べたに転がった。続いて、数人がかりで蹴《け》ってくる。正信は丸まり痛みに耐えたが、彼らは攻撃を止《や》めようとはしない。

ここで命を終えるのか……。

大坂本願寺で死ねれば本望だ。極楽浄土に行けるかもしれない。なんとはなく我先に本堂目がけて走り、わざと転ぶ門徒の気持ちが理解できたような気がする。

いや、違う。

そんな彼らを自分は間違っていると糾弾したのだ。門徒は一向宗を潰《つぶ》そうとする邪悪な者たちとの戦いにこそ、命を捨てるべきだ。

「おおっ！」

猛然たる雄叫びを上げ、正信は蹴ってきた足を両手で摑《つか》んだ。相手はもんどりうって仰《あおむ》向けに倒れる。正信は起き上がり、男の両足首を摑むとぐるぐると回り始めた。

数人が跳ね飛ばされ、地べたに転がる。

「この餓鬼が、何さらすんじゃ」

気性の荒い男が小刀を振り翳《かざ》した。それを機に、小刀を手にした男たちが正信に向かってくる。正信は、身に寸鉄を帯びないとあって、抗す術《すべ》もない。

三十六計、逃げるが勝ちだ。

背後を窺《うかが》うと、いつの間にかびっしりと門徒たちに囲まれていた。彼らは揃《そろ》って正信を敵視しているようだ。

こんどこそこれまでか……。

覚悟を決めたところで、人の輪に亀裂《きれつ》が生じた。誰からともなく、

「頼廉《らいれん》さま」

という声が聞こえた。

程なくして一人の僧侶《そうりょ》が近づいて来た。顕如の傍らに侍《はべ》っていた坊官である。

頼廉……そうか、本願寺教団の坊官、顕如の右腕と称される下間刑部卿《しもつまぎょうぶきょう》頼廉であろう。法印の位を持ち、本願寺教団の坊官を束ねている。

果たして、門徒たちの攻撃を制した坊官は、

「貴殿、三河一向一揆の軍師であった本多弥八郎正信殿ではないかな。拙僧は下間頼廉である」

と名乗った。

正信は頼廉に向いて一礼した。

「さよう、わしは弥八郎正信でござる」

頼廉はざわめく門徒たちを去らせた後、

「本多殿、番衆に加わってくださらぬか。これは法主さまのご希望でもある」

と、本願寺内に設けられた牢人《ろうにん》、僧兵、傭兵《ようへい》などが詰める太鼓番屋に逗留《とうりゅう》することを求めた。実のところ、正信は番衆に加わりたくて大坂までやって来たのだ。

「望むところです」

正信は礼を述べてから、

「しかし、わしは鑓《やり》働きには劣り、弓も鉄砲も不得手、役に立たないどころか足でまといになるかもしれませぬ。三河でもろくな働きができませんでした」

望みとは裏腹に、法主顕如の姿を仰ぎ見てからは、太鼓番屋を逃げ込み先にすることは気が引けた。

「本多殿には鑓働きなど期待しませぬ。三河で松平勢を翻弄《ほんろう》した軍略を役立ててもらいたい。貴殿が申されたように、将来、一向宗の教えに立ちはだかる大名との戦に貴殿の軍略を役立てて欲しいのだ」

頼廉は言った。

正信の全身の血潮が熱く滾《たぎ》った。

「本多弥八郎正信、法主さまと一向宗の教えの為、あらん限りの知恵を絞りまする」

正信は本堂を仰ぎ見た。

岡崎城を遥《はる》かに凌《しの》ぐ雄渾《ゆうこん》な姿に顕如の導く一向宗の崇高さを感じていた。


明くる日、正門前には高札が掲げられた。

そこには、法話の際の入城は徒歩に限る事、転んだ者は周囲の者が介護すること、そして命を粗末にする者は無間地獄に堕《お》ちる、と記されていた。

二

元亀《げんき》元年（１５７０）の五月、徳川家康は軍勢を率いて近江《おうみ》姉川に着陣した。

家康は、酒井忠次、石川数正、本多忠勝、榊原康政《さかきばらやすまさ》を従え、信長の本陣を訪れた。

楯机を囲み織田家の諸将が床几《しょうぎ》に座している。上座の信長と視線を合わせる者はいない。強い日差しが降り注ぎ誰もが額から汗を滲《にじ》ませているが、信長の手前、拭《ぬぐ》おうとする者はいない。

陣内に家康一行が入ると信長の目元が和み、織田の諸将も僅《わず》かに緊張を解いた。家康は信長の近くに用意された床几に腰を据えた。忠勝たちも床几に座す。忠勝は軍議とあって、鹿角脇立兜《かづのわきだてかぶと》こそ被っていないが、黒糸威《おどし》胴丸具足に身を包んでいる。歴戦の勇将たちの中にあっても威風堂々たる武者ぶりだ。数え二十三、本多忠勝は体力、気力に満ち溢れていた。

信長が手伝い戦にやって来た家康たちに礼を述べてから、

「こたびの合戦、まさしく捲土重来《けんどちょうらい》の時である」

やや甲高い声で断じた。

四月、越前に攻め込みながら浅井長政《ながまさ》の裏切りに遭い、命からがら京の都に逃げ帰った屈辱を信長は晴らそうとしている。信長の思いは織田家中ばかりか家康も徳川の諸将も同じだ。

浅井を打ち負かす強い意志で忠勝も参陣している。

先月、家康は居城を岡崎から遠江《とおとうみ》の浜松に移した。曳馬《ひくま》という地名であったが、「馬を曳く」は敗北に繋《つな》がるとして浜松に改称した。古文書に曳馬周辺は浜松荘《しょう》という荘園であったと記されていたのを根拠としたのだ。

浜名湖と天竜川の間、三方ヶ原台地の東南に位置し、改修前の城は東西一町（約百メートル）、南北一町半（約百五十メートル）ほどのこぢんまりとした規模であった。

家康はそれに大幅に手を加えた。城の規模を東西六町（約六百メートル）南北六町半（約六百五十メートル）に拡張する。地形は西に向かうにつれ高台となっており、高台の山頂部に天守曲輪《くるわ》を設け、東に向かって、本丸、二の丸、三の丸の曲輪を配置し、古城と繋げた。曲輪には野《の》面積《づらづみ》の石垣を巡らせていた。

今後は城の周辺に家臣たちの屋敷を設けさせる予定だ。

家康以下、織田、徳川の諸将は表情を引き締め、信長の言葉の続きを待った。

「物見によると浅井勢は八千、朝倉勢は一万とか」

信長は二万五千の軍勢を率いてきた。二万五千の内、五千は姉川の南にある浅井方の横山城周辺に留めている。家康は五千を率いての助勢である。

「軍勢の数からすると、徳川殿は浅井に備えて布陣するのがよろしかろう」

信長の言う通りである。朝倉勢は一万、徳川勢の倍なのだ。

忠勝は、「戦は数ではない」という家康の言葉を思い出した。いや、むしろ、家康は劣勢を跳ね返す働きに武将の生き甲斐《がい》を感じており、それは忠勝も深く共鳴している。

加えて忠勝には気にかかる武者が朝倉方にいた。

北国の勇者の異名を取る真柄十郎左衛門《まがらじゅうろうざえもん》だ。七尺近い身の丈、太郎太刀と呼ばれる刃渡り六尺の大太刀を武器に阿修羅《あしゅら》の如《ごと》く暴れ回るそうだ。真柄のゆくところ屍《しかばね》の山が築かれ、雑兵《ぞうひょう》などは太刀を振るわれるどころか、一睨《ひとにら》みされただけで逃げ出し、武者たちや馬さえも足がすくむとか。

北国の勇者と立ち会いたい、朝倉勢と合戦に及びたいと、忠勝の武者魂が叫び立てていた。

忠勝を一瞥《いちべつ》した家康は、その心中を見透かしたかのように口元を緩めた。

果たして、

「兄上のお言葉ごもっともと存じますが、我ら徳川勢五千の数とは申せ、一騎当千の兵《つわもの》ばかりでござります。兄上の助勢に参陣しましたからには、徳川勢の存分なる働きをお目にかけたい。数に勝る敵と合戦に及びたいと存じます」

家康は慇懃《いんぎん》に頭を下げた。

盟約を結んだ信長を、年長であることと、上洛《じょうらく》し天下の執権と目されるその立場を尊重し、家康は兄と仰いでいる。

「朝倉勢と刃《やいば》を交えると申すか」

静かな口調で信長は確かめた。目元に笑みを浮かべているのは、弟家康のけなげさを喜んでいるようだ。織田の諸将から小さなどよめきが起きた。すると、末席に座す小柄な男が発言した。

「朝倉は我らに任せてください。助勢してくださる徳川勢に数に勝る朝倉勢をお任せするわけにはいかんですわ」

男は尾張訛《なま》りで捲《まく》し立てた。

忠勝は隣に座す数正に何者かと小声で問いかけた。数正は、「木下藤吉郎だ」とやはり声を小さくして答えた。

あの男が木下藤吉郎秀吉《ひでよし》か。

小者から累進《るいしん》を重ね足軽大将に成りあがったと聞いているが、忠勝の目からは秀吉には武将の素質を何処《どこ》にも見いだせない。甲冑《かっちゅう》がだぶついた貧弱な身体ではろくな鎧働きなどできまい。まして太刀を振るったり強弓もひけまい。となると、ひょっとして、鉄砲の名手であろうか。

織田勢は数多《あまた》の鉄砲を揃えているので、秀吉は鉄砲の腕を買われたのだろうか。

家康は秀吉に向かって、

「お気遣い無用です。我らが助勢であるなら、朝倉も浅井の助勢でござる。助勢同士、刃を交えたいと存ずる。それに、浅井長政は兄上の妹、お市殿を娶《めと》りながら兄上に叛《はん》旗《き》を翻《ひるがえ》した憎き敵。織田の諸将が首級《くび》を挙げて然《しか》るべきと存じます」

　堂々と返した。

　秀吉は織田の諸将を見回し、

「こりゃ、てや〜したもんだわ。さすがは、東海道一の弓取り、徳川三河守《みかわのかみ》さまだぎゃあ」

　織田の諸将は苦笑する者、渋面を作る者と様々だ。宿老の柴田《しばた》勝家などは、

「猿めが」

　と、露骨に嫌な顔をしている。

　信長は、家康の申し出に気を良くしたようで、

「承知した。徳川殿に朝倉勢をお任せ致す」

　と、破顔して受け入れた。

　織田の本陣から徳川の本陣に戻った家康から、朝倉勢への陣構《じんがまえ》の指示が飛ぶ。みな、二倍の朝倉勢を恐れるどころか、勇み立っている。これこそが徳川だ、と忠勝の全身に喜びが沸き上がった。

軍議を終えてから本陣を出ると、

「平八郎……殿」

本多三弥左衛門正重である。お義理で、「殿」を付けたようだ。

正重は三河一向一揆後に帰参を許されているが、忠勝と同じ一族とはいえ、深い付き合いはない。正重も忠勝とはそりが合わないと思っているようで、戦陣や岡崎城で会っても黙礼を交わすくらいだ。

忠勝は無言で正重の言葉を待った。

「殿に朝倉と戦うよう進言したのか」

正重は睨んだ。

「朝倉勢に向かうこと、殿が織田殿に申し出られましたな。我ら徳川の威勢を天下に示す、好機とわしも勇んでおりますぞ」

忠勝は、「では」と立ち去ろうとしたがふと立ち止まり、

「弥八郎殿は達者ですか」

と、問いかけた。

正重は一瞬言い淀《よど》んだが、

「達者で暮らしておろう」

素っ気なく答えた。
「大坂本願寺に加わったと耳にしましたが」
「兄は阿弥陀如来の信仰に殉じる覚悟なのじゃ」
「いつか戦場でまみえるかもしれませぬな」
忠勝は軽く頭を下げ歩き去った。

六月になり、物見から朝倉勢が大依山《おおよりやま》を陣払いした、という報告が信長のもとにもたらされた。撤収するのではないかとも思われたが、深夜になると朝倉勢は浅井勢と共に山麓《さんろく》に軍を進めはじめた。

忠勝は逸《はや》る気持ちを押さえ姉川の対岸に目を凝らす。

夥《おびただ》しい数の松明《たいまつ》が行き交い、甲冑のこすれ合う音、馬の嘶《いなな》きが響き渡り、夜蟬の鳴き声が止んでいる。

朝倉勢は西の三田村に着陣し、浅井勢は東の野村に陣取った。

信長から陣触れを告げる伝令が遣わされた。

伝令の報告によると、横山城に拠《よ》る敵勢への備えとして、氏家卜全《うじいえぼくぜん》、安藤守就《もりなり》、丹《に》羽《わ》長秀《ながひで》の軍勢三千を残したままにするそうだ。

家康の指示で徳川勢五千は姉川の南側に布陣した。姉川を挟んで徳川勢は二倍の朝倉勢と対陣することになる。

姉川の水深は深い所で三尺ほど、人馬が渡るに不自由はない。

浅井勢と向かい合う織田勢の先陣は坂井政尚《まさひさ》。以下、池田恒興《つねおき》、木下秀吉《ひでよし》、柴田勝家、森可成《よしなり》、佐久間《さくま》信盛《のぶもり》が布陣し、信長の本陣まで十三段の構えである。

朝倉勢と対陣する徳川勢は先陣を酒井忠次、以下小笠原《おがさわら》長忠《ながただ》、石川数正勢が家康の本陣までに構えられた。さらに信長は朝倉勢との兵力差を考慮し、織田家の武将、稲葉一鉄の軍勢を徳川勢に加えた。

忠勝は家康の本陣にあって蜻蛉切《とんぼきり》の鑓を構えている。

「殿を御守りするのが第一じゃぞ」

叔父の忠真《ただざね》が言い聞かせるように耳打ちをした。

「承知しております」

答えたものの榊原康政のことが気にかかる。

康政は本陣の後方に陣取り、家康の指示で別動隊の働きを任されているのだ。

早朝だというのに強い日差しが河原を照り返し、川面《かわも》を煌《きら》めかせている。恨めしいほどの青空には入道雲が白く光っていた。遮る物がない田畑を浅井、朝倉勢が埋め尽くし、陽炎《かげろう》に揺らめいていた。

忠勝は全身が震えた。初陣《ういじん》の時のような恐怖からではない。大地を埋め尽くす大軍同士の合戦、奇襲や城攻めではない真っ向勝負のぶつかり合いに武者震いが止まらないのだ。

卯《う》の刻（午前六時）に合戦の幕が上がった。

坂井政尚の軍勢が浅井勢に向かって弓を射かけ、鉄砲を放つ。伊吹山の頂きにも届かんばかりの銃声と怒声が辺りを覆《おお》った。

浅井勢が川を渡ってくる。攻め太鼓、銅鑼《どら》を打ち鳴らし、法螺貝《ほらがい》を吹きながら坂井政尚の軍勢に襲いかかった。

朝倉勢は動かない。

「何をしておる！」

忠勝は朝倉勢に向かって怒声を放つと、

「殿、朝倉は怖じ気づいております。攻めかかれば、押せますぞ」

と、家康に進言した。

どっかと床几に腰を据えたまま家康は首を左右に振り、

「まずは、酒井忠次じゃ」

先陣を切る酒井勢に任せた。

将兵たちの当世具足の背中に立つ旗指物がはためき激しい水飛沫《みずしぶき》が立つ。

酒井忠次の軍勢も姉川を渡った。朝倉勢から矢が射かけられるが、馬上の忠次は将兵を叱咤《しった》し、ひるまずに進む。鉄砲も放たれ、酒井勢の竹束が弾ける音が響く。鉄砲をものともせず魚鱗《ぎょりん》の陣形で酒井勢は川を渡り切ると朝倉勢に突撃をした。無数の旗指物が入り乱れ、まるで林が動いているようだ。

接近戦となり、もはや弓や鉄砲は使えない。双方、鑓を突き合い、野太刀をぶつけ合っての命のやり取りとなった。

面頬《めんぼお》から覗《のぞ》く双眸《そうぼう》はどれもぎらぎらとしている。旗指物は折れ、穂先を失った鑓を振り回す者、刃こぼれしようが太刀を振るう者で河原は満ち溢れた。空は土煙で覆い尽くされ、敵と味方の区別もつかないほどだ。

河原には首を失った亡骸《なきがら》、鑓を持った腕、土まみれとなった旗指物が散乱し、それに足を取られようものなら、たちまち鑓が襲い掛かる。亡骸が浮かんだ川は、だくだくと流れる血で朱に染まり、まるで血の川のようだ。

それでも、炎天下の戦で乾き切った咽喉《のど》を潤《うる》おそうと川面に首を突っ込む者が続出する。しかし、彼らは乾きを癒《いや》すことと引き換えに刀槍《とうそう》の餌食《えじき》となってしまう。

家康は二陣の小笠原勢、三陣の石川数正勢にも突撃を命じた。酒井勢の奮戦により勢いづいた徳川勢は朝倉勢を押していた。

よし、と家康は伝令を呼び、

「康政に川下に回り、朝倉勢の脇腹をつくように伝えろ」

と、大音声《だいおんじょう》で命じた。

程なくして榊原康政の軍勢が川沿いを下流に向かって移動し始めた。

忠勝は全身がかっと熱くなり、居ても立ってもいられない。そんな忠勝を横目に見ながら家康は見ないふりをしている。

榊原勢は川を渡ったが朝倉勢は応戦に出てこない。徳川勢に押され、防御で手一杯のようだ。

これ幸いと榊原勢は朝倉勢の左面から横鑓を入れた。これが功を奏し、朝倉勢の右翼に綻《ほころ》びが生じた。

そこに勝機を見た家康は、

「馬を曳《ひ》け！」

と、自らも攻め込む姿勢を見せた。

続いて、

「平八郎、猛《たけ》るぞ」

と、面頬を付けた。

面頬から覗く二つの目は武者の輝きを放っていた。

忠勝も馬に跨《またが》り蜻蛉切の鑓を手にすると、家康に付き従った。

朝倉勢は陣形が崩され、浅井の援軍という意識もあって、士気を落としたようだ。徳川勢の猛攻にじりじりと押し戻されてゆく。戦場から離脱してゆく者が後を絶たない有様だ。

こうなると、軍勢はもろい。逃亡した者たちを追うように全軍が敗走を始めた。

前線に踏み止《とど》まっている者たちも味方が崩れる様を目《ま》の当たりにして浮足立つ。

動揺する朝倉勢にあって、ただ一人、巨人が踏み止まっていた。

いや、留まっているのではない。

群がる徳川勢を恐れるどころか、ばったばったと斬《き》り倒しているのだ。しかもその太刀たるや刃渡り六尺はあろうかという大太刀である。

「真柄十郎左衛門……」

忠勝の胸が高鳴った。

真柄十郎左衛門直隆《なおたか》、北国の勇者にふさわしい戦いぶりだ。

七尺の巨体で六尺の大太刀を振るい、徳川勢を斬り立てる。

射かけられる矢を跳ね飛ばし、徳川勢の真《ま》っ只中《ただなか》で暴れ回っている。繰り出される鑓の穂先を斬り飛ばし、太刀を折り、真柄の周囲には死骸《しがい》の山が築かれていた。兜を失い、髪を振り乱し、面頬も割れて剝《む》き出しとなった顔面は血に染まっていた。

まさしく鬼神の如き武者ぶりだ。

北国の勇者の奮戦ぶりを目の当たりにした徳川の将兵たちは恐れから称賛の目となり、今ではその死を惜しんでいるかのように見えた。それが証拠に、囲みながらも鉄砲で狙《ねら》う者はいない。

やがて、朝倉の総大将景健《かげたけ》が無事落ち延びたという報告が真柄にもたらされた様だ。それを聞いた真柄は笑みを浮かべた。大将の無事を聞き、覚悟を決めたようだ。

「わしが真柄十郎左衛門じゃ。わしの首を取って手柄としたい者はかかってまいれ」

真柄は大太刀を構え直した。

迷わず忠勝は馬を下り、鑓を構えると徳川の将兵を見回し、目で手助け無用だと告げてから、

「本多平八郎忠勝、お相手致す！」

「おお！」

獣の咆哮《ほうこう》のような雄叫びを上げ、真柄は応じた。

徳川勢は二人を囲み、円陣を作る。

二人の一騎打ちを邪魔させない為の動きだ。

忠勝は蜻蛉切の鑓を両手で構え、突進した。真柄は大太刀を横に掃《はら》う。

鑓の穂と大太刀がぶつかり、青白い火花が飛び散る。忠勝は手首に、見えない巨人の手で殴られたような衝撃を感じた。よろめきそうになったが、腰を落としてかろうじて踏み止まる。

間髪入れず、真柄は大太刀を振り回しながら間合いを詰めてきた。風が切り裂かれ、戦場にあっても円陣の中は別世界だ。

鑓と太刀に己《おの》が誇りと命を賭《か》けた二人の攻防を、徳川の将兵は固唾を呑んで見守っている。

恐れてはならじと、忠勝は鑓の柄の真ん中を両手で握り車輪のように回した。

再び大太刀と鑓がぶつかり合う。

両腕に力を込め、忠勝は鑓を高速で回転させる。それに応じるように真柄の太刀筋もより力強くなった。

お互いの意地がぶつかり合う。

断じて退くものかと忠勝は己を鼓舞する。

さすがの北国の勇者も人である。群がる徳川勢相手の獅子《しし》奮迅《ふんじん》の働きがここにきて祟《たた》ってきたようだ。疲労から太刀の動きは鈍り、大地に根差したような足腰が衰えふらつくようになった。

思うようにならない巨体に失笑を漏らし、真柄は大太刀を下げてあぐらをかいた。

忠勝を睨み上げ、

「手柄とせよ」

と、大太刀を抱き両目を閉じる。

太郎太刀と呼ばれる長寸の太刀を抱きながらあの世へ旅立とうとする真柄の顔は、土と血にまみれながらも穏やかだ。悟りを開いた行者、いや、戦場で死ぬることに無上の喜びを感じている根っからの武者の姿がそこにあった。

「御免！」

忠勝は蜻蛉切の穂先で真柄の首を刺し貫いた。

凄惨《せいさん》な戦場にあって、まことあっぱれな真柄十郎左衛門の最期《さいご》であった。

正午過ぎ、朝倉勢が崩れたのを見定め、信長は横山城包囲を行っていた安藤守就、氏家卜全、丹羽長秀の軍勢を呼び寄せ、浅井勢に突撃させた。

早朝からの信長勢の奮戦と朝倉勢の瓦解《がかい》により、浅井勢も退却を始めた。

すかさず信長は追撃を命じる。

昼八つ半（午後三時）には勝敗は決した。

浅井、朝倉勢は姉川から姿を消し、横山城も陥落した。姉川の河原には、敵味方無数の亡骸が横たわっている。

人ばかりではなく、馬も無残な骸《むくろ》を晒《さら》していた。真夏の昼下がり、生暖かい風が死臭を運んでくる。

野草が血で赤黒く染まり、後にこの辺りは血原と呼ばれるようになる。まさしく、血戦の末の勝利である。浅井、朝倉勢は千百人、織田、徳川勢は八百人を超える死者を出した。

夕暮れ迫る戦場には将兵の亡骸から鎧《よろい》や鑓、太刀を奪おうと近在の百姓や野伏せりが群れている。供養《くよう》をしようと集まった雲水たちの読経《どきょう》が寂しげに響き渡る。水辺に近い草むらで飛び交う蛍たちはまるで戦場で果てた者たちの魂のようだった。

北国の勇者、真柄十郎左衛門を討ち取り、本多忠勝の武名は徳川勢の奮戦と共に天下に鳴り響いた。

　心地よい疲労に包まれながら忠勝は武者に生まれたことを亡《な》き父忠高に感謝した。同時に家康の下、一層の鑓働きを誓った。

三

　大坂本願寺の太鼓番屋で本多正信は小者の権次郎が届けた正重の文で姉川における本多忠勝の活躍を知った。正重は悔しかったのか事細かに姉川の合戦と忠勝の活躍ぶりをしたためていた。

　正信の前に斎藤龍興《たつおき》がどっかと座った。

「信長と家康は、浅井、朝倉に勝利して有頂天になっておるだろうな」

　嫌悪《けんお》感《かん》を込め龍興は言った。

　三年前、龍興は信長から美濃《みの》を追われた。美濃国主の座から転落し、僅かな供回りとともに伊勢長嶋の一向一揆勢に加わった。以来、美濃国主への返り咲きを願い、一向一揆、三好《みよし》党など反信長勢力に加担している。

　父義龍《よしたつ》の急死で家督を継いだ時、龍興は数え十四で、信長に美濃から追放されたのは二十歳のときであった。若き身で美濃国主となったとあって、政《まつりごと》も戦も家臣任せにしていた。酒と女に身を持ち崩す頼りない武将であったが、美濃を追い出され諸国を流《る》浪《ろう》する内に逞《たくま》しくなり、二十三となった今は一角《ひとかど》の武者ぶりだ。

「織田、徳川の大勝利であったそうですぞ」

　正信は言った。

「一時の勝利に驕《おご》っておればよい。その内、信長は足元をすくわれるぞ」

日に焼けた髭面《ひげづら》を龍興は笑いに包んだ。

自信に満ちた物言いは、信長に美濃を追い出された悔しさからの負け惜しみばかりではないようだ。

　太鼓番屋の増築がなされている。しかも大規模な造作で、甲冑、鑓、太刀、弓矢、更には鉄砲、弾薬までもが大量に運び込まれている。

「番衆が増えるようですな」

　正信が言うと、

「ああ、そうだ」

　思わせぶりに龍興はにんまりとした。龍興は三好党と大坂本願寺の間を行き来している。

「なんだ、腹を割って話してくれませぬか。同じ一向宗の門徒ではありませぬか」

そう語りかけたものの、龍興が一向宗の門徒なのかは知らない。信長に追われ、伊勢長嶋の一向一揆を頼って落ち延びただけだ。成行きで一向宗に加わったのだから、改宗したのかどうかはわからない。改宗したとしても、龍興は一向宗の為に戦をしているわけではないだろう。信長憎し、美濃国主への返り咲き、この執念に突き動かされているだけなのだ。

それゆえ、龍興は同じく信長によって畿内を追われた三好党にも加わった。三好党は信長が担《かつ》ぎ上げた将軍足利義昭《あしかがよしあき》の兄義輝《よしてる》を弑逆《しいぎゃく》した。その恨みを義昭は忘れていなかったのだ。

「信長は公方《くぼう》と良好な関係のようですな」

正信は言った。

「信長は利の塊だ。公方から副将軍に成るよう要請されたが畏れ多いと辞退し、謙虚な振りをした。その代わり、堺、大津、草津に代官を置く許しを得た。名誉のかわりに、商いの利を求めたのだ」

龍興は信長を利に聡《さと》い強欲大名だとこきおろしたが、正信はそこに家康にはない信長の先進性を見た。

信長は戦を金で買っている。

そう考えれば、越前に攻め込んだわけもわかる。信長は美濃を併呑《へいどん》してから、「天下布武」の印判を使用し始めた。足利義昭を奉戴《ほうたい》して上洛、将軍に就けたのも、「天下布武」の為、すなわち天下と称される都や畿内を武力で平定するのだ、と周囲は解釈した。都や畿内は足利将軍が治める、「天下」と解釈されている。

ところが、信長は義昭の為に二条御所を造営すると、畿内ばかりか西日本諸国の大名に上洛を命じた。信長の命令に従って自身や代理を使者として上洛させる大名は多かった。しかし、朝倉は代理どころか返書すら寄越さなかった。これを信長は義昭への不忠と見なして大軍を催した。

越前は天下の外にある。その越前を攻め取ろうとは、「天下布武」に反する合戦だ。それなのに信長が強行したことに正信は違和感を抱いていたのだ。

「そうか、越前を攻めたのは商いの利のためだな。朝倉に公方の二条御所落成の祝いに上洛しなかったからと難癖を付けたが、信長の本音は越前の三国《みくに》と敦賀《つるが》の湊《みなと》が欲しいのだろう」

朝倉氏の居城のある一乗谷は北陸の京と称される華やいだ城下町だ。三国、敦賀湊からもたらされる運上金が一乗谷の賑《にぎ》わい、更には朝倉家の隆盛を支えているのである。

そんな商いの利を考慮しての越前攻めであったが、越前は、「天下」と称される都や畿内の外だ。信長の考える「天下」とは、足利将軍が治める「天下」を超えた地域、ひょっとして日本全国を意味するのだろうか。そう考えるのなら越前に攻め込んだことも、西日本の大名に上洛命令を出したことも理解できる。

「三好党の岩成友通《いわなりともみち》殿から報《しら》せがきた。来月にも摂津に城を築き、公方及び信長と一戦を交える」

髭に覆われた面相にあって双眸をぎらり光らせ、龍興は語った。

「三好党に加わって信長と戦うのですか」

聞かずともわかっているが敢《あ》えて問いかけた。

ところが、

「いや」

と、龍興は首を横に振って否定した。

「なんだ……」

拍子抜けをした。まさか、臆病風《おくびょうかぜ》に吹かれ、命が惜しくなったわけではあるまい。

本願寺での暮らしは、贅沢《ぜいたく》こそできないが、酒、食事に不足はない。女も抱ける。実際、龍興はずいぶんと恰幅《かっぷく》がよくなった。ここでの暮らしに馴染《なじ》んでしまったとしてもおかしくはない。

「お主、番衆、武具の増強を見て気づかぬか」

龍興は格子《こうし》窓に向いて顎《あご》をしゃくった。

「……そうか、法主さま、信長と一戦交えるのですか」

ひょっとして、自分の献策を採用してくれたのか。いや、自分が上申しなくとも顕如は信長との合戦を避けがたいと覚悟していたのかもしれない。二年前、信長上洛の際には矢銭五千貫を求められ、本願寺は応じた。

それに味をしめたのか、本願寺与《くみ》しやすしと踏んだのか、信長は今度は大坂からの退去を求めてきた。

今年の初めに通告されたのだが、いつまでも返事を引き延ばせば、信長は攻めてくるだろう。しかし、大坂本願寺は、戦国大名のそれを遥かに凌駕《りょうが》する城郭、加えて戦闘態勢となったら十町もの寺内町が強大な城塞《じょうさい》と化す。寺内町と本願寺は大和川、木津川や多くの分流の川が天然の堀を形成してもいた。

この巨大城塞に全国の一向宗徒が番衆として応援に駆けつける。人ばかりではなく武器弾薬、兵糧《ひょうろう》が集まるのだ。更には一向宗を信仰しなくとも顕如を慕う戦国大名は存在する。甲斐《かい》の武田信玄がその代表だ。

大坂本願寺は三河一向一揆が籠《こも》った三カ寺とは比べ物にならない難攻不落の要塞だ。いくら信長でも易々《やすやす》とは落とせまい。陥落させるには多くの月日と戦費、将兵の犠牲が不可欠となる。ひょっとしたら信長自身も骸と化すかもしれない。

顕如は大坂本願寺ある限り、信長と合戦に及んでも負けはしないと踏んだのだ。

龍興が必勝の自信を示すのも当然であった。

九月、信長は足利義昭を名目上の大将とし、摂津の野田、福島城に拠る三好党討伐の軍勢を催した。

姉川の戦いで浅井、朝倉に勝利し、都周辺の土豪たちも大人しくしているのを見定め、更に彼らを軍勢に加えた信長は余裕たっぷりに三好党殲滅《せんめつ》に臨んだのだ。

権次郎が太鼓番屋に駆け込んで来た。

「織田勢は法主さまが兵を挙げるなどと、露ほども思っとらん様子ずらよ」

権次郎は織田勢の陣に酒を売りに行った。そこで雑兵たちとやり取りをすると三好党を潰す以外の目的はなく、早々に都に帰ることを口々に言い立てていた。

信長勢の背後はがら空きだ。

「勝ったな」

正信が勝利を確信すると、出陣を告げる早鐘が打ち鳴らされた。

夜空をつんざく鐘の音は織田信長、足利義昭の天下が覆《くつがえ》る始まりだと正信は確信した。

そして、信長の後ろ盾を失った家康は武田《たけだ》に滅ぼされる。信長の与力になり果てた徳川家康は滅びを嫌い、今度は武田信玄に服属するか。

家運が大きく傾く徳川にあって、本多平八郎忠勝は果たしてどうする。姉川で真柄十郎左衛門を討ち取り、天下に武名を轟《とどろ》かせたのも束《つか》の間《ま》、徳川家衰運の合戦で虚《むな》しく鑓を振るうか。

正信の脳裏に穂先が錆《さ》びつき、刃こぼれがした蜻蛉切の鑓が浮かんだ。

だが、正信の目論《もくろ》見《み》は大きく外れる。

この夜の早鐘は本願寺勝利を告げる梵鐘《ぼんしょう》ではなく、足掛け十一年に及ぶ信長と大坂本願寺教団との血で血を洗う合戦の幕開けを告げるに過ぎなかったのだ。

四

三好党と大坂本願寺の一向宗徒に挟撃《きょうげき》され織田勢は総崩れとなった。本願寺に加わった雑賀《さいか》党の力が特に大きかった。雑賀党は大量の鉄砲を備えた傭兵集団で、彼らは数多くの鉄砲を所持するばかりではなく、腕の良い放ち手が多数おり、鉄砲を活用した戦に長《た》けていたのだ。

信長は陣を掃い、義昭と共に都に戻った。

その間にも一向一揆《いっこういっき》勢は浅井長政、朝倉義景《よしかげ》と共に近江坂本に兵を進め、琵琶湖の西岸、宇佐山城を守る信長の弟信治《のぶはる》、森可成をはじめ信長方の有力武将を討ち取った。宇佐山城はどうにか落城を免れたものの、浅井、朝倉勢は逢坂《おうさか》山を越えて都に乱入、醍醐《だいご》、山科《やましな》を焼き払い、都の中枢《ちゅうすう》まで肉薄した。

信長の本軍が都に駆けつけたことで、浅井、朝倉勢は都から軍勢を引き揚げたものの、比叡山に籠ってしまった。

更には顕如の命令で伊勢長嶋の一向一揆が兵を挙げた。一揆勢は、信長の弟信興《のぶおき》の守る尾張小木江《こきえ》城を落とし、信興を自害に追い込む大きな戦果を得る。さらに一揆勢は余勢を駆って伊勢桑名城を攻め、織田の武将滝川一益《かずます》を敗走させた。

こうした緒戦の大戦果に、大坂本願寺の太鼓番屋は大いに盛り上がった。斎藤龍興は伊勢長嶋の一揆勢に加わっている。

正信は権次郎と振る舞い酒にありついた。心地よい酔いに身を浸していると、坊主が呼びに来た。

坊主の案内で太鼓番屋を出て庫裏《くり》に向かう。境内は盛大に篝火《かがりび》が焚《た》かれ、あちらこちらで飲んだり踊ったり、博打《ばくち》に興じる様子が展開されていた。

奥書院で顕如と坊官下間頼廉が待っていた。

「本多、そなたの思惑通りじゃのう」

頼廉が言った。

信長はもはや袋の鼠《ねずみ》である。比叡山に籠った浅井、朝倉勢に京に釘付《くぎづ》けにされ、その間に伊勢長嶋の一向一揆勢に本国である尾張を脅《おびや》かされている。近江では信長が追い払った六角の残党、畿内には潰し損ねた三好党が蠢動《しゅんどう》している。

「滅相もございません。法主さまの御威光によって、信長を追いつめることができました。信長の後ろ盾を失えば義昭公はいかがされますかな」

正信は顕如から杯を取らされた。

感極まった。

　まさしく勝利の美酒である。

　食膳《しょくぜん》も贅を尽くしたものだ。瀬戸の蛸《たこ》、鯛《たい》、鮑《あわび》がふんだんに饗《きょう》されている。海の恵みばかりか雉《きじ》や鹿《しか》の肉も大皿に並べられていた。

「信長が滅んだ後の義昭公の処遇じゃのう。義昭公が将軍のままでは三好党は納得しまい。かといって、三好党が一旦《いったん》は将軍に就けた義栄《よしひで》公は既に亡くなっておる。それなら、義栄公の弟義助《よしすけ》殿を将軍に、と三好党が主張するかもしれぬな」

　頼廉の見通しを受け、

「それでは面白くありませぬな」

　酔いが回っているのは自覚しているが、正信はつい本音を漏らしてしまった。

「ほう、本多には何か面白い考えがあるのか」

　頼廉は興味を示した。

　正信はうなずき、

「信長は天下布武を唱えております。武家の天下、武家こそが天下を治めると傲慢《ごうまん》にも申しております。しかし、我々はこの世を極楽浄土にする、日本中を加賀のような百姓の持ちたる国にするのが目的です。ですから、都に公方は不在でもよいではありませぬか」

酔いに任せ、正信は持論を披露した。

「ほう、これは……なるほど面白い考えじゃ。日本全国はともかく、都や畿内は百姓の持ちたる国にできるぞ。法主さまの下で百姓の持ちたる国が広がる」

頼廉も声を弾ませた。

顕如は静かに微笑《ほほえ》んでいる。

「ちょっと、酒を過ごしましたかな」

正信は自分の頭を拳《こぶし》で叩《たた》いた。

「いやいや、飲み足りないくらいじゃろう」

頼廉は酒を勧めた。

どうだ、忠勝め。

腰抜けと蔑《さげす》んだわしは天下の戦を頭で戦っておるのだ。忠勝、おまえは鑓を担ぎ、三河や遠江の田舎を駆け回っておれ。

正信は内心で快哉《かいさい》を叫ぶ。酒がうまくて仕方がない。

すっかり、酔いが回ったところで、報せが届いた。

都からの報せのようだ。

「信長め、討ち取られたか」

頼廉は上機嫌で文を受け取った。

期待を胸に正信は頼廉に視線を注ぐ。顕如の頬も心なしか赤らんでいる。

頼廉の顔色が変わり不快気に歪《ゆが》んだ。

それを見て、顕如も不安そうな顔になる。正信の胸にも暗雲が立ち込めはじめる。

頼廉は文を顕如に渡してから、

「浅井、朝倉が、信長と和睦《わぼく》するそうじゃ」

と、肩を落とした。

「そんな馬鹿《ばか》な……朝倉さまは越前に帰りたいのでしょうか。しかし、加賀の一向宗徒は法主さまの呼びかけに応じて朝倉さまと和睦し、越前を侵す心配はないというに……」

正信は唇を噛《か》んだ。

「畏《おそ》れ多くも天子さまと義昭公が仲介の労をお取りになったそうじゃ。近々、義昭公と天子さまの名代、関白二条晴良公が近江坂本まで出向かれる」

流石《さすが》に天皇と将軍の仲立ちでは、浅井、朝倉も応じないわけにはいかないだろう。

「信長め、ひきょうな手を使いおって。畏れ多くも禁裏と公方を利用するとは」

頼廉は歯噛みした。

信長は比叡山の麓《ふもと》から兵を引き、京の守りを固める余裕ができた。信長の危機は去ったのである。

「うまくはいきませぬな」

正信は一息に酔いが醒《さ》めてしまった。

「さて、いかにするか」

頼廉は腕を組んだ。

正信はしばし考えた後に、

「今一度、策がござります」

と、言った。

顕如が、

「申してみよ」

と、静かに促す。

「公方さまを味方につけます」

正信は献策した。

「義昭公を……」

頼廉は首を傾《かし》げた。

「義昭殿は三好党を恨んでおろう」

顕如が疑問を投げかけた。

「おおせの通りでございます。ですが、三好党憎しよりも、今のお立場に不満を抱かれているのではないでしょうか」

正信の考えに頼廉は手で膝《ひざ》を打ち、

「そうじゃ。義昭公は、信長の傀儡《かいらい》であることをよしとなさっていないように見受けられる。お飾りの将軍であることに満足していない。一方、信長は義昭公を神輿《みこし》としか考えておりませぬ……じゃが、正信、そなたは義昭公も将軍も都に不在の方がいい、と考えておるのであろう」

「いかにも、百姓の持ちたる国にしたいと望んでおります。百姓の持ちたる国にとって最大の邪魔者は信長です。最大の敵を倒すのが何よりも先決です」

正信はさらりと答えた。

「信長を倒してから、義昭公には隠居でもして頂くか」

納得した頼廉は首を何度も縦に振った。

「それがようございます」

すかさず、正信は賛同する。

「よし、本多、そなたに任せるよってに、義昭殿を味方につけよ」

顕如が命じた。

「お任せください」

正信は平伏をした。

権次郎を都に派遣し、義昭と信長に関する噂話《うわさばなし》を収集させた。

時期を間違えると策はしくじる。

義昭をいつ口説けばよいのか。

正信はじっとその時期を見極めた。

なんだか、楽しくなってきた。合戦の場に出るよりよほど心が浮き立つ。合戦は戦場ばかりでやるものではないのだ。

五

翌年の九月、信長は恐るべき挙に出た。

比叡山延暦寺《えんりゃくじ》を焼打ちにしたのだ。かつて、本願寺中興の祖、蓮如が門徒を獲得していたのを延暦寺は弾圧した。その為《ため》に、蓮如は北陸に逃れて布教活動をしたのである。

大坂本願寺にとっては、そんな因縁ある延暦寺であるが全山焼打ちの詳細が伝わるにつれ、寺内には沈黙が漂い、信長への怒りと恐れが交錯していった。

何と言っても比叡山延暦寺は王城鎮護の寺、数多の高僧、名僧を輩出した名跡である。浄土真宗の開祖、親鸞も延暦寺で修行をしたのだ。

信長以前にも延暦寺に弓をひいた者はいる。しかし、全山に散在する莫大《ばくだい》な数の堂塔を悉《ことごと》く焼き払い、手当たり次第に僧兵ばかりか無腰の僧侶《そうりょ》、聖域にいてはならないとはいえ女、子供をも撫《な》で斬《ぎ》りにした者はいない。

徹底して延暦寺を破却したばかりか、なんと信長は再建も禁じたのである。

その上、信長は延暦寺の所領を全《すべ》て没収するつもりだとか。部下の武将、明智《あけち》光秀《みつひで》を坂本の城主にし、隠し田畑まで暴《あば》き立て、延暦寺の所領を没収しているそうだ。

「信長め、延暦寺の荘園《しょうえん》を全て自分のものにするつもりか」

正信は信長の意図を考えた。

信長は昨年、浅井、朝倉勢が比叡山に籠ったことに危機感を抱いていたのだ。比叡山に数万の軍勢で駐屯されれば、大いなる脅威となり、信長の本拠岐阜と京の都の間を遮断される。

そうした軍略上の脅威に加え、延暦寺の莫大な所領を信長は欲しかったに違いない。

加えて、朝倉対策だ。

延暦寺の僧侶は金貸しをしている。貸した先への取り立ては過酷を極めた。返済が滞ると、僧兵と共に押しかけ、

「罰が当たるぞ！」

と、脅しつけて借金のかたに土地を取り上げるのだ。延暦寺の所領はどんどん増えていく。そんな阿漕《あこぎ》な貸金業を行う上で金主となっていたのが三国湊の商人たちであった。

しかし、延暦寺が滅びることで、三国湊の商人たちは多額の金が回収できなくなった。不良債権を抱えたのだ。

これは朝倉家にとっても大きな痛手となる。

利に聡い信長ならではだ。正信は信長に一目置いた。

「しかし、何事にも落とし穴があるものだ」

比叡山延暦寺焼打ちは信長の勢力基盤を堅固にしたようだが、必ず綻びは生じるも

のだ。

正信は思案にふけった。

「信長の優れたるところ、恐れねばならぬところは何だ……」

自問自答し、正信は結論に達した。

速き事だ。

信長の急成長は目を見張る。美濃を攻め取った一年後には足利義昭を奉戴して上洛《じょうらく》を遂げ、瞬《またた》く間に畿内を平定した。

畿内を勢力下に置き、その後、南近江、大和にも勢力を伸ばしている。

しかし、長所は短所の裏返しだ。

その性急さによって、信長の基盤は不安定だ。力が強い時には従っている土豪、大名たちも信長の凋落《ちょうらく》を見れば、さっさと離れてゆくだろう。

至極当然なことだ。

しかし、どうすれば……。

正信は一人の男に注目した。

信長の部下の武将、明智光秀である。

美濃の出で、斎藤道三に従っていた明智の一族らしい。道三が息子義龍との合戦で敗死した後、光秀も越前に逃れた。越前では朝倉家に陣借りをしていたようだ。何処《どこ》で繋《つな》がったのか足利義昭の側近となり、義昭と信長を引き合わせた。

信長上洛後は義昭の近臣、つまり幕臣でありながら信長からも禄《ろく》を貰《もら》うようになった。信長と義昭の間を繋ぐ役目を果たしていたが、ここにきて信長の方に軸足を置いているようだ。

「信長を勝ち馬と見なしたのだろう」

正信はにんまりとした。


十二月の初め、正信は僧体となって都の二条御所に入った。饅頭笠《まんじゅうがさ》を被《かぶ》り、墨染の衣を身に着け、首から頭陀袋《ずだぶくろ》を提げた托鉢僧《たくはつそう》を装《よそお》っている。錫杖《しゃくじょう》の銅で造られた遊環がしゃくしゃくという音を立て、霜が下りた凍土を踏みしめるごとにきゅっきゅっと鳴った。

雪化粧が施された御所内は優雅な佇《たたず》まいを見せていたが、人気がなく、正信の息が白く流れ消えてゆく。池の鯉《こい》は冬眠に入ったようで凍ったように動かない。鯉ばかりではない。御所全体が冬籠りに入ったかのような活気のなさだ。これが天下を治める将軍の居館なのか、と正信はため息を吐《つ》いた。

途中に覗いてきた明智光秀の京屋敷には大勢の人間が詰めかけていた。信長から京都奉行を任された光秀の屋敷には土地所有に関する訴訟が連日に亘《わた》って持ち込まれているそうだ。光秀の家臣ばかりか、二条御所から足利幕府の役人たちが出向き訴訟沙《ざ》汰《た》に当たっていた。

明智屋敷の喧騒《けんそう》に対し、二条御所の静寂で優美な雪景色が、義昭の傀儡ぶりを物語っているというのは皮肉なものだ。

御殿玄関脇《わき》の控えの間に入り、幕府奉公衆で義昭の近習、上野信孝《のぶたか》に顕如の紹介状を見せた。頭陀袋に入れておいた顕如から託された茶器を献じ、正信は話に入った。

「畏れながら公方さまに直接、お話をしたいのですが」

正信は申し出た。

「それがしは公方さまからすべてを任されております。それがしを公方さまと思って頂きたい」

上野は義昭の威を借りるかのように胸を張った。

「上野殿を信用せぬのではござらぬ。わしは法主さまの使いです。公方さま直々に話がしたいのです」

正信は頑として主張した。

根負けしたように上野は腰を上げ、控えの間から出て行った。部屋には火桶《ひおけ》も置かれておらず、隙間《すきま》風《かぜ》が身に沁《し》みる。

程なくして、正信は上野に呼ばれ、対面所に入った。

上段の間に義昭は座していた。

烏帽子《えぼし》、大紋を着用した義昭はつまらなそうな顔である。上段の間には火桶が備えられているが、広々とした板敷は、掃除こそゆき届いているものの、自分の尻《しり》で温まるまで冷やりとしていた。

正信は型通りの挨拶《あいさつ》をしてから、

「信長公は本願寺に大坂から退去することを求めております」

「うむ」

うなずいたものの、義昭はそれについての意見は言わない。

「法主さま以下、一枚岩となり、信長との合戦に及んでおります。昨年はあと僅《わず》かまで追い詰めましたが、今一歩のところで……」

正信は、義昭が浅井、朝倉と信長の仲介の労を取ったことを暗に批判した。

「顕如殿は余を責めるか」

義昭は不快そうだ。

「そうではありません。法主さまは公方さまと共に信長打倒を目指したいのです」

正信は言った。

義昭はちらっと上野を見た。

上野は目を白黒させて、

「い、いや、それは……」

と、動揺を示した。

「信長に遠慮ですか。それとも恐れておられるのですか。公方さまは武家の棟梁《とうりょう》ですぞ。尾張、美濃の出来星大名の傀儡でよいのですか」

畳みかけるように正信は言葉を重ねた。

「それは……」

義昭が口ごもると、

「本多、無礼であろう」

上野が割り込んだ。

「無礼は承知です。信長を倒しましょうぞ。公方さまにその中心となって頂きたいのです」

声を荒らげることなく、正信は誘い言葉を繰り返した。

義昭の頬が紅潮した。

「明智光秀は公方さまのご恩を受けながら信長に奔《はし》りましたな。信長の威を借り、我が物顔で土地の訴訟を裁いておりますぞ。雪の中、光秀の屋敷は訴人で溢《あふ》れておりました。まるで都の所司代気取りですな」

正信が光秀の名を出すと、

「光秀め……」

義昭は光秀への憎悪《ぞうお》を露《あらわ》にした。

「光秀も信長も利で動く男です。もし信長の世になれば、戦乱と堕落の種は尽きませぬ」

ここぞとばかりに正信は言い立てた。

目を凝らし義昭は問うてきた。

「いかにして信長を倒す。浅井、朝倉は頼りにならぬ。一向一揆は強大であるが、信長に勝てるのか。もし信長に勝利できるのなら、三好党を許そう。しかし、昨年にも三好党、一向一揆、浅井、朝倉、六角の残党……束になってかかっても信長を滅ぼせなかったではないか」

不安そうな義昭であるが、信長打倒に気持ちが揺れている。

「昨年は信長の本拠地である尾張の東の脅威がなかったからです。東に信長を脅かす巨大な山が出来ればよいのです。さすれば、浅井、朝倉は積極果敢に信長との合戦に及ばずとも、信長と対峙《たいじ》するだけで十分です」

「東の山とは……」

　義昭の目が生き生きとしてきた。

「動かざること山の如《ごと》し……その山に動いてもらいます。公方さまのお力で」

　力強く正信は言上《ごんじょう》した。

　膝を揺すりながら義昭はうなずき、

「信玄か。よし、武田信玄に上洛を命ずるぞ。上洛ばかりではない。信長を倒せ、と命ずる」

　勝機を見《み》出《いだ》して気持ちを昂《たかぶ》らせた義昭に代わって、

「本多殿、徳川は……徳川家康はどう出る。信長を裏切るか、それとも信長と共に信玄と合戦に及ぶか」

　上野が問いかけてきた。

「家康さまは律儀《りちぎ》なお方、それゆえ、信玄が動いたとてあっさりと信長を裏切らぬでしょう。しかし、家康さまにとって何より大事なのは徳川家でござります。かなわぬ大軍に歯向かって滅亡に向かうような真似《まね》はなさいますまい」

冷静に正信は述べ立てた。

「すると、信玄の勢いが増して信長の形勢不利となれば、信長から寝返るというのだな」

上野は義昭を見た。

義昭はうなずき、本願寺法主、顕如と手を組むことに同意した。

六

明くる元亀三年（１５７２）の十月、武田信玄は三万の軍勢を率いて甲斐を出陣した。

その時、織田信長は、浅井長政の居城近江小谷《おだに》城を包囲していた。長政は朝倉義景の援軍を得て織田勢と一進一退の攻防を繰り返していた。一方、南近江では六角の残党が蠢動し、尾張では伊勢長嶋の一向一揆勢が虎視《こし》眈々《たんたん》と信長の居城である岐阜城を窺《うかが》っている。そこへ、武田信玄の西上とあって、信長は二年前以上の窮地に立たされた。

信玄の進軍で、窮地の信長の助けを期待できぬ徳川家康は武田勢の矢面に立たされることになった。

三年前の信玄の遠江侵攻で手切れとなって以来、いずれ武田とは一大決戦を覚悟していた家康や徳川家家臣団である。信玄が攻め込んで来ることを想定し、浜松城を大幅に改修していた。いくら戦上手の信玄といえども、あっさりとは浜松城は落とせない、二月や三月は持ちこたえてみせる、それだけ耐え忍べば信長が大軍を率いて援《たす》けに駆けつけてくれる、それが徳川の軍略であった。

それが、肝心の信長は浅井、朝倉と対陣して北近江に釘付けになっており、尾張や畿内では一向一揆勢、六角の残党、三好党への備えに軍勢を割かれている。当面は徳川単独で武田の侵攻を食い止めねばならないのが現状だ。

十月十日には青崩峠《あおくずれとうげ》を越えて武田勢が遠江に雪崩《なだ》れ込んで来た。北遠江の土豪天野景貫《かげつら》は徳川の傘下《さんか》であったが武田の大軍に恐れをなし、武田に降伏、先鋒《せんぽう》として浜松への道案内を買って出ている。

十三日、信玄は軍勢を二手に分け、五千の軍勢を馬場信春《のぶはる》に預け二俣《ふたまた》城攻略に向かわせ、自らは天方《あまがた》城、一宮城、飯田城、向《む》笠《かさ》城など北遠江一帯の城をたったの一日で落とした。まさしく、武田勢の行くところ無敵であり、遠江中に風林火山の旗がはためくのも遠くはない、という状況となった。

信玄が北遠江の諸城に攻めかかっていた頃、家康は武田勢の実態をわが目で見ようと思い立った。全面的な合戦は織田の援軍を待ってということになるが、その前に武田勢の様子を確かめようとしたのだ。

家康自ら三千の軍勢を率いて浜松城を出陣、従う武将は本多忠勝、大久保《おおくぼ》忠佐《ただすけ》、内藤信成《のぶなり》である。あくまで偵察であり、こちらからは仕掛けない、と家康に釘を刺されたが忠勝には闘志がみなぎっている。

上杉謙信と共に名将の名をほしいままにする信玄、精強なる武田勢とまみえると思うと、一人の武将として血が騒がないではいられない。

徳川勢は天竜川を北上した。川の西は三方ヶ原台地、東には磐田原《いわたはら》台地が広がっている。磐田原台地に登り、一言坂《ひとことざか》を越えて行軍を続け、見附の町に入ったが武田勢はいない。更に進み、三箇野《みかの》の高台から眼下を見渡した。

高台からは三箇野川から袋井の町まで見通せる。

「おおっ」

誰からともなく声が漏れた。

袋井の西に位置する木原までの道沿いに大軍がひしめいている。晩秋の風にたなびく風林火山の旗がまごうかたなき武田勢であることを示していた。

予想以上の大軍、しかも一糸乱れぬ軍勢は無言の威圧を感じさせる。忠勝は臆するつもりはないが、整然とした行軍に畏敬《いけい》の念を抱いた。

すると、一言坂の徳川勢を見上げ、武田勢は俄《にわ》かに騒ぎ始めた。

「浜松城に引き返す」

家康は即断した。

織田の援軍が到着してからの対決を前に、将兵の損耗は避けねばならない。武田勢の様子を確認しただけで目的は達したのだ。

徳川勢は一言坂を戻り始めた。武田勢が追撃を始める。追いつかれては、津波のような軍勢に呑《の》み込まれてしまう。

見附に到《いた》ったところで石礫《いしつぶて》が飛んできた。武田勢には投石部隊がおり、弓と共に敵勢の陣形を崩すのに効果を発揮している。

忠勝は馬を家康に寄せ、

「平八郎が殿軍《しんがり》を務めます。殿は速やかに浜松城へお戻りください」

家康はうなずき、

「平八郎に任せる。但《ただ》し、絶対に死ぬな。生きて浜松城に戻れ。厳しく命ずるぞ」

と、言い置くと馬の腹を蹴《け》った。

忠勝は配下の将兵に見附の町に火をかけよと命じた。直ちに将兵は藁《わら》や板切れを集める。ひたひたと迫る武田勢には弓矢を射かけさせた。

やがて藁や板切れが燃え上がり、折からの風に吹かれて家々に燃え広がる。見附の町全体が黒煙に包まれ、火の粉が舞い落ちる。武田勢は前途を阻《はば》まれ、進軍が止まった。

動きが止まったところで忠勝は将兵を引き連れて突撃をした。鹿角脇立兜《かづのわきだてかぶと》、黒糸威《おどし》胴丸具足に身を包んだ忠勝は、乱戦の最中にあってもひと際《きわ》目立つ。この為、大将首を狙《ねら》う者たちの格好の目標となった。

無数の矢が忠勝に射かけられ、鉄砲が放たれる。家康から生きて浜松城に戻れと厳命された為、竹束で矢玉を防いでいたが、多勢を相手に守ってばかりでは犬死が待っているだけだ。

忠勝は死中に活を求めた。

「ええい、おれを討ち取れるものなら討ち取ってみよ！」

竹束を投げ捨て、忠勝は蜻蛉切《とんぼきり》の鑓《やり》を振り回した。次々と飛来する矢、そして弾丸さえも弾《はじ》き飛ばし、敵の将兵を手あたり次第に蜻蛉切の餌食《えじき》としてゆく。

武田勢から驚きの声が上がる。

武田勢に囲まれた忠勝に、いたるところから矢が射かけられた。あまりの数の矢とあって、鑓で叩き落とせない。何時《いつ》の間にか黒糸威胴丸具足には数多《あまた》の矢が突き刺さっている。それでも、痛みを感じない。燃え盛る闘志がそうさせているのではない。具足が矢を通さないのだ。黒糸威胴丸具足の頑強さに加え、恐れを知らない忠勝の戦いぶりに武田勢は腰が引け、しっかりと弓がひけないのだ。

とは言え、合戦の申し子のような忠勝も人の子である。猛《たけ》っていても疲労で力は衰えてくる。実際、鑓が重くなってきた。動きが鈍ったのを見て取ったようで武田勢は攻撃を強めてきた。

「生きて浜松城へ戻れ」

という家康の声が脳裏に響き渡る。

負けるものかと、忠勝は気合いを入れ直した。

その時、脳天を貫く銃声が轟いた。

これまでにない沢山の鉄砲だ。幸い、弾丸を浴びていない。しかし、もはやこれまでか……。

「殿、申し訳ございませぬ」

忠勝は空を見上げた。

日輪は大きく西に傾き、夕空に十三夜の月が浮かんでいた。

家康に別れを告げ、忠勝は敵勢の真《ま》っ只中《ただなか》に馬を進めようとした。すると、またしても銃声が聞こえ、武田勢が退《ひ》いてゆく。振り返ると、

「平八郎、殿は無事落ち延びられた。我らも行くぞ」

大久保忠佐が馬上で怒鳴っている。

家康から忠勝の助勢を命じられた忠佐が引き返してきてくれたのだ。そして、孤軍奮闘する忠勝に群がる武田勢を鉄砲で追い払ってくれたのだった。

忠勝は無事浜松城に戻った。

篝火の灯りに揺らめく忠勝は全身、針鼠のように矢が刺さっている。家康は忠勝を見て、

「大儀じゃ」

と、声をかけた。

「かたじけのうございます」

返した忠勝の声は嗄《しわが》れていた。

この戦ののち、武田の敵将が詠《よ》んだという一言坂での忠勝の働きぶりの見事さを評する狂歌が巷《ちまた》に流布《るふ》されることとなる。

「家康に過ぎたるものが二つあり、唐の頭に本多平八」

唐の頭とは家康が被っていたヤクの毛で作られた兜を指す。

姉川の戦いに続き、本多平八郎忠勝の武名は一層高まった。


その後、武田勢は浜松城を攻めるどころか無視して通り過ぎ、これに怒った家康が追撃、信玄は三方ヶ原で待ち受けて徳川勢を散々に打ち破った。千を超える将兵が討死し、家康自身も命からがら浜松城に逃げ帰るという大敗を喫したのである。

遠江を蹂躙《じゅうりん》した武田勢は三河に進んだが野田城を落としたところで進軍を止《や》め、翌年の四月には三河を北上、信濃《しなの》経由で甲斐へ戻った。

武田信玄が病死したのである。

信玄の死を知り、東からの脅威がなくなった信長は武田勢西上を命じた足利義昭を京都から追放、間髪を入れず小谷城を囲んだ。

朝倉勢が援軍に駆けつけたが程なくして越前に引き上げると、信長は朝倉勢を追撃した。越前奥深くに攻め込んだ信長は、一気に朝倉を滅ぼした。そして、返す刀で小谷城に戻り、浅井も滅ぼし去ったのである。

四面楚歌《しめんそか》であった信長は信玄の死によって窮地を脱して敵勢力を一掃し、足利将軍に代わって天下の政《まつりごと》を担《にな》う立場となった。それを表すように信長は足利義昭追放後、朝廷に改元を奏請する。元号は「元亀」から「天正《てんしょう》」に改元された。「天下を正す」いかにも信長らしい元号であった。

七

「ふん、家康に過ぎたるものが二つ、唐の頭に本多平八か」

権次郎から忠勝の活躍を聞き正信は苦笑した。

己が仕掛けた武田信玄上洛策はまんまと成功し、信長を倒せると思った。しかし、信長の悪運の強さに負けた。

まさか、もう一歩のところで信玄が死ぬとは……。

信長への対抗勢力の要《かなめ》であった足利義昭は京都を追い出された。

意気消沈した正信であったが、顕如も下間頼廉も闘志を失っていない。伊勢長嶋一向一揆勢は健在であり、加賀の一向一揆勢は信長が支配下に置いた越前を攻め取った。

それでも喜びは束の間であった。

天正二年（１５７４）九月、信長は陸と海から伊勢長嶋を攻め立てた。

長嶋では一揆勢は籠城《ろうじょう》の果て兵糧攻めに耐え切れず降伏を申し出た。しかし信長は

これを無視し、武器を捨てて長嶋を退去しようとする丸腰の一揆勢の、男ばかりか女子供、年寄りに至る全ての者を殺したのだ。

これに怒った一揆勢の反撃で庶兄の信広《のぶひろ》や弟の秀成《ひでなり》等多くの織田一族を討たれた信長の怒りは凄《すさ》まじく、残った屋長島、中江攻めは凄惨《せいさん》を極めた。

焼かれる者、鑓で突かれる者、鉄砲で撃たれる者の断末魔の叫びがあたり一帯を覆《おお》った。一揆勢二万の怨念《おんねん》の声は骸《むくろ》と化しても止まなかったと権次郎が報《しら》せてきた。

一向一揆勢の惨劇は伊勢長嶋に留まらなかった。

翌天正三年（１５７５）八月、信長は越前に攻め込んだ。五月に三河長篠《ながしの》で武田勢に大勝し、東の脅威が去ったのを見定め、北陸へ野望の矛先を向けたのである。

居ても立ってもおれず、正信は越前に向かった。

自分が越前に赴いたとて何が出来る、という現実はある。

それに、越前の一向一揆勢を指揮する杉浦玄任は本願寺の坊官で戦上手と評判だ。加賀の一向一揆勢の大将となり朝倉や上杉謙信とも戦い、越前を信長から奪ったのも玄任の手腕であった。

加えて、顕如は坊官の下間頼照《しもつまらいしょう》、頼俊《らいしゅん》を派遣してもいた。

役に立たなくとも一揆勢と共に戦いたい。織田の大軍に苦戦を強いられていると耳にして、堪《たま》らず越前にやって来た。

が、時既に遅かった。

織田勢は一向一揆勢を掃討し終えていたのだ。

絶好の秋日和《びより》であった。天高く澄み渡った空に鰯雲《いわしぐも》が光り、色なき風が正信の頬《ほお》を撫でる。天上の美しさとは正反対の地獄絵が地上に描かれている。死臭が漂い、見渡す限りの死骸《しがい》の山で町中も山野も埋め尽くされていた。

一足先に越前に入っていた権次郎の報告によると、織田勢の一向宗徒殺戮《さつりく》は凄惨を極めた。

八月十五日に始まった撫で斬りで二十日に組織立った抵抗は止んだが、逃げ去った門徒たちは獲物の如く狩出され、容赦なく命を奪われた。山林に隠れた一向宗徒を織田勢は犬を使って見つけ出した。山中であろうが谷間であろうが、彼らに安全な場所はなかったのだ。

顕如から派遣された下間頼照、頼俊も織田勢に捕えられ、首を刎《は》ねられた。杉浦玄任の行方は知れないが、おそらくは討死を遂げたということだ。

織田の将兵は先を争って一向宗徒を殺し、宗徒が潜んだ村々を焼き払った。雑兵《ぞうひょう》の中には殺戮を楽しむ者もいた。一息には殺さず、手足を切断し、目を抉《えぐ》り、皮を剝《は》ぎ、苦しみ悶《もだ》える一向宗徒を見て喜んだそうだ。

正信は暗澹《あんたん》たる思いに沈んだ。

この世の地獄から逃れようと、たわわに実る稲穂を眺めた。無数の案山子《かかし》が立っている。

いや、

「案山子ではない……」

磔柱《はりつけばしら》に一向宗徒の亡骸《なきがら》が磔刑《たっけい》にされているのだ。その数は二百ほど。竹槍《たけやり》で串刺《くしざ》しにされ、烏《からす》に目玉や肉を抉られている。蠅《はえ》がたかり、強烈な死臭を漂わせていた。

「これが天下布武ということか……」

大坂本願寺にあって軍師気取りで、信長相手に天下を百姓の持ちたる国にしてくれる、と賢《さか》しら顔で顕如に語った自分の無力さを噛み締めた。伊勢長嶋では二万を超える一揆勢が殺された。越前はそれ以上であろう。

進めば極楽、退けば地獄というが、果たして、織田勢に殺戮された門徒たちは、本当に極楽往生できたのだろうか。

大坂本願寺の唐門前で顕如の法話を待ち、開門と同時に駆け込むことで転倒しての圧死を望む門徒、彼らは極楽に行けると信じてそんな愚かな所業をした。しかし、伊勢長嶋や越前の門徒たちも、到底かなわないであろう織田勢と闘い命を落とした。虐《ぎゃく》殺《さつ》された一揆勢とそんな愚行をした者たちはどこが違っていたのだろうか。

むしろ一揆勢のように人を殺さず、自ら死ぬ圧死を望んだ彼らの方が、極楽往生できたのではないか。

様々な思いに駆られながら正信は名号を唱えようとしたが、口から、「南無阿弥陀《なむあみだ》仏《ぶつ》」の、「な」の字も出てこない。代わりに両の目からとめどなく涙が流れ出た。

見事に澄み切った秋晴れの空に正信の嗚咽《おえつ》が吸い込まれていった。

第三章　返り咲き——伊賀越え

一

越前一向一揆《いっこういっき》が殲滅《せんめつ》されて五年余りが経過した。

徳川家康は高天神城奪還に燃えていた。家康ばかりか忠勝を始めとする徳川家の諸将も同様である。

高天神城は遠江《とおとうみ》の菊川下流に位置する山城である。眼下に遠州灘《なだ》を望み、ここを武《たけ》田《だ》勢に奪われたことは遠江の奥深くに楔《くさび》を打ち込まれたようなものであった。天正《てんしょう》二年（１５７４）の六月、武田勝頼《かつより》に奪われた高天神城は、遠江における徳川の脅威となっていた。

天正九年（１５８１）、徳川勢は高天神城を囲み、城主岡部元信《もとのぶ》と和議の交渉を始めた。

家康の本陣で軍議が開かれている。

酒井忠次が、

「城主の岡部元信は和議に応じると思います。武田からの援軍がない以上、籠城《ろうじょう》しても勝機は見いだせませんからな」

石川数正も忠次の意見に賛同した。

「何故、武田勝頼は援軍を出さないのでしょうか」

忠勝が疑問を投げかけた。

「臆《おく》しておるのじゃろう」

忠次は深くは考えていないようだ。

「勝頼は勇猛果敢な武将ですぞ。それに、高天神城は信玄も落とせなかった城です。それを落として自分のものにしたということは勝頼にとっては、誇らしい戦歴ですぞ。それが高天神城を見殺しにするとは……」

忠勝の疑問が解けない。

すると家康が、

「上さまの調略じゃ」

と、言った。

忠勝は黙って家康の言葉を待った。

家康は続けた。

「上さまは勝頼に期待を持たせているのだ」

信長の五男信房《のぶふさ》は武田の人質になっていた。勝頼は織田との関係を改善する為《ため》に、人質の信房を信長に返す、と打診してきた。東の北条、南の徳川、北の上杉と敵対関係になり、さらに西の織田と対立を続ければ四方から挟撃《きょうげき》される。勝頼は信長と誼《よしみ》を通じ、孤立化を防ごうとしたのだ。勝頼の思惑を見抜いた信長は信房を受け入れるかすぐに返事をせず、勝頼に同盟の期待を持たせた。

「上さまは話を引き延ばしているのだ」

その間、信長との関係悪化を考えた勝頼は高天神城に、応援を送らなかった。信長の策謀に勝頼は乗せられ援軍を寄越さなかったのだ。

「援軍がこないとなれば、岡部も和議に応じましょう。和議の条件は岡部の切腹、高天神城の明け渡しですな。岡部は名将と評判、城兵を助けるとなれば、自らの切腹は受け入れるでしょう」

岡部元信は元は今川の武将であった。

桶狭間《おけはざま》の戦いの際、敗走する今川勢にあって元信は刈谷城を攻撃し、落城に追い込んだ。信長は元信の武勇に敬意を表し、元信の求めに応じて、義元の首級《くび》を返したのであった。

今川家滅亡後、元信は信玄に請《こ》われ武田家に仕えたのである。

敵ながらあっぱれだ、と感じていた忠勝は元信の死を惜しんだ。

家康に意見を上申できる立場ではないが、

「殿！」

気が付いたら床几《しょうぎ》から腰を上げていた。

諸将の視線が集まる。

家康は目をしばたたきながら黙って発言を促した。

「岡部殿をお助けできませぬか。岡部殿は徳川の武将として徳川家にも大いに力となると思います。この後、徳川は更に大きくなります。他家の優れた武将を取り込むことも……」

ここまで言ったところで、

「控えよ、平八郎」

忠次に発言を制せられた。

忠勝は唇を噛《か》んで床几に腰を下ろした。忠次は家康に一礼をした。

それまで黙っていた家康が口を開いた。

「和議は結ばぬ。力攻めをする」

忠勝はおやっとなった。

榊原康政《さかきばらやすまさ》が、

「敵は和睦《わぼく》に乗っている、と耳にしましたが」

「一切の和睦は受け入れぬ。力攻めで攻め落とし、城兵は残らず皆殺しとせよ」

厳然と家康は命じた。

「承知しました！」

忠次は大音声《だいおんじょう》で応《こた》え、それに倣《なら》うようにみなも命令を受け入れた。

軍議が終わり忠勝は家康の側に行った。

「なんじゃ、怒っておるのか」

家康は苦笑した。

「降伏しようとする敵をわざわざ皆殺しにする必要はないと思います。殺戮《さつりく》の為の殺戮ではありませぬか。戦とは申せないのではないでしょうか」

怒りと悲しみ、それ以上に深い疑問を忠勝はぶつけた。無駄な殺生《せっしょう》を好まないのが家康だ。一向一揆との戦において騙《だま》し討ちのように一揆勢が立て籠《こ》もった三カ寺を破却したが、僧侶《そうりょ》や門徒を殺しはしなかった。一揆に寝返った家臣たちも帰参を許したのだ。

伊勢長嶋で二万人、越前で三万人もの一揆勢を虐殺《ぎゃくさつ》した信長とは違い、平和な極楽浄土を願う「厭離穢土《えんりえど》欣求浄土《ごんぐじょうど》」の馬印を掲げる家康だ。

「平八郎の申す通りじゃ」

深く首肯し家康も認めた。

「では、何故力攻めなんぞ」

忠勝は畳み掛けた。家康は黙り込んだが、

「もしかして、信長公のお指図ですか」

忠勝の問いかけに家康は小さくうなずいた。

「申しては失礼ですが、信長公は激しいご気性、時に敵の将兵ばかりか女子供、年寄りまで容赦せず、城、砦《とりで》ばかりか寺社、家々まで焼き払い、草木も生えぬようなことをなさいます」

比叡山延暦寺《えんりゃくじ》焼打ち、伊勢長嶋一向一揆殲滅、越前一向一揆虐殺を忠勝は並べ立てる。

気を昂《たかぶ》らせ話し終えた忠勝に、

「上さまを血に飢えた悪鬼と思うか」

家康は信長を、「上さま」と呼んだ。足利義昭《あしかがよしあき》を追放して以来、信長は足利幕府に代わって天下を治める立場となった。朝廷も信長を、「公儀」と呼んでいる。織田家中はもとより信長を、「上さま」と呼ぶ者は多い。徳川家でも家康や重臣たちは上さまと尊称しているが忠勝は信長を上さまと呼ぶには抵抗があった。

信長を天下人と認めないわけではない。麻縄の如《ごと》く乱れた乱世を一つに纏《まと》めようとしていることも認める。戦国の世を統一するには荒療治は必要だ。

しかし、信長は乱世の覇者であっても、天下万民を治める王者ではない気がする。その思いが、忠勝をして信長を天下人として仰ぎ見ることや、上さまと呼ぶことを躊《ちゅう》躇《ちょ》させるのだ。

実際、今回の高天神城攻めにしても、降伏を受け入れるだろう敵を皆殺しにする必要はない。

忠勝の信長への反感を見て取ったのか家康は語り始めた。

「上さまはな、悪鬼ではない。第六天魔王を自称しておられるが、決して殺戮を楽しんではおられぬ。殺戮には理由と策がある。伊勢長嶋や越前の一向一揆を殺戮したのは一向宗徒の妥協なき意志を挫《くじ》く為じゃった。法主顕如《けんにょ》を生き仏のように崇《あが》め、あの世に救いを求めておる一向宗徒どもの目を覚まさせる目的があった。わしらも味わったが、一向一揆の者どもは実に厄介じゃ。厄介なわけは、あの者どもは極楽浄土を信じ、あの世を生きようとしておる。この世を捨てておるのじゃ。じゃが、上さまはこの世にこそ人は生きるべし、と一向宗徒にわからせようとしておるのじゃ」

「では、今回の力攻めにはどんな理があるのですか」

強い口調で忠勝は問いかけた。

「武田を滅ぼす……」

家康は言った。

「確かに高天神城は遠江における武田の大事な拠点です。信玄、勝頼二代に亘《わた》って戦った難攻不落の城でござります。ですが、武田方が城を失ったとしても、遠江攻めには大きな痛手となりますが、滅びに繋《つな》がるとは思えませぬ」

気持ちを落ち着かせ、忠勝は考えを述べ立てた。

「いかにも、高天神城落城直後に武田は滅びぬ。しかしな、城兵が皆殺しにされたとあっては、援《たす》けを出さなかった武田勝頼の信用は地に落ちる」

かつて家康は何回も今川や武田に襲われた三河の城に救援に向かった。数では大いに劣っていたが、それをものともせず助勢に駆けつけたのだ。それで家康は三河の土豪たちから篤《あつ》い信頼を勝ち取った。それが三河平定を後押ししたのである。

勝頼が援軍を送らず、高天神城が皆殺しになったとあれば、まさしく勝頼の名前は地に落ちるだろう。

「おそらくは、武田家から織田、徳川に寝返る者が現れる。一枚岩ではなくなった武田は内側から崩れる。岩に入った罅《ひび》に一撃を加えれば巨岩であろうと崩れる。上さまは高天神城を皆殺しにすることで武田という大きな岩に罅を入れようとなさっておるのじゃ」

淡々と家康は語った。

なるほど、信長の深謀遠慮はわかった。まさしく天下人の軍略、目の前の合戦での鑓《やり》働きに命を賭《か》ける忠勝の遠く及ぶものではない。軍略上は理解できるが、それでも一人の武将としての忠勝には納得のできるものではなかった。

徳川勢が一斉に高天神城の攻撃にかかった。

矢玉が飛び交う中、馬上の忠勝は左手に竹束、右手に蜻蛉切《とんぼきり》の鑓を持ち突き進む。しかし、何時《いつ》ものように血が騒がない。一つでも多く敵将の首級を挙げるという闘志が湧《わ》かない。戦場において闘志なき者は味方の足を引っ張り、己には死をもたらす。

それは百も承知だが、忠勝の心は燃えてこない。

雑兵《ぞうひょう》たちが大きな丸太棒の束を抱え、城門に突撃した。

その時、忠勝の竹束に弾丸が弾《はじ》け、兜《かぶと》の鹿《しか》の角が弾け飛んだ。忠勝の誇りである、「鹿角脇立《かづのわきだて》兜」が破壊されたのだ。忠勝の心に猛然たる炎が立ち上った。

「おのれ！」

迷いが吹っ飛んだ。

開かれた城門から敵勢が殺到して来る。

忠勝は竹束を投げ捨て、両手で鑓を振り回した。群がる敵の真っただ中に馬を乗り入れ、柄で殴ったり、穂先で刺したり、阿修羅《あしゅら》の如く暴れ回った。

血飛沫《ちしぶき》を面頬《めんぼお》に浴び、体内の血も騒ぐ。

「死ね！」

忠勝は叫び立てて、鬼神の如く手当り次第に敵を鑓の餌食《えじき》にしていった。

二

権次郎から高天神城攻めを聞いた正信は、

「家康さま、信長と一味同心か」

と、嘆いた。

昨年の八月、大坂本願寺は信長と和睦し、大坂を退去した。事実上の敗北で、信長の軍門に降《くだ》ったのだ。

「いよいよ、この世は無間地獄となるか」

正信は暗澹《あんたん》たる思いに駆られた。

都の嵯峨野にある荒れ寺に草庵《そうあん》を結び、この世の動き、とくに家康と忠勝の動向を注視しているものの、本当は全《すべ》てを失った自分には天下の趨勢《すうせい》などどうでもいいのだ。いや、天下がどうなろうと正信には一切の関りがないといってもよい。

三河一向一揆以来、正信が関わった戦はどれもが敗北に終わった。大坂本願寺法主顕如の威光と富を後ろ盾に信長と天下を争う戦に参画し、得意になった日が虚《むな》しく思い出される。

天下を、「百姓の持ちたる国」にするという夢は、「天下布武」によって砕かれたのだ。このまま負け犬で生きながらえるしかないのか。

無残な屍《しかばね》と化した仲間たちを横目におめおめと生き続ける自分は犬畜生にも劣る。

「腰抜け！」

平八郎忠勝に浴びせられた罵声《ばせい》は今も耳朶《じだ》の奥に残っている。信長と戦っていた時は、むしろ何故《なぜ》か懐《なつ》かしさを覚え、自分を鼓舞した言葉だったが、今はひたすら自分を苛《さいな》む言葉となっていた。

何度か自死しようとした際、この罵声を思い出し、悔しさのあまり自死を思いとどまった。しかし、平時には、お前は死ぬにも値しない身だと告げているように思える罵声でもあるのだ。

「本願寺さんが大坂を去ったそのあとの場所に信長は城を築くらしいですわ」

権次郎が言った。

「元々、城を築くつもりで立《た》ち退《の》きを求めたのじゃ。城を普請《ふしん》するのは当然じゃな」

役に立たないと評価した家臣はたとえ父信秀《のぶひで》以来の譜代であろうと容赦をしないと明確にし、重臣である佐久間信盛《さくまのぶもり》、林秀貞《ひでさだ》を追放した。信長は大坂本願寺退去を以《もっ》て天下布武の区切りをつけたのだ。

当てもない自分の行く末に投《な》げ遣《やり》な気分になっていると、荒れ放題の庭に人の足音が聞こえた。権次郎が身構えた。正信もそっと仕込みとなっている金剛杖《こんごうづえ》を引き寄せる。

枯れ薄《すすき》をかき分ける音が聞こえた後、

「失礼します」

女の声であった。

しかし、正信も権次郎も気を緩めることはなかった。

「何用かな」

正信が返した。

「旅の者でございます。しばし、休ませては頂けませぬか」

女は姿を現した。

菅笠《すげがさ》から覗《のぞ》く面差しは二十歳そこそこ、目元が引き締まり、口調と相まってしっかり者の印象だ。

「見ての通りのあばら家、もてなしはできぬ。それでよかったら入るがよい」

正信は迎えた。

菅笠を脱ぎ、一礼して入って来ると女は大和からの旅だと言い、庄屋の娘で律と名乗った。

「女の一人旅か」

正信の問いかけに、

「兄と二人でしたが、都ではぐれてしまいました。夜が明けましたら、兄を探して伏見の親戚《しんせき》の家を訪ねようと思います」

しっかりとした口調でお律は答えた。

「ご覧のような有様でな、今夜は囲炉裏端で雑魚寝《ざこね》ということになるがよろしいか」

正信の言葉に、

「ありがとうございます」

お律は頭を下げた。

「粥《かゆ》くらいはあるぞ」

正信が言うと、権次郎は囲炉裏の鉄鍋《てつなべ》に味噌《みそ》粥の用意を始めた。

食事の後、雑魚寝をした。

お律がすやすやと寝息を立て始めた。権次郎も鼾《いびき》をかき始める。

正信は身動《みじろ》ぎもせずお律の様子を窺《うかが》っていた。この女、ひょっとして盗人《ぬすっと》か。

いや、こんなあばら家、盗む物などないのは明白だ。

それでも油断はできない。

じっとして耳をそばだてた。

しばらくするとお律の寝息が止《や》み、すっくと立ち上がると正信の枕元《まくらもと》に立った。

正信は薄目を開けた。

お律は小袖《こそで》を脱ぎ、長襦袢《ながじゅばん》となった。

「何の真似《まね》じゃ」

正信は半身を起こした。

「一夜の宿のお礼でござります」

お律は正信の前に座した。

「ずいぶんと高価な宿賃であるな」

正信が笑うと、

「まあ、それはお褒めの言葉ですね」

お律も微笑《ほほえ》んだ。

「据《す》え膳《ぜん》食わぬは男の恥、そなたを抱きたいが、狙《ねら》いは何じゃ。こんなあばら家に何を求めてまいった」

正信の問いかけにお律は居住まいを正して答えた。

「本多弥八郎さま、伊賀にいらして欲しいのです、伊賀をお助けください」

「そなた、伊賀者か」

お律はうなずいた。

「わしが伊賀に行ってなんとする。何の役にも立たぬぞ。何しろ、わしの関わった戦は負けばかりじゃ。三河に始まり、伊勢長嶋、越前、大坂、全てが負けであった」

　正信は苦笑した。

「伊賀は何処《いずこ》の大名にも属してはおらぬ。上杉の軒猿《のきざる》、北条の風魔《ふうま》ではないのだろう。何処の大名からも忍びの腕を買われておるではないか。そんな伊賀が、何故わしを必要とするのだ」

　疑問を抱いた正信の問いに、

「その伊賀の独立を嫌う者がおります」

　お律は眉《まゆ》を潜めた。

「何者じゃ……そう、信長か。信長は次男の信雄《のぶかつ》が伊賀攻めを行い、散々な負け戦となって、えらく叱責《しっせき》したというしな」

　信長の次男信雄は天正七年（１５７９）、信長の許可を得ることなく、自分の治める伊勢から伊賀に軍勢を進めて支配下に置こうとした。ところが、伊賀の地侍たちの巧みな戦術によって翻弄《ほんろう》された挙句、多大の犠牲を払って退却を余儀なくされたのである。

　信長は激怒し、信雄に叱責を加えた。

「三介殿のなさることだから……」

正信は呟《つぶや》いた。

お律はおやっとなった。

「三介は信雄の通称じゃ。織田家中では、信雄をそう呼んでその愚かさを揶揄《やゆ》しておるそうじゃ。伊賀攻めは三介殿のなさったことであった。かのご仁の愚かさには信長も手を焼いておる。信長は息子の失敗を取り返させようとするかもしれない。信雄が性懲《しょうこ》りもなく攻めてくるのか。それならば、伊賀の者ならたやすく撃退できよう。こんな負け戦の軍師なんぞお呼びではあるまい」

自嘲《じちょう》気味の笑みを浮かべ正信は言った。

「それが、今回は信雄に任せるのではなく、信長が指揮を執り攻めてくるようなのです」

「信長が伊賀を……そなたには申し訳ないが、伊賀なんぞ領有したところで何になるのだ。土地は痩《や》せ、四方は山に囲まれ、商いにも適しておらぬ」

正信は疑問を抱いた。利に聡《さと》い信長が欲する国ではない。

「信長は伊賀が目障《めざわ》りなのです。忍びを嫌っております。忍びのような得体のしれないものが気に入らないのです。気に入らないものは、この世から消し去りたいのです」

お律は激してきた。

「なるほど……信長ならやりそうだが、しかし、伊賀を攻めると申しても……信雄の失敗を繰り返さないためには、信長は大軍を催すか、大軍で攻め込み、寺社、家々を焼き、女子供に至るまで殺し尽くすかもな」

「伊賀が伊勢長嶋や越前のような地獄と化すかもしれませぬ」

お律の言う通りだろう。

許せない。

一向一揆虐殺には信長なりの大儀があった。

人はあの世で生きるものではない、この世が全て、とあの世、来世を信じない信長らしい信条に基づいていた。

しかし、伊賀で虐殺してどうするのだ。忍び、伊賀者といっても物《もの》の怪《け》ではない。忍びの術に長《た》けた者、人なのだ。決して虫けらのように殺されていいものではない。

信長、遂《つい》に常軌を逸したか。

高天神城といい、今回の伊賀攻めといい、血に飢えた悪鬼の所業そのものではないか。

比叡山を焼打ちにした時、信長は第六天魔王と自称したそうだが、まさしく魔王になろうとしているのではないか。

　しかし、今の信長を止められる者はいない、といってよいだろう。最《も》早《はや》、本願寺は無力、武田、毛利も劣勢に立たされ、信長の侵攻から自分の身を守るので精一杯だ。

「信長が本気で攻めてくるとなると、わしがいかにあがこうが伊賀を助けることはできぬぞ。できるのは、信長に攻められる前に、伊賀から逃げるぐらいしかあるまい」

　正信が言うと、

「それはわかっております。ですが、伊賀者が伊賀を捨てることはできませぬ」

「気持ちはわかるが……繰り返すが、わしは役に立たぬ」

　正信は己が負け続きの戦歴を脳裏に思い浮かべた。

「だからよいのです」

　お律の言っている意味がわからない。

　首を傾《かし》げていると、

「失礼ながら本多さまは敗者の苦しみ、悲しみをよくご存じです。信長がいかに冷酷な所業をしてきたか身を以てご存じでござりましょう。ですから、伊賀に来て、信長と戦うことの無益を説いて欲しいのです」

　お律は訴えかけた。

「負け戦を語れというのか」

　正信は苦笑したが、その言葉に心が動いた。こんな自分でも役立つことがあるのか、と今更ながら生き甲斐《がい》を見つけたからなのか。

「来て頂けますか」

　お律は言った。

「よかろう。どうせ、暇じゃ」

　正信は応じた。

　お律は長襦袢を脱ごうとした。正信は受け入れようと、自分の着物も脱ぎ始めた。すると、権次郎が小用だとふいに立ち上がった。

「よい」

　正信は右手をひらひらと振った。

　怪訝《けげん》な顔をするお律に、

「伊賀でもてなされよう」

　正信は微笑みかけた。

三

伊賀に行くまえに正信は三河に入った。

天正九年（1581）の五月、三河一向一揆の敗北以来、十七年ぶりの帰還であるが、特別の感慨はない。それよりも、伊賀の事で頭が一杯だ。

権次郎の案内で、正信は三河岡崎の総持尼寺《そうじにじ》近くの百姓家に入った。饅頭笠《まんじゅうがさ》を被《かぶ》り、墨染の衣を身に着け首から頭陀袋《ずだぶくろ》を提げ、錫杖《しゃくじょう》を手にし、托鉢僧《たくはっそう》を装《よそお》っていた。

そこには、服部《はっとり》半蔵が待っていた。

服部半蔵正成は徳川家の忍び組を束ねており、父保長《やすなが》は伊賀の土豪であった。保長は、狭い伊賀で数多《あまた》の土豪が割拠する暮らしが不自由となって上洛《じょうらく》した。そこで、三河平定を報告する為に将軍に謁見《えっけん》した家康の祖父清康と知り合った。保長は清康に気に入られ、召し抱えられると同時に三河に居住することになったのである。

半蔵正成は父譲りの忍びの技も持っているが鑓の使い手でもあり、旗本先手衆として武功を重ね、徳川家中において一角《ひとかど》の地位を築いていた。

「本多殿、お初にお目にかかります」

　半蔵は慇懃《いんぎん》に挨拶《あいさつ》をした。

　忍びの者には不似合いと感じられるほどの明朗快活な男であった。

　饅頭笠を脱ぎ、錫杖を脇《わき》において正信も挨拶をしてから、

「伊賀が危うい」

と、本題に入った。

「危ういとは……」

「貴殿の耳にも入っておろう。信長公が伊賀を攻める」

　正信は言葉を止めた。

「そのようですな」

　返事をしながらも半蔵は正信の意図を探るように目を凝らした。

「伊賀者を徳川で受け入れるよう殿に進言してくれぬか」

「何ですと」

　半蔵は意外な正信の申し出に戸惑いを示した。

「伊賀から避難した伊賀者を徳川家中で受け入れて欲しいのだ」

　正信は繰り返した。

「そんなこと、殿が承知なさるはずはない。信康《のぶやす》さまと築山殿《つきやまどの》の一件、耳にしておら

れよう」

半蔵は家康がいかに信長を恐れているのかを話した。

「存じておる」

正信は言った。

「信長公が攻め滅ぼそうとしておられる敵を殿が受け入れるとは思えませぬ」

半蔵は繰り返した。

「だがな、これからは手足となる優秀な忍びが必要だ。信長公に難癖をつけられないような処置を取るためにもな。信長公につけ入られるような事態を招かない為にも、武田の動きばかりか、織田家中の動きも知るに越したことはない」

「それには同意致しますが」

「服部殿の手の者だけでは足りないだろう。おそらくは、武田を探るので手一杯のはず。武田はいつまで続くかのう。先頃の高天神城を見殺しにしたことで、武田勝頼の信用は失墜、それを見逃す信長公ではない。武田攻めの準備を着々と進めておられるはず。殿も武田攻めへ向け、忍びを入れておられよう。武田が滅んだあとはどうなる」

「多年、徳川は武田の力が圧《お》し掛かってきたのです。その暗雲が取り払われれば……」

　半蔵の言葉を正信は遮り、

「晴天となる、と言いたいのか」

「さよう……」

　戸惑い気味に半蔵は返答した。

「甘いな。武田が滅んだ後、信長公は徳川をどう思うであろう。用済み、と見なすのではないか。佐久間信盛を見よ。信長公の父、信秀の代から織田家に仕えておった譜代中の譜代だぞ。それが、大坂本願寺が退去すると、働きが悪いと、領知全てを召し上げて追放したのだ。そればかりではない。水野信元殿は武田に内通した、と濡《ぬ》れ衣《ぎぬ》を着せられて切腹に追い込まれた。たとえ徳川とて用済みと見なされればどうなるかわからぬぞ」

　正信は半蔵を見据えた。

　半蔵は思案をしている。

「これは、脅しでも攪乱《かくらん》でもない。殿を思って、などと今更忠義面《づら》をするつもりもない。ただ、余計な世話を承知でやって来ただけだ」

　正信は言った。

「本多殿のお気持ちはわかった。殿には話してみる」

半蔵は応じた。

「伊賀者、そなたが束ねればよい」

正信は言った。

「父は伊賀の出であった。伊賀は狭い土地に数多の地侍が盤踞《ばんきょ》している。しかし、わしは伊賀を知らない」

半蔵は自嘲気味な笑みを浮かべた。

「信長が攻めれば、それこそ、景色は一変するだろう」

「そうでありましょうな」

半蔵は思案をするように目をしばたたいた。

「服部殿、わしと伊賀に行かぬか」

ここで正信は誘いかけた。

「伊賀に……」

半蔵は心が動いたようだ。

「お願い致す」

正信は家康への半蔵の伊賀行の上申を頼んだ。

「本多殿、帰参なさりませぬか」

という半蔵の勧めに、

「それはできぬ。いや、殿はお許しにはなるまい」

正信は苦笑した。

「そんなことはないと思いますが」

半蔵は言った。

「いや、帰参を願ってここに来たのではない。弟の正重は殿に許されながら、織田家を転々としておるようだ。殿には憎んでも余りある兄弟であろう」

正信は笑った。

その一月後、正信は服部半蔵と共に伊賀にやって来た。

来《きた》るべき信長の侵攻に備え、伊賀は全土が要塞《ようさい》と化していた。

伊賀の地侍の会所に赴いた正信と半蔵はみなの前に出た。

そうそうたる伊賀の兵の視線を浴びながら正信と半蔵はみなを見回した。半蔵の父親を覚えている者もいる。

正信は言った。

「信長と戦うこと、やめるべきだ」

即座に不満の声が沸き上がる。

織田勢を撃退したのだという声があちらこちらから上がり、

「信長、何するものぞ」

と、息巻く声も上がった。

それを冷静に眺めていた正信は、

「信長を甘く見ると、痛い目に遭う」

「そりゃ、判っている。覚悟の上だ」

たちまちにして反論される。

「みなが考えておるよりも信長は苛烈《かれつ》だ。信長は容赦しない。女だろうが子供だろうが、一切許しはしない。ましてや、かって撃退された倅《せがれ》信雄の汚名を晴らさんと容赦のない攻めをするだろう。意地を張っている場合ではない。生き残りを図るのが一番だ」

正信は強く主張した。

二年前の天正七年（１５７９）の九月、信長の次男信雄は信長に無断で伊賀に攻め入り大敗した。信雄の失態を踏まえ、信長は万全の準備で来襲するだろう。それこそ蟻《あり》の這《は》い出る隙間《すきま》もない大軍を差し向けるに違いない。

沈黙が続き、正信は話を続けた。

「五年前、わしは越前を訪れた。信長が一向一揆勢を殺戮し尽くした直後だ。至る所、死骸《しがい》の山が築かれておった。男も女も子供も年寄りも……中には腕や目を失った亡骸《なきがら》もあった。織田の雑兵どもが殺しを楽しんだのだ。無数の案山子《かかし》が立っていると思ったら、磔柱《はりつけばしら》であった。磔にされた死人の肉を烏《からす》が貪《むさぼ》っておった……」

女たちは耳を塞ぎ、泣き叫んだ。

「伊賀を越前に、伊勢長嶋にしたいか。この世の地獄にしたいのか」

静かに正信は問いかけた。

沈黙の中に一同の気持ちの揺れを感じた。

「よって、伊賀はいかに生き延びるのかを考えねばならぬ」

改めて正信は語りかけた。

一同、正信の言葉を待ち構えている。

「信長勢と戦う者と他国に逃亡する者に分かれるのだ。それが生死の分れ目となる。残った者の多くが命を落とすことになるだろう。それを承知してもらいたい。伊賀を残すのだ。伊賀がある限り、復興はできる。他日を期す為、生き残る者がおらねばならぬ。犠牲になった者は犬死ではない。明日の伊賀の為に身命を賭《と》すのだ」

　正信は語り終えた。

　一層の沈黙が部屋を覆《おお》った。


　天正九年（１５８１）九月、信雄を総大将とした織田勢は五万の大軍で伊賀に攻め込んだ。伊勢地口、柘植《つげ》口、玉滝口、笠間口、初瀬口、多羅尾口、計六か所から一斉に攻撃を加えた。伊賀衆は比自山《ひじやま》城、平楽寺に籠って奮戦し、織田の武将、蒲生《がもう》氏郷《うじさと》、筒井順慶の軍勢に損害を与えたが多勢に無勢、数日で伊賀は織田勢に制圧された。城、砦、寺社は悉《ことごと》く破却、焼き払われた。

　伊賀の住民九万人の内、三万人が殺戮されたという。それでも、多くの住民が国外に逃亡、犠牲となった者たちに伊賀の復興を誓い信長の魔手から逃れたのである。

　服部半蔵は正信との約束を守り、忍びに長けた者たちを三河に迎えた。家康の了解を得て、服部家の郎党、領民として匿《かくま》った。また、家康から得た軍資金で都や畿内にも伊賀衆を送り、情報収集に当たらせた。

　伊賀の忍びたちは伊賀国の忍びから徳川家の忍びへと変貌していった。

四

天正十年（１５８２）の三月、織田、徳川勢は武田領に攻め込み、勝頼を自害に追い込み、武田を滅ぼした。高天神城を見殺しにした勝頼の代償は甲斐源氏の名門武田家滅亡によって支払われた。勝頼の身内といえる木曾《きそ》義昌《よしまさ》、穴山梅雪の裏切りを皮切りに、織田、徳川勢が侵攻すると次々と裏切りが連鎖し、瞬《またた》く間に武田は崩壊したのだ。

信長は武田領を戦功によって諸将に分け与えた。家康は駿河一国を貰《もら》い、これにより、家康は三河、遠江、駿河、三ヶ国の太守となった。

今川の人質であった家康が、今川義元が治めた版図をそっくりわが物としたのである。

五月、家康は信長の招きで安土、京、堺を見物した。従うは酒井忠次、石川数正、本多忠勝、榊原康政、井伊《いい》直政《なおまさ》、服部半蔵らを筆頭に三十人あまりだ。物見遊山《ものみゆさん》の楽しい旅であった。

安土城で豪勢な饗応《きょうおう》を受けた後に京を見物し、今は堺に来ている。珍しい南蛮の品々、見世物を楽しんだ。珍奇で華麗な風物の他、海には数多の軍船が浮かんでいる。四国に渡海する長宗我部《ちょうそかべ》元親《もとちか》討伐軍であった。

堺では織田家の代官である松井友閑の屋敷に逗留《とうりゅう》した。宴席で安土城の壮麗さ、京の雅《みやび》さ、堺の先進さが話題となったが、忠勝はそれよりも、堺に集結している長宗我部元親への征討軍について熱っぽく語った。

信長は長宗我部を討伐する為に軍勢を編成した。三男信孝《のぶたか》を総大将に重臣丹羽《にわ》長秀《ながひで》を副将に就け、三万の軍勢で討伐に向かう。

同時に毛利との決戦が迫っている。

備中《びっちゅう》高松城を囲む羽柴秀吉《はしばひでよし》からの援軍要請を毛利征伐の好機と捉《とら》えた信長は、嫡男《ちゃくなん》信忠《のぶただ》と共に出陣をする予定だ。その先鋒《せんぽう》として明智光秀《あけちみつひで》の軍勢が備中に向かうことになっている。

忠勝は、織田の重臣となり毛利の大軍と対峙《たいじ》している羽柴筑前守《ちくぜんのかみ》秀吉と姉川の戦いの際に見た木下藤吉郎が同じ人物とは思えなかった。

甲冑《かっちゅう》が不似合いな貧相な身体《からだ》つきであった秀吉が、三万の軍勢の指揮を執っているのだ。

「羽柴殿は備中高松城を水攻めにしておる、とか」

忠勝は水攻めという珍しい戦法がどんなものか興味津々《しんしん》である。これまで秀吉は播《はり》磨《ま》三木城、因幡《いなば》鳥取城の諸城を兵糧《ひょうろう》攻めで落としてきた。水や兵糧を絶ち、城内に寝返りを誘う調略の手を伸ばして落城に追い込んだのである。今回も備中高松城を水攻めにすると同時に毛利方の土豪たちに調略を仕掛けているそうだ。

忠勝は秀吉に通常ではない武将像を見た。

鑓働きや軍勢の駆け引きではなく、調略を武器に秀吉はのし上がってきた。

信長はそんな秀吉を高く買い、三万もの大軍を預けているのである。

「信長公は中国、四国を同時に平定するおつもりです。何とも気宇壮大ですな」

忠勝が言うと、

「おまえ、まこと戦の話が好きじゃのう。物見遊山の最中じゃ、戦は忘れろ」

酒井忠次が酒を勧めた。

忠勝はむきになって言い返す。

「武者たる者、常に戦を頭に暮らすべきだと思います。いかがですか、殿」

酔いが回ったせいで家康に絡《から》んでしまった。忠次が諫《いさ》めようとするのを家康は手で制し、

「平八郎は戦をする為にこの世に生を受けてまいったのじゃな。こうしておる間にも戦に出たくて、その身が疼《うず》いておるのであろう」

にこにこと笑いながら言った。

「出陣しとうござります……ですが、武田が滅び、当面は戦がありそうにありません」

不満そうに忠勝は肩を落とした。

「わしはな、戦なんぞないに越したことはないと思う。しかし、戦はせねばならぬ。上さまから柴田《しばた》殿に助勢しての上杉征伐を命じられた」

家康の言葉は宴席に緊張をもたらした。

武田を滅ぼし、関東の北条、奥羽の伊達《だて》、最上《もがみ》などの諸将は信長に帰服の意を表している。九州で争っていた島津と大友は信長が仲介する停戦勧告を受け入れた。表立って信長と争っているのは毛利、長宗我部、上杉くらいである。その三つの勢力を信長は同時に討伐しようとしているのである。

「武田の後は上杉ですか。よし」

忠勝は勇んだ。

そこへ、長谷《はせ》川《がわ》秀一《ひでかず》が入って来た。

秀一は信長の奉行衆の一人で、家康一行が安土に来訪して以来、道案内をしてくれている。

秀一は顔面蒼白《そうはく》でふらついている。忠勝の酔眼にも秀一の動揺が見て取れた。よろめきながらも秀一は家康の側に座り、そっと耳打ちをした。途端に家康の顔も蒼《あお》ざめた。何やら重大事が出来したことを物語っている。すると、秀一の目からは涙が溢《あふ》れた。家康は虚空《こくう》を見上げていたが、酒井忠次、石川数正、榊原康政、それに忠勝が呼ばれ、小部屋に移った。

異変に気付かない他の者たちは大部屋で楽しそうに宴を続けている。

呼ばれた者たちにも家康の只《ただ》ならぬ様子が伝わり、誰もが口を真一文字に引き結んだ。

家康と秀一がみなを見回した。秀一は懐紙で涙を拭《ぬぐ》った。

「本日未明、上さまが亡《な》くなられた……明智日向守《ひゅうがのかみ》殿、いや、明智光秀の謀反《むほん》じゃ。光秀が本能寺を襲い、上さまは自刃《じじん》なさったそうじゃ」

家康の声は震え、眉間《みけん》には深い皺《しわ》が刻まれた。

忠勝たちも言葉を失った。

「天と地が逆さまになった……」

家康は爪《つめ》を噛《か》んだ。

忠勝も同様な思いだ。

それにしても、明智光秀が謀反とは。安土で家康一行の饗応役は光秀であった。気配り、目配りの行き届いた接待ぶりに家康以下、徳川家の者たちは感嘆したものだ。

忠勝の脳裏に光秀の神経質そうな顔が浮かんだ。

四十までは越前で牢人《ろうにん》暮らしをしていたそうだ。それがどういう経緯かは不明だが、朝倉を頼った足利義昭の知遇を得て信長との仲立ちを行い、信長上洛に貢献した。以後、京都の行政、比叡山延暦寺焼打ち、延暦寺の所領没収に辣腕《らつわん》を振るい、畿内の行政を担《にな》う一方で丹波、丹後を攻め取った。

追放した佐久間信盛の軍勢の多くを信長は光秀の与力とした。武田滅亡後、上野国を与えられ関東管領に任ぜられた滝川一益《かずます》、秀吉と共に織田家中の出頭人である。

その光秀が一体どうして謀反などを……。

「天下だ」

忠勝は呟いた。

無防備な状態で本能寺に宿泊する信長を見て、天下が転がっていると光秀は思ったのだ。この好機にそれを拾わずば武将にあらず、という気持ちだったのだろう。

家康は激しく爪を嚙み思案をしている。

いや、思案もできない様子だ。茫然自失《ぼうぜんじしつ》、どうにかして自分を保とうと爪を嚙んでいるのだ。

本多正信も堺に来ていた。伊賀の忍びを受け入れてくれた服部半蔵に礼を言うためだ。旅籠《はたご》で一休みをしていると、権次郎がやって来た。

いつものぬぼっとした様子で、

「旦那《だんな》さま、一大事ずらよ。信長さんが明智に討たれおったわ」

まるで京都見物の報告でもするかのような調子だが、口調とは正反対の重大事だ。

「間違いないのか」

動揺しまいと正信は声の調子を落とした。

「明智は残党狩りをしとるわ。堺の家康さんも危ないずらよ」

権次郎は言った。

魔王が死んだ。

当然の報いだが、この先、天下はどうなる。光秀が信長に代わるのか。

いや、天下のことなど後回しだ。まずは、家康の窮地を救わねば。

正信は家康一行が滞在している松井有閑の代官屋敷に向かおうとした。

その前に、

「権次郎、そなたご苦労だが、伊賀に報《しら》せてくれ。家康さまの助勢を頼むのじゃ」

正信は権次郎に金子を持たせた。

代官屋敷で服部半蔵を呼び出してもらった。まだ、屋敷内に動揺は見られない。信長の死が伝わっていないようだ。

番所に半蔵がやって来た。

酒で赤らんだ顔は緊張に欠け、本能寺の変を知らないことを物語っていた。

「弥八郎殿、一杯飲め」

半蔵は瓶子《へいし》を持っていた。

正信は首を横に振り、

「しかと心して聞かれよ」

と、半蔵を正面から見据えた。只ならない正信の態度に半蔵は表情を引き締めた。

「本日払暁《ふつぎょう》、信長公が明智光秀の謀反に遭い、本能寺にてご最期《さいご》を遂げられた」

正信が告げると半蔵の両目はかっと見開かれた。地べたに瓶子が落ち、酒と共に砕け散ったが、正信も半蔵も気になどしない。

半蔵は天を仰ぎ絶句してから、

「長谷川殿が殿に耳打ちし、殿と何人かが別室に席を移したが、信長公の死の報がもたらされたのだな」

と、言った。

緊張の中に悔しさが滲《にじ》んでいるのは、自分はその中に含まれていない、家康の真の信頼を得ていない、と忸怩《じくじ》たる思いに駆られたのだろう。

「半蔵殿、一刻の猶予《ゆうよ》もならぬ。明智は織田の残党狩りをしておる。家康さまも狙われるかもしれぬ」

正信の言葉に半蔵は首肯して、

「かもではない。確実に明智は殿のお命を狙う。明智は我らの饗応役だったから、われらの旅程を把握している」

と、地団駄した。

「半蔵殿、家康さまに会わせてくれ。家康さまに無事、浜松にお帰り頂く為《ため》じゃ。わしに任せて頂きたいのじゃ」

目を凝らし、正信は頼み込んだ。

半蔵は、

「どのような策で……いや……承知した。一緒に来られよ」

と、足早に歩き出した。

家康は食いちぎった爪を吐き出し、

「京に上り、知恩院で自刃する。信長公の後を追うのじゃ」

と、決然と告げた。

知恩院は家康が信仰する浄土宗の総本山である。爪を噛みながらの黙考の末に導き出した答えが追い腹を切るであった。

みな、悲壮な面持ちでいる中、

「なりませぬ！」

忠勝は大音声《だいおんじょう》で反対した。

「平八郎、控えよ」

忠次は制したが、

「殿の、徳川家の命運がかかっておるのです。控えてなどおれませぬ」

眦《まなじり》を決して忠勝は言い立てた。

「平八郎、申せ」

家康は顎《あご》をしゃくった。

「直ちに浜松に戻り、明智光秀討伐の軍勢を催すのです。いえ、浜松まで帰る必要はありませぬ。岡崎城で軍勢を調えましょう。信長公の弔い合戦を行うことこそ、信長公のご恩に報い、何よりの供養《くよう》となります」

躊躇《ためら》いもなく忠勝は主張した。

すると、

「平八郎に同心致す」

石川数正が賛同した。

続いて、

「榊原小平太も平八郎殿と同じ考えです」

家康は忠次を見た。

「平八郎の申すこと、もっともにござりますが、問題はいかにして岡崎まで帰るかですな」

忠次は冷静に言い、自分の考えとして、

「ひとまず、信孝さまの軍勢に加わるのはいかがでしょう」

と、提案した。

数正が忠次に賛成し、

「信孝さまは、四国に渡るのを取り止め、信長公の仇を討たんと都に向かわれるでしょう。その軍勢に加えて頂き、明智との合戦に向けて国許《くにもと》から軍勢を呼び寄せるのがよろしかろう、と愚考致す」

と、意見を添えた。

「そうじゃな」

家康も気持ちが動いたようで、消沈していた顔に張りが生まれた。

「ならば、早速、この数正が信孝殿を訪ねます。いや、その前に松井殿に話を通しておいた方がよろしいですな」

いかにも数正らしい気配りを示し、腰を上げようとした。

すると、

「徳川さま」

松井友閑が駆け込んで来た。

本能寺の報せではない。それは長谷川秀一がもたらしたので、友閑もすでに承知している。

一同が目を向けると、

「信孝さまの軍勢が散り散りとなってしまいました」

信長の訃報《ふほう》が伝わり、信孝の軍勢は大混乱に陥っているそうだ。信孝の軍勢は織田家の所領のあちらこちらから集められ、更には傭兵《ようへい》も雇われた寄せ集めで、信孝の譜代の家臣はほとんどいない。

団結力がない烏合《うごう》の衆は織田信長という絶対的な存在がいてこそ、団結が保たれていたのだが、信長を失い、あっという間に結束が乱れてしまったようだ。

「信孝殿と合流は無理じゃな」

再び家康は爪を噛んだ。

一同は再び沈黙に覆われた。

そこへ、

「服部半蔵、入ります」

と、声がかかった。

忠次は家康を見た。家康はうなずいた。

服部半蔵は濡れ縁で平伏した。斜め後ろにもう一人が控えている。

家康は怪訝な顔になった。

「殿、お引き合わせしたい者でございます」

半蔵は言った。

「今はそれどころではない」

けんもほろろに忠次が帰そうとしたところで、

「殿、しばらくでございます。本多弥八郎でございます」

正信は顔を上げた。

家康は目をむき、忠次は言葉を飲み込んだ。

忠勝は目を凝らし正信を見た。

半蔵が、

「弥八郎殿は殿の危機に際し、是非にもお役に立ちたいと参上なさったのです」

「殿、無事に浜松までお帰りを頂きます」

声を励まし、正信は申し出た。

「なんじゃと。まことに浜松まで……」

家康は腰を浮かした。

石川数正が、

「そなた、一向一揆《いっこういっき》に加わって信長さまと合戦に及んでおったそうじゃが、よもや明智に加担し、あるいは加担せんが為に殿のお命を狙って近づいてきたのではあるまいな」

疑惑の目を向けた。

忠次も同調し、康政は身構えた。

忠勝は口出しせず正信の表情を窺った。

正信は、

「お疑いならこの場で殺してくだされ。平八郎、同族の誼《よしみ》じゃ。そなたの蜻蛉切《とんぼきり》の鑓《やり》で刺し貫いてもらおうか」

正信は忠勝を見た。

すっくと立ちあがると、

「よかろう」

忠勝は部屋を出た。

正信は両目を閉じ、正座をした。半蔵が言葉を添えようとしたが、正信の泰然自若とした様子に口を閉ざした。程なくして蜻蛉切の鑓を担《かつ》いだ忠勝が戻って来た。

正信は静かに立ち上がり、庭に降り立つと両手を広げた。篝火《かがりび》を受け、正信の影が揺らめいた。

忠勝も濡れ縁を飛び降り、庭を横切ると正信と対峙した。

正信は忠勝を見据えた。

忠勝は鑓を頭上で何度か回転させ、やがて正信と間合いを取った。

家康は二人の一挙手一投足を見逃すまいと視線を凝らした。忠次や数正、康政も固唾《かたず》を呑《の》んで見守る。

篝の中の薪が爆《は》ぜる音が緊張を高めた。

「とお～！」

裂帛《れっぱく》の気合と共に忠勝は間合いを詰め、鑓を突き出した。

「おお！」

絶叫と共に血飛沫《ちしぶき》が舞い上がった。

ところが、正信は両手を広げたまま立ち尽くしている。

何事が起きたのかと正信は背後を向いた。

男が蜻蛉切の鑓に串刺《くしざ》しにされている。胴丸具足を身に着けた雑兵《ぞうひょう》のようだ。

忠勝は素早く鑓を引いた。

雑兵は仰向《あおむ》けに倒れる。

すると、雑兵たちが次々と殺到してきた。忠勝は鑓で雑兵たちを叩《たた》き伏せ、突き殺した。松井友閑が代官屋敷内の侍を呼ぶ。大部屋で宴席を張っていた徳川の家臣たちがおっとり刀で駆けつけてくる。

信孝の軍勢に属していた傭兵たちらしい。信長の死、明智の残党狩りを耳にし、家康の首級《くび》を取って光秀に高く買ってもらおうと、命を狙《ねら》いにきたのだろう。

忠勝は鑓を構えつつ濡れ縁に上ると、

「殿、弥八郎殿に偽りはないと思います」

と、告げた。

「弥八郎、近う」

家康は濡れ縁に立って正信を招き寄せた。

雑兵たちを追い払った徳川家臣団が、庭で控えている。家康はみなを見回して本能寺の変を告げた。一同は驚愕《きょうがく》のあまり私語を交わす者もなく、あたりは静まり返っている。

「今の雑兵どもはわしの首級を狙いに来たようじゃ。急ぎ浜松へ帰る。いや、岡崎でよい。岡崎に戻り、信長公の弔い合戦の軍勢を催す。途中、明智の者どもばかりか落ち武者狩りにも遭遇しよう。みな、一人の漏れもなく岡崎へ帰るぞ」

家康は決意を示した。

降って湧《わ》いた大事変にみなの表情は険しい。

「案ずるな。我ら徳川は一枚岩になれば無敵じゃ。岡崎までの道案内、本多弥八郎に任せる」

家康に言われ、正信は庭を見回して告げた。

「わしを信じてついて来てもらいたい。堺を北上し、まずは飯盛山《いいもりやま》へ向かう」

具体的な目的地を示すと、ようやく家臣団は正気に戻り、危機感を抱きながらも生気が宿ってきた。

五

深夜、正信の案内で家康一行は代官屋敷を出立した。松明《たいまつ》も焚《た》かず黙々と行軍をする。月のない闇夜《やみよ》であり、行軍は慎重を極める。

灯りもなく手探り状態の中、一行は黙々と進んだ。

一行には共に安土に行った武田の旧臣穴山梅雪たちも加わっている。梅雪は信玄の次女を妻とし、いわば勝頼の身内であるが武田の衰運を見て保身に奔《はし》った。本領安堵《あんど》を条件に家康を通じて織田に寝返ったのである。安土訪問は本領安堵の御礼言上《ごんじょう》であった。

家康と梅雪一行は黙々と夜道を進んだ。

明け方には河内に入り、四条畷《しじょうなわて》の方に足を向けた。

飯盛山まで来た時であった。

穴山梅雪が別の道を行くと言い出した。どうやら疑心暗鬼に駆られ、家康さえも信用できない様子である。そんな梅雪一行は足手まといになるだけだ、と家康は止めなかった。


穴山梅雪一行と分かれてから家康は休息を取った。

「この後、いかがする」

家康は正信に聞いた。

「伊賀に向かいます。伊賀を抜け、伊勢に出て船で岡崎に渡ります」

正信が答えると、

「伊賀か」

家康は迷う風であった。

「伊賀は殿に感謝しております」

正信は半蔵を見た。

半蔵は進み出て家康に告げた。

「昨年、信長公が伊賀攻めを行った際、数多の地侍、忍びを三河で受け入れること、殿はお許しくださいました。伊賀衆はその御恩を忘れてはおりませぬ。彼らはいつしか伊賀の再興を願っております。信長公の横死は伊賀衆には天祐《てんゆう》に他なりませぬ。伊賀衆は伊賀再興の為にも殿にお味方致します」

「うむ。伊賀を越えること、承知した」

家康は安堵したようだが、すぐに油断はならじ、と表情を引き締めた。

「明智も伊賀に軍勢を派遣し残党狩りを行うまでは、手が回らないでしょう。問題は落ち武者狩りの者どもですな。本日中には都周辺に信長公の死は伝わりましょう。この時とばかりに落ち武者狩りの者どもが動き出します」

正信が言うと、

「まさしくその通りじゃのう」

家康も深くうなずいた。

「勝手ながら伊賀者に頼み、流言を撒《ま》いてもらっております。家康一行は摂津に向かったと」

家康たちは信長の死を知らず、摂津佃《つくだ》村の住吉大社参詣《さんけい》に向かった、という流言であった。

「明智の目がそちらに向かうかどうかはわかりませぬが、多少の目くらましにはなると思います」

　正信の策を、

「うむ、よかろう」

　家康は受け入れた。

「ならば、そろそろ」

　半蔵に促され家康は腰を上げた。

　宇治田原《うじたわら》に入る。野道が延び、こんもりとした林が続く。落ち武者狩りの農民たちが潜むには格好の場所である。正信が注意を促す前に、

「かかってこい」

　忠勝は蜻蛉切の鑓をしごいた。

　そよとも風が吹かぬ野道は夏の日差しにさらされ、草と肥の臭《にお》いが漂い、むせ返るようだ。

竹の枝がしなった。

忠勝の顔に笑みが浮かぶ。

正信も身構えた。

家臣たちは家康を取り囲んだ。

忠勝が竹藪《たけやぶ》の中に走り込んだ。

次いで鑓の柄で竹を殴りつける。三本の竹が音を立てながら倒れる。葉擦れの音に叫び声が重なった。

落ち武者狩りで分捕ったであろう武具を身に着けた農民たちがいぶり出されるようにして野道に出てきた。

二十人ばかりの農民が鑓や竹槍《たけやり》、野良着《のらぎ》の上に分捕り品の甲冑を付け、向かってきた。

「馬鹿者《ばかもの》！」

忠勝は哄笑《こうしょう》を放つと、鑓を突き出す。先頭の農民の胸を刺し貫いた。

次いで、

「おおりゃ！」

大音声を発すると両手に力を込め、鑓を振り回す。串刺しにされた農民が断末魔の悲鳴を上げる。恐怖に顔を引きつらせる農民の群れに向かって亡骸を投げつけた。骸《むくろ》と成り果てた仲間を放り投げられ、農民たちは浮足立つ。そこへ榊原康政が弓を放った。

次から次へと射られる矢にたちどころに五人が田圃《たんぼ》へと落ちる。

それでも猛《たけ》った農民が二人、鑓を構えながら家康の背後から迫って来た。正信が素早く歩を進め、

「食らえ」

一喝するや長刀を振るった。二人はもんどり打って田圃へ落ちる。

あっと言う間に半分もやられた農民たちは我先に逃げ出した。

「つまらぬのう」

忠勝は物足りなさの余り、舌打ちをした。

続いて、

「腹減ったな」

と、呟いた。

半蔵が、

「食べ物を取ってきましょう」

農家に足を向けようとしたのを家康は引き止め、

「銭を払って買い取ってやれ。ついでに、命を失った百姓どもの弔いもせよと、いくらか銭を渡してやれ」

「わかりました」

半蔵は忠次から銭を受け取り、目についた農家に向かった。

家康一行は野道に座る。竹林の陰になって風が通り、涼を取ることができた。

戦闘で高ぶった気持ちが静まったところで、あちらこちらの農家からぞろぞろと農民たちが出て来た。

忠勝が身構えると、

「こいつら、敵ではないです」

半蔵に満面の笑みが広がった。

それを示すように農民たちは握り飯や酒を持参している。農民によると、落ち武者狩りをたくらんだのは、村に入り込んで来た野盗たちであった。野盗たちが農民をけしかけ、襲ってきたのだという。

忠勝や康政が成敗したのは野盗たちで、農民たちは怪我《けが》を負ったものの無事であった。野盗たちから解き放たれ農民たちは家康に感謝をしているようだ。

みな、農民たちから振る舞われた握り飯をむさぼるようにして食べた。

「美味《うま》いのう」

家康は笑みを漏らした。

すると、見覚えのある女が近づいて来る。正信は女に近づいた。

お律であった。

「お迎えに参りました。この先に伊賀衆がお待ち申しております」

お律の言葉は天の導きのように正信には思えた。正信は家康に伊賀の地侍たちが迎えに来たと告げた。

「大儀じゃ」

家康は膝《ひざ》を叩いた。

家康一行は一路、伊賀へと向かう。

五十人余りの伊賀衆に先導され、街道をとらず、山中に入る。ほとんど人が通わぬ道を辿《たど》った。薄暗い林の中の道を進む。

いくら夏の日は長いといってもそろそろ進むには都合が悪くなってきた。やたらと草が足に絡まり枝のしなりが耳につく。野宿でもしょうがないかと思っていたところに、

「この先に山小屋がございます」

と、お律が言った。

枝をかきわけながら進むと、山小屋を見つけた。

お律が、

「落ち武者狩り、野盗の他、熊《くま》にも注意してください」

「熊なんぞ一ひねりだ」

忠勝がいかにもおれに任せろとばかりに腕に瘤《こぶ》を作った。山小屋に到着し、周辺を見回し安全かを確認し、小屋の中に入った。

板敷に囲炉裏が切ってあり、土間には薪が積んである。お律が囲炉裏の火を起こし、鍋《なべ》を鉄瓶にかけた。

「どれ、晩飯を調達してくるか」

疲れを知らぬ忠勝と康政が山中に分け入ろうとしたが、いかんせんもう暗い。これでは、兎《うさぎ》や猪《いのしし》、野鼠《のねずみ》といえども見つかりそうになく、すごすごと小屋に返ってきた。

半蔵が沢から水を汲《く》んできたので、正信は鉄鍋に米を入れ、米を炊《た》き、味噌《みそ》雑炊にして食べることにした。贅沢《ぜいたく》などいってはおれない状況なのだ。

やがて、味噌の香が漂い、鉄鍋から湯気が立ち上った。粗末な木の椀《わん》に数正が盛り

付け、家康に手渡した。家康は、

「そなたらも食べよ」

と、みなにも勧めた。

温かい食べ物を胃の腑《ふ》に納めて、正信は腹が減っていたことにやっと気が付いた。

みな、うはうはと食べ始めている。

家康もあっと言う間に平らげ、お替わりをしたくらいだ。

腹が満ちてくるとしだいにみなまどろんできた。

板敷で横になり誰からともなく鼾《いびき》を立てる。

どれくらい経《た》っただろうか。外が騒がしくなった。

「野伏せりか」

正信が立ち上がった。

板壁が激しく揺さぶられる。続いて獣の咆哮《ほうこう》が響き渡った。小屋の警護についてくれた伊賀衆と闘っているようだ。

「熊ですぞ」

半蔵が叫ぶ。

忠勝と康政が板戸から外に飛び出す。新月の闇の中、熊が立ち上がった。

果敢にも康政は体当たりを食らわせた。熊はひっくり返ったが、凄《すさ》まじい鳴き声を上げながら迫ってくる。熊が前脚を振り下ろした。康政が身を屈《かが》めると、杉の幹に当たり杉の木が大きく揺れる。

伊賀衆が棒手裏剣を投げた。

熊は、背中にいくつもの棒手裏剣が突き刺さったまま、より獰猛《どうもう》に前足を動かし迫ってくる。

忠勝は熊に向かって鑓を突き出した。

熊は急所を突かれたのか、目に見えてその動きが鈍ってきた。

「往生せい！」

忠勝が蜻蛉切の穂先を横に掃《はら》った。

熊の首が転がった。

「でかした」

何時《いつ》の間にか小屋から出てきた家康が賞賛の言葉を送った。

「かわいそうなことですが、致し方ござりませぬ」

忠勝は憐《あわ》れむような目で熊を見下ろした。

「熊鍋にでもしますか」

正信が言った。

忠勝は声を弾ませて正信を見返し、

「やりましょう」

と、支度にかかった。


明くる早朝、家康一行は澄み切った空気に頬を切られながら小屋を出た。

「このまま一息に山道を抜けていけば、伊賀まではまっしぐらでございますぞ」

正信が語りかけると家康は胸一杯に山の空気を吸い込み馬に跨《またが》る。木々の間の細い道を進む。木漏れ日に目を細めながらやがて野道に出た。のどかな田圃が広がっている。野良着姿の百姓たちが鍬《くわ》を担いで歩いているのを見ると、正信はほっと安堵の気持ちに包まれた。

すると、何処《どこ》から現れたのか野伏せりたちが殺到してきた。その数、四、五十人はおろうか。弓や鑓、太刀を手に家康たちの前に立ち塞《ふさ》がった。

家康を守る家臣たちも各々《おのおの》武器を手にした。しかし、堺から眠る暇を惜しんでの強行軍を続けてきたとあって疲労の色が濃い。足元が覚束《おぼつか》ない者も珍しくなかった。

それを見て取ったのだろう。野伏せりたちは迷うことなく、斬《き》りかかってきた。

忠勝は叫ぶや鑓を振り回した。柄が二人の野伏せりの顔面を打ち砕く。

そこへ、伊賀衆が駆けつけて来た。

野伏せりたちは蜘蛛《くも》の子を散らすように逃げ去った。

やがて伊賀に入った。

昨年の織田勢の乱入の傷痕《きずあと》がまざまざと残っている。寺社は焼け落ち、家々は無残な骸となり、農地を耕作する者はいない。織田信雄の所領となったあと、復興作業は進んでいないようだ。

村の外れにこんもりとした塚がいくつか設けられている。織田勢の犠牲になった男女を供養したものだ。

家康は塚の側に行き、跪《ひざまず》くと両手を合わせた。徳川の家臣団も家康の背後に控え、無念の最期を遂げた伊賀衆の為に経文を唱えた。

何処からともなくすすり泣きの声が聞こえてきた。

伊賀を越え伊勢国長太《なご》に至った。半蔵が漁師たちに金を渡し、船と漕《こ》ぎ手を確保した。家康は海風を吸い込んだ。

青空の下、伊勢の海が広がっている。潮風が妙に懐《なつ》かしい。
やがて、家康一行を乗せた船が海面を滑るようにして進んで行った。
燦々《さんさん》と降り注ぐ日輪が希望の光のようであった。

第四章　両雄対決――小《こ》牧《まき》長《なが》久《く》手《て》の合戦

一

苦難の伊賀越えの後、本多正信はその功もあり、晴れて徳川家に帰参することになった。

織田信長の急死により天下は混乱を極めた。命からがら岡崎城に戻ると、本多忠勝、榊原康政は明智光秀打倒のための出兵を強く主張した。

しかし、家康は出陣の準備をしつつも今一つ乗り気になれなかった。

明智光秀という男はその用意周到さで知られている。そして、茶道、連歌に長《た》けていることから、公家《くげ》や堺の大商人との強い繋《つな》がりもある。信長は足利義昭を追放してから室町幕府の役人たちを光秀の支配下に置いた。光秀の行政手腕を買っての処置である。

信長の期待に応《こた》え、光秀は都や畿内の治安のために辣腕《らつわん》を振るった。特に大和では興福寺の勢力が大きく、室町幕府は守護を置けない程だったのを、その力を徐々に削《そ》いでゆき信長の支配下に置くことに光秀は成功していた。

そんな光秀の働きぶりを信長は高く評価した。佐久間信盛が追放されたときは、信盛指揮下の大名たちを光秀の指揮下に組み込んだ程だ。所領も都に近い丹波一国と近《おう》江《み》の志賀郡である。

そんな光秀が信長を弑逆《しいぎゃく》したのだ。後に分かったことだが嫡男《ちゃくなん》の信忠《のぶただ》も討ち取っていた。天下は天下人を失い、織田家は当主を亡《な》くした。

用意周到な光秀のことだ。

信長打倒後の方策を予《あらかじ》め巡らしているに違いない。

弓場で弓矢の稽古《けいこ》に勤《いそ》しんでいながら、家康の心はそこにはなかった。稽古に勤しむというより、何かしていないと落ち着かないのだ。それゆえ、矢は図星どころか的を外してばかりである。

弓の稽古をしているのは気を落ち着かせる他に、忠勝や康政がうるさく出陣を急《せ》き立ててくるのを避ける目的もあった。顔を合わせれば忠勝と康政は上洛《じょうらく》し明智を討つべし、信長公の弔い合戦を催すべし、と口角泡を飛ばさんばかりに言い立ててくる。

「柴田殿と話さねばのう」

家康は織田家の重臣筆頭柴田勝家を無視できないと言い訳をして出陣を延ばしていた。忠勝、康政がいきり立つのはわかる。天下の騒乱とみて血が騒いで仕方がないのだろう。

冷静な判断ができるのは酒井忠次と石川数正だろうが、彼らも、公家や大商人、畿内の大名、土豪との繋がりは薄く、都や畿内の情勢には疎《うと》い。もちろん、忠次も数正も織田家を通じて天下の情勢を収集はしていようが、深い情報は得られてはいないだろう。

今回のような一大事を受けて、的確な判断を彼らに求めるのは酷だ。

現在の徳川家中で天下の情勢に通じているといえば、帰り新参の本多弥八郎正信しかいない。三河一向一揆《いっこういっき》で家康を裏切って以来十八年に亘《わた》って徳川家を離れていたが、それゆえに大坂本願寺を拠点に各地を転戦し、伊賀越えで見せたように独自の人脈を築きあげているのだ。

皮肉にも本多正信は徳川家を出奔したお蔭《かげ》で徳川家随一の情報通になったのだ。

正信の弟正重は長篠《ながしの》の戦いの後、待遇に不満を抱いて徳川家を去り、織田家の武将滝川一益に仕えた。ところが、滝川家中でも居心地が悪かったのか、今度は前田利家《としいえ》に仕えている。その前田利家は柴田勝家の与力大名として上杉景勝《かげかつ》討伐軍に加わっているはずだ。

正重を通じて正信に、勝家の動きを探らせよう。

家康は近習に命じて正信を呼んだ。

正信を待つ間も矢を射たが的には一向に当たらない。

やがて、正信がやって来た。家康の脇《わき》で片膝《かたひざ》をつき、近習に代わって矢を家康に渡す。正信はいつでも出陣できるよう鎧直垂《よろいひたたれ》に身を包んでいた。

家康は正信から矢を受け取り、弓に番《つが》えながら命じた。

「正重に繋ぎを取り、柴田殿の動きを報《しら》させよ」

正信は恭《うやうや》しく一礼してから、

「柴田勢、さる三日に越中魚津城を落としてまさに越後に攻め込もうとした時、本能寺の変報を受けました。以来、昨日の朝の時点では越中から動けない様子です」

正信は権次郎を正重の下に走らせ、既に情報を収集していた。

「うむ、手回しが良いな。それにしても皮肉なものよ。魚津城が落ちたのが信長公が亡くなった翌日とはな。一日、持ちこたえておればどうなったであろうか……人の定めはわからんものじゃ」

家康は矢を射た。

かろうじて的の隅に矢が突き刺さった。

休憩じゃ、と家康は床几《しょうぎ》に腰を据え、近習から受け取ったお茶を飲んだ。

「弥八郎、そなたいくつになる」

家康に問われ、

「四十五でござります」

正信が答えると、

「わしより四つしか上ではないのか。なんじゃ、十も年長だと思っておったぞ」

家康は正信の白髪混じりの髪と顎鬚《あごひげ》、皺《しわ》だらけの顔をまじまじと見据えた。

「これは畏《おそ》れ入りましてござります。悪戯《いたずら》に歳《とし》を重ねてまいりました」

正信は首を垂れる。

「ずいぶんと苦労してきたのじゃろう……これからはな、その苦労を通じて得たものをわしのために役立ててくれ」

家康は言った。

「勿体《もったい》ないお言葉でござります。弥八郎、殿に弓引いた年月で得たものでご恩返ししたいと存じます」

更に深く正信は頭を下げた。

「では、早速じゃが、明智の今後をどう見る。明智のことじゃ、周到なる準備の末に謀《む》反《ほん》を企てたと想像するが……明智の天下となるか」

家康は目を凝らした。

正信は一拍置いてから、

「明智の足元は盤石とは申せませぬ」

と、答えた。

家康は話の続きを促した。

「今回の謀反、周到なる準備などなく、突発的に起こしたのではないか、と推察致します」

その根拠として光秀の与力に置かれた細川藤孝《ふじたか》、筒井順慶らが呼応した動きをとっていないこと、朝廷は後追いで光秀に御所の警固を命じたことなどを挙げた。

「信長公を討つという大事、突発的な行動である上に、万が一にも外に漏れては命取り。よって明智家中の僅《わず》かな者以外には変が起こるまで伝えておらなかったでしょう。従いまして、朝廷や畿内の諸勢力への根回し、調略などはしておらぬと想像します。よって、今、明智は味方を募ろうと焦《あせ》っておりましょう」

正信の推論を聞き、

「うむ、理に適《かな》っておるな」

家康は納得した。

「畏れ入ります」

「では、すぐにも明智討伐の軍勢を率いて上洛すべきであろうかな」

更に家康は問いかけた。

「出陣の準備は整えておくべきです。明智を討伐するとなりますと、二万は欲しいところ。二万を集めるとなると出陣は、急いでも今月の十五日あたりでしょうか」

正信の考えを受け、家康はうなずいたものの言葉を返さなかった。そんな家康の様子を見て正信は、

「天下を欲しておられませぬか」

「天下のう……まるで雲を摑《つか》むようなものを求めるのはいかがなものか。わしは桶狭《おけはざ》間《ま》の戦いの後、岡崎城に戻り、以来二十二年で三河、遠江、駿河の三カ国を得た。この三カ国こそがわしには確かな成果なのじゃ」

「夢物語よりも現実を、ということでござりますな」

正信は深くうなずいた。

「間違っておるか」

家康は微笑《ほほえ》んだ。

「正しいか間違いかではなく殿のご決断が全《すべ》てでございます」

正信は言った。

「うむ、ならば、出陣は見合わせるか」

改めて家康は問いかけた。

「それでも、いつでも出陣できる準備はすべきです」

「無駄になってもか」

「無駄にはなりませぬ。軍勢は明智討伐に使うとは限りませぬ」

「どういうことじゃ」

家康の目がきらりと光った。

「信長公が亡くなり、混乱しておるのは都や畿内ばかりではありませぬ。織田領となって日が浅い甲斐《かい》、信濃《しなの》、上野《こうずけ》、つまり武田の旧領も不穏な動きを示しておるようです。服部半蔵殿の伊賀組の調べです。繰り返しますが、旧武田領は織田領となって月日が経《た》っておりませぬ。未《いま》だ織田の法度《はっと》、治世は根付いておりませぬ。信長公の死で領民どもが一揆を起こすかもしれませぬ。生き残った武田の旧臣どもが旧領を奪還しようと甲斐に戻り、領民を扇動し一揆を起こさせることは十分に考えられます。甲斐を治める河尻《かわじり》秀隆《ひでたか》殿から一揆を平らげる助勢を求められることになるかもしれませぬ」

淡々と正信は考えを述べ立てた。

「河尻殿を助けよと申すか」

「助けるのは河尻殿というよりも織田家です。せっかく武田家を滅ぼして領国とした甲斐です。それが、一揆勢あるいは北条に奪われては、あの世の信長公に申し訳が立ちませぬ」

「うむ、それはそうじゃ」

「出陣の準備は、明智討伐ばかりではなく徳川が甲斐を守ることも念頭に置かれてなさるのがよろしいと存じます」

正信はそう進言した。

「よし、ようわかった」

気分が晴れた、と家康は床几から立ち上がり、弓に矢を番《つが》えた。

「ゆくぞ」

狙《ねら》いを定め、矢を射る。

今度は真っすぐに図星に命中した。家康の迷いが吹っ切れたことを物語っているようだ。

「お見事でございます」

静かに正信は賞賛の言葉を贈った。

「弥八郎、今後もわしの側におって相談に乗ってくれ」

家康は言った。

「御意にございます」

正信は平伏した。

胸に大きな喜びが広がった。

やっと家康の信頼を勝ち得たのだ。三河一向一揆の敗北以来、一向勢に属して奮戦したが負け続けの戦歴だ。その勝ちを知らない軍師が徳川家康の下で働きの場を得た。負け戦の経験が糧《かて》となったのだ。これからは、家康の大勝利に貢献する。但《ただ》し、あくまで黒子に徹してだ。正信は戦の前面に立ち、華々しい鑓《やり》働きなどはできないし、する気もない。

それは平八郎に任せればよいのだ。

腰抜けと侮《あなど》られて抱いた平八郎への憎悪《ぞうお》が何時《いつ》の間にか雲散霧消していた。月日が正信の気持ちを和らげたこともあるが、家康に認められたことで、各々《おのおの》の役割を自覚できたのだ。平八郎はどう思っているのかわからないが、正信は裏方、戦という晴れ舞台で躍動するのは平八郎でよい。

そう、家康に過ぎたるもの、古今無双の勇者本多平八郎忠勝として。

二

家康は家臣の本多信俊《のぶとし》を河尻秀隆に遣わした。北条が一揆を煽《あお》っているおそれがある、ついてはいつでも助勢する用意がある、と文にはしたためられていた。

この文を見た、秀隆は疑心暗鬼を募らせ、あろうことか信俊を殺害してしまったのだ。

家康は側室に腰を揉《も》ませながら、寝間に正信を呼びだした。

「河尻め、徳川に刃《やいば》を向けおったぞ」

白絹の寝間着姿の家康は怒りを示し、むっくりと半身を起こし、側室を寝間から出した。

「河尻という男の器量がわかりましたな。所詮《しょせん》は信長公の威を借りて甲斐の領主になったに過ぎませぬ」

正信は言った。

「甲斐に軍勢を進めるか」

家康は意気込んだ。

「今はなさらない方がよろしいと思います。河尻は早晩、一揆勢に追い出されるか殺されましょう。武田の旧臣や領民を煽り立て、一揆を起こさせるのがよろしいでしょう」

「うむ、そう致すか。半蔵を呼べ」

家康に命じられ正信は廊下に出た。

待つ程もなく半蔵がやって来た。

正信から甲斐の一揆を扇動せよとの家康の命令が伝えられた。半蔵はすぐにも甲斐に向かうと答えてから、

「十三日、明智光秀が討たれたそうです」

つい、今しがた伊賀者から報せが届いた、と伝えた。しばし沈黙の後、

「柴田勝家、越中で釘《くぎ》づけと思ったが」

家康は訝《いぶか》しんだ。

半蔵は首を左右に振り、

「明智を討ったのは、柴田ではなく羽柴秀吉です」

と、答えると、

「なんじゃと」

家康は身を乗り出し、正信も目をむいた。

「秀吉は備中高松城で毛利と対峙《たいじ》しておったではないか」

誤報ではないか、と家康は疑った。

「毛利と急ぎ和議を結び、間髪を置かず都に攻め上ったそうです。秀吉には信孝さまの軍勢や池田恒興《つねおき》、高山右近《うこん》や畿内の土豪も味方し、三万とも四万とも思われる大軍で山崎にて明智勢と合戦に及び、大勝したそうです。光秀は落ち武者狩りに遭って最《さい》期《ご》を遂げたとか」

半蔵の具体的な報告は真実味を持っていた。

「秀吉がのお……あの成り上がり者が……」

家康はため息を吐《つ》いた。

「夢想だにしませんでした」

正信も見誤ったと反省の言葉を述べた。

「これからどうなる」

家康は正信の考えを聞いた。

「織田家の動き次第です」

考えをまとめながらの正信は無難な答えしかできない。

「さしずめ、織田家の家督じゃのう」

家康は言った。

「信長公の嫡男信忠さまがお亡くなりになり、いまの織田家は当主不在です。織田家の当主となった方が本来は信長公の志を継ぎ、天下布武を進めるものと存じますが、さて家督を継ぐのは信雄さま、信孝さま、どちらでしょうな」

正信も判断がつかないと言い添えた。

「三介殿は無理であろう。家中で支持する者はおるまい」

家康が言うと半蔵が、

「今回も信雄さまは優柔不断な行いをなさり、信長公の弔い合戦どころではなかった様子です。対して信孝さまは羽柴勢に加わって明智討伐に功を挙げました」

と、言葉を添えた。

「信孝殿、天下人の器量かのう」

家康は織田家との盟約を見直す時期かもしれぬな、と言い添えた。

「織田家中が割れるかもしれませぬな。おそらくは、信孝さま信雄さまで支持する者が分かれましょう。信長公の跡継ぎに信雄さまがふさわしいと思う者は少数でしょうが、愚かなお方だけに神輿《みこし》に担《かつ》ぐには良い、と考える者もおりましょう」

正信は考えを述べ立てた。

「となると、宿老の柴田殿のお考えが大事となるな」

家康の見通しに賛同しながらも、

「それと、羽柴秀吉殿ですな。秀吉殿は明智を討ち、発言の力は大いに上がっております」

「秀吉は信孝殿を推すだろう」

家康の見通しに、

「さて、どうでしょうな。秀吉殿は明智討ちを見ても機略縦横の男、信長公が小者から引き立てた才覚の持ち主です。素直に信孝さまを推すか……おそらく、柴田殿は信孝さまを推すでしょう。織田家の宿老として信雄さまの愚鈍ぶりには頭を痛めておられたようですから。すると、秀吉殿は信孝さまを推さないでしょうな。信孝さまへの評価ではなく、秀吉殿が柴田殿とはそりが合わないのは周知の事実です」

正信の考えに、

「ならば、三介殿を推すのか」

家康は苦笑した。

「そうなるでしょう……いや、秀吉殿のこと、何か奇策を弄《ろう》するかもしれませぬな」

正信が答えたところで、書状が届けられた。半蔵が受け取り、家康に手渡した。

家康は差出人を確認してにやりと笑い、

「噂《うわさ》をすれば影、羽柴筑前守殿からじゃ」

さっと家康は目を通し、正信に見せた。

逆臣明智光秀を討ち取り、上さまの仇を奉じた、と誇らしそうに綴《つづ》ってあった。

「手回しがよいのう。おそらくは、全国の大名に明智討伐の文を送っておることじゃろうて」

家康の言う通りであろう。

「さては、今後は秀吉殿の動向が天下の趨勢《すうせい》に影響することでしょう」

正信の言葉を受け、

「半蔵、秀吉の動き、十分に探っておれ」

家康は命じた。

「御意にございます」

半蔵は両手をついた。

「わしはとりあえず天下はよい。いまは甲斐じゃな」

目標が定まり、家康は生き生きとしてきた。正信も家康の信頼を得て、軍師としての気持ちが昂《たかぶ》った。

徳川は大きくなる、と正信は確信した。

岡崎城中に羽柴秀吉が明智光秀を討伐したことが知らされた。

それを知り、忠勝と康政は家康に面談を求めてきた。本丸御殿、奥の書院で家康は二人を迎えた。

「おいおい、盛りのついた犬でもあるまいに、そんなにいきり立つなよ」

家康はいなすように語りかけた。

忠勝は構わず、

「殿、のんびりと構えておりましたゆえ、秀吉に先を越されたではありませぬか」

家康はぎろりとした目で、

「わしはのんびりと構えておらぬ」

さすがに言い過ぎと思ったようで、忠勝は詫《わ》びた。忠勝に代わって康政が、

「我らの出陣の遅れにより、秀吉に先を越されたのは我らの責任と痛感します」

と、悔しさを滲《にじ》ませた。

「今回のことはのお、我らが遅いのではない。秀吉が速すぎたのだ。それにな、明智光秀討伐は織田家の者が行ってしかるべきであったのだ。これで良かったのじゃ」

諭すように家康は忠勝と康政を見た。

「しかし、天下を取る好機であったのですぞ」

忠勝は拳を握りしめた。

「何度も申すが、天下などというあやふやな物はいらぬ。それにな、わが徳川家の者で天下の政《まつりごと》など行えるか。平八郎、小平太、そなたら朝廷の儀礼など司《つかさど》ることができるのか」

家康に指摘され、

「できるはずがありませぬ」

忠勝は開き直り、

「学びたいと思いまする」

康政は謙虚になった。

「ならば、そなた以外の者でできる者はおるか」

家康は問を重ねる。

忠勝も康政も黙り込んだ。

「今の徳川家はそういう家なのじゃ。貉《むじな》の如《ごと》き公家衆、利に聡《さと》い商人《あきんど》どもにたぶらかされず、堂々と渡り合える者がおらぬ内に天下などと騒ぐな」

家康は冷静に諭した。

「おおせの通りです」

康政は納得したようだ。

「思えば、信長公はそうした人材を揃《そろ》えておられたのじゃ。また、ご自身も茶道を通じて公家衆、商人とも親交を深めた。わしは、茶の湯だの連歌だのには興味がない。天下などいらぬ。田舎大名でよい。いや、むしろ、田舎大名であることを誇りとしておる。それでは、その方ら、不満か」

家康は柔和な顔で語りかけた。

二人は頭を振り、自分たちもそれを誇りにしたいと賛同した。

「天下はともかくじゃ、まだまだ戦は続く。そなたらの働きの場に不足することはないぞ。益々《ますます》、励め」

「承知しました」

忠勝と康政は声を揃えた。

奥書院から出ると康政は、

「伊賀越えから本多弥八郎殿を殿は重用なさっておられるな。確かに伊賀越えの功は大きいが。永年、当家を離れておられたというに……平八郎殿、弥八郎殿とはどのようなお方なのだ」

「よう知らぬ。本多一族と申しても、ほとんど付き合いはなかった。三河一向一揆では敵味方となったしな」

浮かない顔で忠勝は顎髭をしごいた。

康政は肩をそびやかした。

三

後に天正壬午《じんご》の乱と呼ばれた甲斐、信濃、上野、すなわち旧武田領を巡る徳川と北条の争奪戦を通じ、家康は甲斐、信濃を領国に加えた。

わずか一年前は、三河、遠江二カ国の大名に過ぎなかった徳川家康が、三河、遠江、駿河、甲斐、信濃という日本の中央部に巨大勢力を築いたのである。

時代の変遷《へんせん》を家康は思わずにはいられない。

織田家では、秀吉と柴田勝家の対立が深まっていた。

時代は激しく動いている。

天正十一年（１５８３）の三月、浜松城本丸御殿の一室で家康は正信と密談に及んでいた。

「柴田殿から味方になって欲しい、との文が届いた」

「いよいよ、秀吉と合戦に及ぶようですな」

正信は目をしばたたいた。

「そなたが申したように秀吉は織田家の家督問題に奇手を用いたな。まさか、三法師君とはのう……まだ三つの幼子じゃぞ」

家康は呆《あき》れた顔で言った。

「三法師君は信忠さまの男子、信長公の嫡孫ですから正統ということができます。秀吉の主張には一理も二理もありますな。但し、泰平の世の家督相続であれば、ですが」

正信も秀吉のあざとさを言い募った。

「秀吉は織田家を乗っ取るつもりのようじゃな」

「織田家ばかりではありませぬぞ」

「天下か。織田家の小者、素性不確かな者が天下人とはのう、戦国乱世ならではじゃ」

家康は笑った。

「成り上がり者が天下人となるかどうかは柴田殿との合戦にかかっておりますな」

「どちらが勝つかのう」

家康はにんまりとした。

「さて、わかりませぬ」

「わしにも見当がつかぬ。思いもかけぬことが起きるのが戦じゃ。桶狭間が良い例じゃ。勝つ方に味方するのではなく、勝った方に付くのがよいな」

「至言でござります」

「得られる利は少なくなるが、欲張ることはない。五カ国を得て、今はじっくりと領国を固める時じゃからのう」

「まさしく」

正信は心底から賛同した。

四月、秀吉と勝家の争いは秀吉の勝利で終わった。

「秀吉の天下か」

家康に言われ、

「限りなく秀吉が天下に手をかけましたな」

正信は答えた。

「何か祝いの品を贈ってやるか」

「それがよろしいかと」

「何を贈るか……ああ、そうじゃ。初花の茶器にしよう。信長公から拝領した名物じゃが、茶の湯に興味のないわしには不要、宝の持ち腐れとなっては信長公にも申し訳ないからのお」

「秀吉は茶の湯に目がないそうですから、きっと喜ぶでしょう」

「うむ、喜ばせておくのがよい。ところで、秀吉に学ぶことはあろうかの」

家康は表情を引き締めた。

「迅速なることですな。明智を討った時、柴田を討った時、いずれも異常な速さでござりました。秀吉の大軍を速やかに動かす術《すべ》は学んでしかるべき、と存じます」

正信は秀吉の軍勢の移動の素早さについて語った。秀吉は武具、甲冑《かっちゅう》、兵糧《ひょうろう》を専門に運ぶ荷駄隊を作り、雑兵《ぞうひょう》を身軽にして行軍させた。更に行軍中も空腹とならないよう、先触れを出して沿道の領民に炊《た》き出しを行わせ、提供させた。そして、領民の負担とならないよう高い値で兵糧を買い取っている。こうして沿道の領民たちを味方につけ、敵勢の情報も得たのだ。

「当家も採用するか。武具は武具、甲冑は甲冑、兵糧は兵糧で分けて移動する。沿道の領民からは高い値で兵糧を買い取る……か」

家康の考えに、

「それは真似《まね》ようと思えばすぐにもできます。それよりも肝心なことは道でござります。信長公は道の幅を広げ、大軍が迅速に動けるようになさったのです。秀吉はそれをうまく利用しているのです」

正信が言うと、

「なるほどのう。すると、やはり、まずは領国をきちんと治め、整備することが肝要じゃな」

家康はそう結論に至った。

忠勝は康政と野駆けに出た。

思うぞんぶんに馬を攻め、汗をかいたところで一休みをした。野山は若草が燃え立ち、草いきれでむせ返りそうだ。

「徳川は大きくなったな」

手巾《しゅきん》で首筋の汗を拭《ぬぐ》いつつ忠勝は言った。

「平八郎殿も随分と立派な武将になられましたぞ。しかし、戦などしておらぬのに重用されておる者もおる」

二人切りになると康政は正信への不満を口にする。忠勝が応じないのを見ても康政は話を続けた。

「徳川は武の家ですぞ。武功を挙げる者が用いられないでどうするのですか」

ここで忠勝は口を開いた。

「おれも小平太と同じ思いであった。しかし、羽柴秀吉を見ていると考えを変えねばと思い直しておるのだ」

「羽柴筑前守秀吉……小者の身から成り上がったご仁か。秀吉がどうしたのですか」

康政は首を傾《かし》げた。

「あのご仁に初めて会ったのは姉川の戦いであった。正直、こんな貧相な身体《からだ》の武将がおるのか、と意外な思いがした。秀吉が調略に長けておると聞くに及んで、口の上手《うま》い、要領の良い男なのかと、やはり蔑《さげす》んでおった。しかし、秀吉は信長公から大軍を預けられ、大きな領知を任されて、信長公の手足となって合戦に勝利し続けた。明智討ち、柴田討ちで見せた果敢なる野戦、あれは徳川の、いや、これまで日本の国で戦われた合戦とは異なる秀吉ならではの戦じゃ」

「確かに、迅速果敢であるな」

賛同するように康政もうなずいた。

「武力だけではない。兵糧を調える、武具を調える。しかも大量にじゃ。戦場で働く者だけではない、これからは、城や陣地における支援が戦の勝敗を左右するのだ。秀吉によって、戦は変わる。動員される軍勢の数も桁《けた》違いに大きくなるぞ」

という忠勝の見通しに、

「なんだ、平八郎殿は弱気になっておるのか。徳川の戦は古いと言いたいのか。それとも、戦場を疾駆するのに疲れたか。弥八郎殿のように殿の茶坊主《ちゃぼうず》となりたいか」

康政は揶揄《やゆ》した。

忠勝はむっと睨《にら》み返したがすぐに表情を緩めて返した。

「そんなつもりはない。まだまだ戦場を駆け巡るつもりじゃ。いくつも大将首を挙げてやる。ただ、戦場だけの戦は終わると言いたいのじゃ」

「禅問答でござるな。戦は戦場でやるものだ。戦場で勝敗が決するではないか」

康政の疑問に忠勝は答えようとしたが、うまい説明ができそうにない。ふと、こうした時、正信であれば明瞭《めいりょう》な説明をできるのではないか、と思った。

説明の代わりに、

「そうじゃな。戦は戦場でするものだ」

忠勝は笑った。

康政は訝しんでいたが、

「次の合戦は何処《どこ》だろうな。北条か」

と、一日も早く戦場に出たいと気負っている。

「北条とは盟約を結んでおる。よもや、殿は北条とは合戦はなさいますまい」

忠勝の考えにうなずきながら、

「ならば……秀吉か」

康政はそれならば戦いのし甲斐《がい》がある、と目を輝かせた。

四

翌天正十二年（１５８４）の三月、織田信雄が泣きついてきた。

秀吉の野望にようやく気付いた信雄は家康を頼り、秀吉と一戦交える覚悟を決めたのである。

「三介殿、とうとう秀吉と戦うことを決意なさったが、果たして助けるべきかのう。そなた、領国を固めることに力を割くべきだと反対をするか」

家康は正信に問いかけた。

「いいえ、参陣をなさるべきです」

正信は進言した。

「ほう、三介殿を助けよと申すか」

家康はおやっとなった。

「信雄さまをお助けするのではなく、あくまで殿の為《ため》に秀吉と合戦に及ぶべきと存じます」

「秀吉の領国を取るということか」

「評判でございます」

「評判を得るには秀吉に勝たねばならぬぞ。秀吉は十万を超える軍勢を動かせるそうじゃ。わが方は信雄殿の軍勢と併せても精々三万じゃぞ。勝てるか」

まるで禅問答のようなやり取りを家康は楽しむかのようだ。

「勝つ必要はございませぬ。負けねばそれでよし。秀吉は大軍を擁しながら、殿に勝利できなかったとなれば、徳川家康の武名は天下に轟《とどろ》きますぞ」

「負けぬ戦となると……」

「籠城《ろうじょう》しかございませぬ」

「秀吉は城攻めの達人じゃぞ」

「いかな大軍であろうと、一年持ちこたえるような城があればよろしかろう、と」

「そのような城……」

虚空《こくう》を見上げ、家康は思案をした。

「清州城か」

家康が言うと、

「あの城は平城、十万の大軍に包囲されては一月と持ちませぬ」

正信はやんわりと否定した。

「ならば、岡崎城……いや浜松城にて迎え撃つか」

家康の考えに、

「それでは三河を奪われます。遠江、信濃もかなりの領知を侵食されましょう」

またも正信は異を唱えた。

「となると、新たに普請《ふしん》をするのか。それでは、間に合わぬぞ」

ぶっきらぼうに家康は返した。

「新しく普請をするのなら間に合いませぬが、改修ならそれ程の時を要しませぬ、手を加えることで十万の大軍にも持ちこたえられる城がありますぞ。まさしく、信雄さまをお助けするにふさわしい城……信長公の遺構でござります」

家康は納得したようににんまりとなって言った。

「小牧山城じゃな」

「おおせの通りです」

正信は軽く頭を下げた。

小牧山城は信長が美濃攻めを本格化した永禄六年（１５６３）に築城した山城である。日本初の野面積《のづらづみ》による石垣を巡らした堅固な構造であった。小牧山全体が要害となり、山頂からは濃尾平野を一望できる点も秀吉勢の動きを見据えるに適している。

信長は城下町も整備し、家臣団を清州から移していた。

しかし、四年後美濃取りが予想以上に早く成就《じょうじゅ》し、信長は小牧山城から岐阜城に拠点を移した。これに伴い小牧山城は城主なき廃城となっている。

家康はふと、

「ならば、いっそのこと岐阜城を拠点としてはどうじゃ。岐阜城は小牧山城に勝る難攻不落の城じゃ」

と、正信の意見を求めた。

「いかにも岐阜城に入城できれば、それに越したことはありませぬ。しかし、岐阜城は池田恒興、いや、勝入斎の倅《せがれ》元助が城主でござる。勝入斎は秀吉に味方するかもしれませぬ」

正信の言葉に家康は思わず失笑を漏らしていた。

「池田恒興といえば、信長公から特に目をかけられた者ではないか」

恒興の母は信長の乳母であった。赤子の頃から激しい気性を発揮した信長は乳母の乳首を嚙《か》み切っていた。この為、信長を恐れて乳母の成り手がなかったのだが、恒興の母は乳母になり、信長に乳を与えた。不思議なことに赤子信長は暴れることなく乳を吸ったのだとか。

信長の乳兄弟となった恒興は小姓として仕え、重用されてゆく。本能寺の変の後、信長に弔意を表し剃髪《ていはつ》して勝入斎と称した。そんな勝入斎が信長の遺児信雄には味方せず秀吉につくとは……。

「勝入斎は秀吉の上役であったにのう。秀吉の風下につくとは、余程の餌《えさ》を示されたのであろうな」

家康は言った。

「秀吉のことです。大盤振る舞いを約束したのでしょう」

正信もうなずく。

「よし、小牧山城を拠点に秀吉に一泡吹かせてやろうぞ」

家康は決意を示した。

三月、家康は清州城本丸御殿の奥書院で信雄と会見した。

「家康殿、よくぞお味方くださいました」

手を取らんばかりに信雄は家康を迎えた。

「信長公のご恩は天よりも高く、海よりも深いと感謝しております。今こそ、ご恩に報いる時と勇んでおります」

家康の言葉に信雄は目を潤《うる》ませた。

「まこと、猿といい恒興といい忘恩の下衆《げす》が大手を振っております」

信雄は池田勝入斎の裏切りを言い立てた。

正信の言った通り池田勝入斎は秀吉についたようだ。

「猿めは小者から引き立てられたというに、父の恩を誰よりも受けておるというに……」

信雄には秀吉の才覚はわからないのだろう。いつまでも信長の草履取りをしていた頃の秀吉でしか考えられないのだ。信長がどうして秀吉を小者から数万の軍勢を預ける程の大将に取り立てたのか、理解できないし、しようともしないのだ。ただただ秀吉を下に見て、信長の血筋ということの誇りだけで秀吉と合戦をしようとしているのだ。

こんな男についてゆく者はいないだろう。自分も織田家の武将であったなら秀吉につく。

家康はそんな信雄への不満は露程も顔に出さず、

「秀吉の軍勢はどれくらいですかな」

と、落ち着いて問いかけた。

「十二万に膨れ上がったようですぞ」

危機感を募らせた信雄は両手に拳《こぶし》を作った。

予想以上の大軍だ。

しかし、家康は泰然自若として、

「大軍ですな。しかし、そのほとんどは信長公の軍勢であった者たちが利に釣られて秀吉に従っておるだけ。いわば烏合《うごう》の衆《しゅう》です。烏合の衆を相手とする合戦のやり方はありますぞ」

家康は小牧山城に籠城する案を提示した。

「小牧山城……」

信雄の頭の中にはなかったようだ。

信長が小牧山城を築いたのは信雄が数え六の時、四年後には岐阜城に移って廃城になっている。信雄の記憶にないのはしかたがなく、彼の愚鈍さゆえではない。

家康は小牧山城の位置と構造を話した。

「うむ、では改修すれば、十万を超える軍勢でも落ちないのですな」

信雄は亡《な》き信長の遺構に目を輝かせた。

「この戦、万事、この家康にお任せくだされ。よろしいな」

家康は釘を刺すように言った。

「むろんのこと」

信雄は頭を下げた。

よし、秀吉に一泡吹かせてやるぞ。これは面白くなってきた。

家康は小牧山城を難攻不落の要塞《ようさい》とすべく改修に当たった。

三月二十一日、ついに羽柴秀吉は大坂を発した。

正信の予想は的中した。美濃大垣城主池田勝入斎が秀吉方についたのだ。他にも信雄に味方すると言っていた土豪たちが秀吉に寝返った為、その軍勢は十二万五千もの大軍に膨らんだ。

小牧山城に拠《よ》る信雄、家康方は三万である。家康は信雄に戦の差配全てを任せるように頼み、信雄は承知した。この生来の臆病者《おくびょうもの》は四倍を上回る秀吉勢に恐れをなし、

家康の顔を見れば、

「大丈夫でござろうか」

と、口癖のように尋ねる。

家康は避けているのだが、信雄は執拗《しつよう》に家康への面談を求め、ついには家康が巡検

している改修の普請現場にまでやって来た。

主郭の西側に堀と二重の土塁を築くべく雑兵たちが忙しく働く現場に、信雄は十人ばかりの供のものを従えてやって来た。脇《わき》をもっこを担いだ雑兵たちが行き交う。従者たちはもっこから零《こぼ》れる土を避けそこない、

「無礼者！」

と、怒鳴っては雑兵を威嚇《いかく》するが、邪魔なのは信雄たちの方だ。家康は普請の迷惑にならない所まで信雄たちを連れて行った。

信雄も土塁を見下ろす家康の傍らに立って土塁を検《あらた》める。

「なんと……」

信雄は絶句した。

土塁の内に造作をされつつある堀は空堀ながら土塁の高さ二十六尺（約八メートル）幅は四十尺（約十二メートル）にも及んでいる。土塁の傾斜は急で、堀に落下すれば上がることは容易ではない。もたもたする内に鉄砲や弓矢の餌食《えじき》となるだろう。

信雄はしばし感心して土塁を見た後、家康に顔を向け、このような巨大な土塁など見たこともないと感嘆の声を発した。

「土塁と堀ばかりではありませぬぞ。虎口《こぐち》も工夫を凝らした修繕を行っております。

まあ、十万を超える軍勢といえども、力攻めで落とせるものではない、と自負しております」

家康の言葉に信雄は深く首肯した。

「家康殿はまことに名将じゃ。それで……籠城はいつまで続くでしょうな」

「それは秀吉に聞いてくだされ」

「まあ、そうでしょうが。おおよその見通しと申しますか……」

臆病振りを発揮した信雄は執拗だ。

合戦に絶対はなく想定外のことが起きるのは当たり前なのだが、とにかく保証が欲しい、安心が欲しいのだろう。

「ようわかりませぬが、わしは、一年は落ちぬようにする腹積もりですぞ。むろん、小牧山城に籠《こも》っておるばかりではなく、秀吉に従っておらぬ大名たちや土豪などを味方にすべく、書状を送ります。信雄殿もせっせとお書きくださいませ」

秀吉に従わない長宗我部《ちょうそかべ》元親《もとちか》や佐々成政《さっさなりまさ》、雑賀《さいか》党に文を送り、秀吉側の大名たちの領国を脅《おびや》かしてもらうつもりだ。

「それは頼もしい。これで、勝てますな。我らは猿めに勝てますな」

信雄はしつこい。

いい加減、うんざりする。

家康は周囲を見回し、

「勝つには普請を急がせないといけませぬ。どれ、わしも働くか」

と、目についた雑兵を呼び、一緒にもっこを担いだ。家康が前、雑兵が後ろである。

「信雄殿、方々、ご一緒にいかがですか」

家康は信雄と従者に語りかけた。

「ああ、いや、これより内輪での軍議がありますので」

信雄は言い訳をすると従者と共にそそくさと立ち去った。信雄一行の姿が見えなくなったところでもっこを置き、

「やれやれ、肝の据わらぬお方よ」

家康は嘆いた。

「まったく、信長公のお血筋とは思えませぬ」

雑兵は陣笠《じんがさ》を脱ぎ、素顔が明らかとなった。本多正信である。正信は白髪混じりの顎髭《あごひげ》を指で撫《な》でる。上半身を守るだけの胴丸と呼ばれる鎧《よろい》を身に着けた足軽に扮《ふん》して家康に付き従っていたのだ。

「信長公の血筋ということが肝要なのじゃ。わしが信雄殿の味方である限り、秀吉は

徳川をあからさまに敵視できぬからのう」

家康が返すと、

「信雄さま、臆病風に吹かれなければよろしいのですが」

正信は危惧《きぐ》の念を示した。

家康はようやく小牧山城を堅固な要塞に修繕し終えた。小牧山城は、たとえ十二万の大軍であろうが、力攻めでは落とされない強固な造りとなった。

だが敵もさる者、さすがは城攻めに長《た》けた秀吉である。小牧山城の改修ぶりを見て攻撃を仕掛けてくることなく、小牧山城の東北にある犬山城を奪取し、小牧山城の前面には砦《とりで》を築いて持久戦に入ったのだ。本陣は犬山の楽田《がくでん》に据えている。

しかし、正信にとっては思惑通りの展開である。

家康も、秀吉が犬山城を落としても全く動揺しなかった。

小牧山城二の丸郭《くるわ》に設けた本陣に、家康は本多正信、石川数正、平岩親吉《ちかよし》、本多忠勝、榊原康政、井伊直政ら重臣たちを集めた。楯机を囲んだ床几《しょうぎ》に腰を据え軍議に入る。上座の家康から見て右に正信、左は酒井忠次が座すが空席である。末席は井伊直政だ。一同は信雄へ連絡に出向いた酒井忠次を待っている。

井伊直政は数え二十四の若武者、旗本先手組の侍大将だ。一昨年、信長の死後、家康が甲斐、信濃を領有した際、武田の兵法を受け継いだ。その象徴として直政に武田信玄の有力武将であった山県昌景《やまがたまさかげ》の朱色の軍装を継承させたのだ。この為、直政の甲冑は目の覚めるような赤色に塗られ、青空の下に威容を放っている。

直政ばかりか指揮下の将兵も揃って朱色の甲冑姿とあって、家中では、「井伊の赤備え」と呼ばれていた。

今回の合戦は、「井伊の赤備え」にとっての初陣《ういじん》とあって、直政はひときわ勇み立っていた。そんな直政を見て、本多忠勝と榊原康政はかつての自分たちのようだ、と頼もしくもあり、危ぶんでもいる。忠勝も康政も数え三十七、武将として脂《あぶら》が乗った盛りにあった。

忠次は信雄の本陣を訪れ、犬山城が落城しても動揺することはない、軍略の想定内である、と説明をしている。慌《あわ》てふためいた信雄が家康を呼んだり、信雄の方から訪ねて来て、あれやこれやくどくどと詰問《きつもん》されるのを避ける為に家康は忠次を遣わしたのである。

その忠次が戻って来た。

「いかがじゃった」

家康の問いかけに忠次は渋面となりながらも、信雄が理解してくれたと答えた。苦々しそうに話を締め括《くく》った忠次を見れば、信雄の動揺ぶりと軍略の想定内だと説得した忠次の苦労がわかる。一同、失笑混じりながらも安堵《あんど》した。

その中にあって直政が懸《け》念《ねん》を示した。

「小牧山城は半年や一年、持ち堪《こた》えられるでしょう。しかしながら、秀吉は指を咥《くわ》えて見ておるわけはないと存じます。籠っておっては、負けはしませぬが勝利の道もありませぬ」

家康から視線を向けられ正信が答えた。

「殿は指を咥えておられるのではない。服部半蔵殿指揮の下、多数の伊賀者に敵勢の様子を探らせておられる。利に釣られた十二万五千の大軍じゃ。一枚岩ではない。必ず綻《ほころ》びが生じる。我らはそこを突く」

信長の伊賀攻めを逃れた忍びを家康は迎え入れ、服部半蔵に束ねさせている。さらに、本能寺の変後の伊賀越えにより、伊賀の忍びたちとの結びつきは一層強くなった。伊賀者たちは、服部半蔵の指揮下、尾張、美濃に展開する秀吉勢の動静を入念に探っている。忍びの腕を買われ、活動の場を得た彼らは躍動していた。

「殿に抜かりはありませぬな」

恥ずかしそうに直政が言うと、

「当たり前じゃ。わしはな、腹は太い。このようにな」

甲冑に覆《おお》われた腹を家康は叩《たた》いた。日に日に肥え太っている。そんな家康の軽口に本陣内は笑いが起きた。

とは言え、半蔵の報告を待つだけではみなの士気が落ちる。歴戦の強者《つわもの》どもを奮い立たせるには軍略話だ。

家康はみなに向かって、

「秀吉、どう動くだろうな」

と、質問を投げかけた。

敢《あ》えて正信は答えず、みなの考えに耳を傾けることにした。

まず、忠次が答えた。

「小牧山の周辺に砦を築き、その間にも城内に調略の手を伸ばしてきて、お味方の内部分裂を図るのではござらぬか。信長公の頃より、秀吉はそうやって数々の城を落としてまいりました」

続いて数正が発言した。

「秀吉、ここぞという時には意表をつく戦法を取ってきました。中国大返しで明智光秀を討ち取り、大垣から木之本《きのもと》に取って返して一気呵成《いっきかせい》に柴田勝家勢を打ち破った。変幻自在、智謀《ちぼう》まさに雲霞《うんか》の如く沸き上がる男です。兵糧攻めと調略だけで対陣を続けるとは思えぬ」

やはり、数正は忠次と対立した。

「相手は大軍じゃぞ。大軍に策なし、秀吉の方から仕掛ける必要はないと思うがのう」

忠次は同調できないようだ。

「秀吉勢の大半は、つい二年前までは信長公の軍勢であった。今、秀吉はかつての朋《ほう》輩《ばい》や上役の上に立っている。彼らは恩賞に引かれて付き従っているが、秀吉が上に立つことを面白くないと不満に思っておる者は少なくないだろう」

数正は意見を続けた。

すると家康は、

「そこは、半蔵が探ってまいったぞ。子飼いの家来たちは秀吉のことを上さまと呼んでおるそうじゃが、そうでない者たちは猿めが図に乗りおって、と陰口をたたいておるそうじゃ。長陣となれば、諸将の不満は溜《た》まる。それを秀吉が抑えきれるかどうか……方々から集まった諸将は留守にしてきた領国が気になるじゃろうからのお。早々に戦を終わらせたいと願うじゃろう」

　にんまりと笑った。

「殿、秀吉は動くとお考えか」

　忠勝が問うた。

「動く。間違いなく動くぞ」

　家康は自信たっぷりに答えた。

「長陣に諸将が我慢できなくなれば、大軍にものを言わせ、小牧山を力攻めにしましようか」

　康政が問いかけた。

「攻められても不思議はないな」

　平然と家康は答えると、いつ攻められても崩れないように備えを徹底させた。

　忠勝、康政、直政は戦が始まりそうだと意気軒昂となった。

　軍議を終え、家康は二の丸曲輪《くるわ》の御殿寝所に入った。本丸曲輪は信雄に譲っている。

　小姓たちに甲冑と鎧直垂《よろいひたたれ》を脱がせ、寝間着に着替えた。

　小姓たちが出てゆく際に正信を呼ばせた。

待つ程もなく甲冑を着用したままの正信が入って来た。

「城の修繕も終わった。あとは我慢比べじゃな」

家康は語りかけた。

「軍議の席で殿が申されましたように、秀吉勢は寄せ集めの大軍、こちらから挑発してやるのも一興かと」

恭《うやうや》しく正信は献策した。

「それは面白いのう。長陣になって焦《じ》れるのはこちらもじゃ。血の気の多いのがおるからのう」

血の気の多い者たちとは本多忠勝、榊原康政、それに井伊直政だ。特に直政は、「井伊の赤備え」の初陣とあって武功を挙げようと勇み立っているのだ。

「ならば、彼らに鑓《やり》働きの場を与えますか」

正信は言った。

「忠勝らに、秀吉勢の内、いずれかの軍勢を攻めさせるのか。しかし、平地での野戦となると数がものを言う。秀吉勢の一角を崩しても、秀吉のことじゃ、迅速に助勢に駆けつけ、忠勝らの退路を断つぞ」

家康は危惧した。

「秀吉に岡崎を突かせるのです。大軍の一部を割き、岡崎城を奪うよう仕向ける……伊賀者に岡崎城は手薄だと流言をばらまかせます。徳川は三河を奪われてはならじと小牧山を下りる、そこを主力で叩けば、一気に勝利をもぎ取れる、と秀吉は考え、岡崎に軍勢を向けましょう」

　正信の献策を受け、

「岡崎に向かう秀吉勢を追撃し、背後から襲う、か。なるほど良策じゃが、果たして秀吉が乗ってくるかのう」

　家康は半信半疑である。

「乗ってこなくても良いではありませぬか。当方は一向に損耗しないのですから。まずは、伊賀者に岡崎城が手薄だという流言をばらまかせ、様子を窺《うかが》いましょう」

　再度の正信の献言を家康は承知した。

　果たして、服部半蔵率いる伊賀者の工作は成功した。

　四月六日の夜半、秀吉勢の一隊、池田勝入斎、森長可《ながよし》、堀秀政《ひでまさ》、三《み》好秀次《よしひでつぐ》率いる二万の軍勢が犬山城を発し、三河岡崎城攻略に向かった。

　先陣は池田勝入斎率いる五千、二陣は森長可の三千、三陣堀秀政の三千、そして四陣を秀吉の甥《おい》、羽《は》柴秀次《しばひでつぐ》が九千の兵を率いていた。

家康は徳川勢を主力として追撃することに決した。

二の丸御殿の寝所で家康は甲冑を身に着けた。傍らに正信は控えている。

「正信、そなたの策が当たったぞ。小牧山城の留守を頼む」

上機嫌に家康は言った。

「ご武運をお祈り申し上げます」

正信は恭しく平伏した。

「それにしても、秀吉め、よくぞ討って出てくれたものじゃ」

半蔵の探索によると、岡崎城が手薄だという流言に食いついたのは池田勝入斎だそうだ。

秀吉は池田勝入斎を味方につける為、家康に勝利の暁には美濃と尾張、三河の三カ国を与える約束をしたとか。

そこで、勝入斎は武功を上げるにふさわしい働きになると思い、秀吉に岡崎城奇襲を提案したのだ。

昨年の賤《しず》ヶ岳《たけ》の合戦での功により、秀吉から大垣城と美濃の内十三万石を与えられた。今回、秀吉は勝入斎を美濃、尾張、三河を与えるという破格の条件で味方につけた。

池田勝入斎は秀吉にとっては織田家の朋輩、小者であった頃、更には木下藤吉郎を名乗っていた頃の秀吉には仰ぎ見るような存在であったのだ。破格の条件もうなずける。

岡崎城奇襲を勝入斎は相当に強く主張したそうだ。秀吉は勝入斎に押し切られるようにして策に応じたのである。

家康自ら出陣し、一万の軍勢をもって追撃する計画が実行された。

四月九日の未明、馬にばいを嚙ませ、松明《たいまつ》は掲げず、夜陰に紛れて追尾する。

一行は夜《や》闇《あん》をついて馬を進め、明け方近くになって矢田川の河岸に至った。立ち込めていた霧がゆっくりと晴れ、こんもりと茂る林が見えた。白山林と呼ばれる小高い丘から、白い煙が立ち上っている。

軍勢が陣を張っているようだ。煙は朝餉《あさげ》の準備であった。旗印からすると四陣の羽柴秀次の軍勢である。

家康は白山林から一里ほどにある小幡《おばた》城に陣を張った。

そこに一番首を上げた水野藤十郎勝成がやって来た。忠重の息子、数え二十一歳の若武者、家康には歳《とし》の離れた従兄弟《いとこ》に当たる。

「でかした」

家康は言った。

「かたじけのうございます」

藤十郎は誇らしさで胸がはち切れんばかりだ。

「水野藤十郎の一番首、見事なり！」

家康はこれで勝ったと確信した。


一方、小牧山城の留守を預かった忠勝は苛々《いらいら》を募らせていた。本陣にあって床几から立ったり座ったりを繰り返し、家康のように爪《つめ》を噛んでいる。

「平八郎、落ち着け」

酒井忠次が諫《いさ》める。

「秀吉の動きが心配か」

石川数正に問われ、忠勝はどっかと床几に腰を据え、

「秀吉のこと、池田や森に岡崎を突かせ、そのまま指を咥えて吉報を待っておるとは考えられませぬ。今頃は、徳川勢が小牧山から下り、岡崎に向かった軍勢を追尾したと物見から報《しら》せを受けておるかもしれませぬ。さすれば、直ちに楽田の本陣を出陣す

るでしょう。徳川勢は岡崎に向かった軍勢と秀吉の本軍に挟撃《きょうげき》されますぞ！」

言葉に出すと余計に危機感が募り、声が大きくなっていく。

「そうと決まったわけではない」

忠次は指で耳の穴をほじった。

「しかし秀吉が動かないと決まってもおりませぬぞ」

忠勝は反論した。

持て余すように忠次は数正を見る。数正は穏やかな顔で、

「ともかく、我らは殿より小牧山城の留守を命じられたのだ。疑心暗鬼に駆られ、我らが小牧山を出陣すれば、秀吉は小牧山城を攻めよう。まずは、殿と池田、森らの軍勢との合戦の経過を見定めようではないか」

と、諭され忠勝は口を閉ざすと斜め前の床几に座す本多正信をちらりと見た。正信は正面を見据え、議論には加わらない。忠勝への遠慮なのか、何か考えがあってのことなのか、忠勝には正信の腹が読めず自分の言動が滑稽《こっけい》に思えてしまう。

すると、服部半蔵が陣内に入って来た。

「秀吉、楽田より出陣、その数、およそ三万でござります」

半蔵の報告は陣内を凍り付かせた。

「ただちに出陣ですぞ！」

それみろとばかりに忠勝は言い立てた。

忠次は唇を噛んだが数正はあくまで冷静に返した。

「秀吉は池田らの助勢に向かったのではなく、徳川勢が小牧山城から打って出るのを誘っておるのかもしれぬ。秀吉の策を見定めぬ内に、出陣するのは愚策じゃ」

これを受け忠次も、

「小牧山城の留守を預かる役目を忘れてはならぬ」

と、強い口調で言い添えた。

忠勝は歯噛みしてそっぽを向いた。すると、物見が入って来て、秀吉勢が小牧山城に向かっている、と報告した。

これに忠次が勢いを得たように言った。

「それみろ。秀吉の狙《ねら》いは小牧山城じゃ」

忠勝はうなずきながらも物見に秀吉の攻撃軍の数を確かめた。正確な数は不明としながらも小勢のようだと答えた。

「まずは小勢で仕掛け、こちらの出方を探る腹であろう」

という忠次の考えを忠勝は思案した。

もっともだとは思うが、何か嫌な予感がする。小勢で小牧山城に攻めかけたところで将兵を無駄死にさせるだけだ。秀吉勢は烏合の衆、自ら士気が下がるような策を取るだろうか。

小勢での小牧山攻め、囮《おとり》ではないのか。秀吉は小牧山城を攻めると見せかけ、狙いは徳川追尾軍の撃破……。

今のところ秀吉勢の動きが摑《つか》めず、忠勝の考えが正しいかどうかはわからない。しかし、動きが摑めてからでは遅い。秀吉が岡崎に向かっていると判明した時点で小牧山城を出陣しては手遅れになる。

「酒井殿、石川殿、出陣しましょう」

決然と忠勝は告げた。

忠次も数正も軽挙妄動は慎めと諫める。

「方々が城を出ぬのなら、わしは一騎でも出陣致す。止め立て無用！」

忠勝は鹿角脇立兜《かづのわきだてかぶと》を被《かぶ》った。

忠次が、

「殿の命に逆らうか」

と、怒声を発した。

「殿のお命が懸かっておる。亡くなれば命を受けられぬ。お命が永らえて命令違反で首を刎《は》ねられるなら本望」

忠勝は蜻蛉切《とんぼきり》の鑓を手にした。

それまで黙っていた正信が床几を立って言った。

「家康に過ぎたるものが二つあり。唐の頭に本多平八……酒井殿、石川殿、平八郎殿の勝手に任せましょう」

忠次と数正は顔を見合わせてから、

「平八郎、無茶はするな」

と、数正が声をかけた。

忠勝は腰を折り、正信をちらりと見て一礼すると本陣を出た。

果たして、秀吉は五百ばかりの小勢に小牧山城を攻めさせてきた。しかし、これは見せかけの攻撃らしく、秀吉勢三万は楽田から岡崎へ向かっていった。

忠勝は八百ばかりの手勢で秀吉軍を迎え討った。

秀吉勢を追尾し、庄内川で対陣する。

川の両岸で睨み合った両軍であるが三万と八百とあっては、戦う前から勝敗は明らかだ。忠勝も死を覚悟した。

秀吉の大軍相手に死に花を咲かせようと腹を括ると何の恐れもなくなった。

今にも矢が射かけられ、鉄砲が放たれようとする中、忠勝は馬の轡《くつわ》を取り川辺に至った。無数の旗指物が蠢《うごめ》く奥に千成瓢箪《せんなりびょうたん》の馬印を見つけた。確かに秀吉はいる。

忠勝は馬を川に寄せ、悠然と水を飲ませた。蜻蛉切の穂先が西日に輝く。大胆不敵な忠勝の所業に秀吉勢がどよめいた。矢玉が飛んでくるのを待ち構えたが、秀吉勢は不気味な沈黙を守っている。

物見が家康勢大勝を伝えてきた。

岡崎に向かった秀吉側の池田、森、三好勢を撃破し、家康は小幡城に入ったそうだ。

「よし、我らも小幡城に向かう。程なくして夕暮れとなる。対岸の敵に鉄砲と矢を射かけさせよ」

命ずると忠勝は馬に跨《またが》った。

後日耳にしたところでは、秀吉は忠勝の振る舞いを見て興味を示したようだ。何者か確かめさせたところ、姉川の戦いで北国の勇者真柄《まがら》十郎左衛門《じゅうろうざえもん》を討ち、三方ヶ原の前哨戦《ぜんしょうせん》で武田勢を瞠目《どうもく》させた剛の者、本多平八郎忠勝と知った。

秀吉は忠勝をあっぱれなる武将と賞賛し、一切の手出しをさせなかったそうだ。

忠勝の気合が秀吉三万の大軍の出鼻を挫《くじ》いたのだ。

日が落ち、家康が陣を構えた小幡城で軍議が行われた。

「殿、夜討ちを仕掛けてはいかがでしょう」

井伊直政が積極策を言い立てた。家康は爪を噛み黙り込む。

「今、秀吉は龍泉寺《りゅうせんじ》に陣を構えております。ここからは半里ほど。夜討ちをかければ討ち取ることができましょう」

榊原康政も言い立てた。

井伊の赤備えは織田信雄勢、安藤直次勢と共に池田勝入斎、森良可の軍勢相手に奮戦した。井伊勢の活躍もあり、池田勢、森勢は壊滅したばかりか、池田勝入斎と森良可は討死を遂げ首級《くび》が挙げられた。水野勢の羽柴秀次勢撃破と相まって織田、徳川勢は意気軒昂だ。

「しかしのう……」

家康は乗り気ではない。

「今こそが好機でござる」

直政が勇み立った。

「我らは十分な勝利を得たのじゃ。いたずらに兵を動かしては勝ちが無駄になる」

宥《なだ》めるように家康は言った。

「更なる勝ちを得ましょう。秀吉の首級を挙げるのです」

直政は引かない。

「相手は秀吉じゃ。十分な備えをもって我らを誘っておるのかもしれん」

家康は受け入れない。

意見を入れられない直政と康政は不満そうに顔を歪《ゆが》ませた。同意してくれるであろう本多忠勝は小牧山城の守備に当たっている。本陣はぴりぴりとした空気が張り詰め、戦勝気分が吹き飛んでしまった。

「殿、目の前に天下が転がっておりますぞ」

康政は声の調子を落とした。勇み立った気持ちを抑え、家康が受け入れることを願っている。

「天下のう……」

家康は冷笑を浮かべた。

「秀吉を討てば天下を手にできるのです。今、まさしくその好機なのです」

抑えていた感情が爆発し、康政は顔を真っ赤にして口角泡を飛ばさんばかりの勢いで捲《ま》くし立てた。若武者直政も双眸《そうぼう》を見開き、同調している。

家康はいなすようにため息を吐《つ》き、

「わしはな、一つ一つ、目の前の勝ちを拾う。今は、長久手での勝ち戦が全《すべ》てじゃ」

尚《なお》も康政が攻撃を言い立てた時、忠勝が入って来た。一同の視線を受けながら忠勝は秀吉が三万の軍勢を率いて楽田を出陣したが庄内川で足止めさせたと報告し、

「龍泉寺城には未《いま》だ秀吉勢は入城しておりませぬ」

と、言い添えた。

「秀吉がおらぬのなら夜討ちは無駄骨じゃな。夜討ちをかけたら、秀吉勢が駆けつけ、我らは囲まれるぞ」

家康はみなを見回した。

康政も直政もうなずくしかない。

「よし、秀吉がやって来る前に夜陰に紛れ、小牧山城へ退《ひ》く。支度せよ！」

家康の命令に異を唱える者はなかった。慌ただしく出陣の準備にかかる中、

「平八郎、でかした」

家康は忠勝に声をかけた。

沁《し》み通るような笑顔に忠勝は報われた思いで胸が熱くなった。

五

両軍対峙《たいじ》のまま戦局は膠着《こうちゃく》し、時が過ぎてゆく。

秀吉は尾張国内に点在する信雄勢の城を落としていったが、小牧山城への積極的な攻撃は加えてこない。

八月になり、家康と信雄は小牧山城を抜け出し、清州城に入った。

信雄はやはり焦《あせ》りを見せている。

家康は雑賀党や長宗我部に秀吉の領国への攻撃を働きかけて、各々《おのおの》活発に動いている。その対策の為《ため》、秀吉も楽田の本陣から引き揚げ大坂に帰ったようだ。

焦燥に駆られる信雄に、

「秀吉は大坂に帰ったようです。こちらも厳しいが秀吉もここらが正念場でしょう」

家康は信雄を叱咤《しった》した。

「それはわかっておる。しかし、領国を侵されておるのはわしじゃ……家康殿、小牧山城から尾張領国内に展開する秀吉勢を撃破するわけにはいかぬかのう」

信雄の苦渋はわかるが、それをすれば全軍が瓦解《がかい》する。

「秀吉の思う壺《つぼ》ですぞ。秀吉が一番望んでおるのは、我らを小牧山城から誘《おび》きだすことなのです」

「そうか……」

信雄にも小牧山城を出ることの不利はわかっているようだ。

「間もなく北条から援軍が来ます」

希望を持たせようと家康は告げた。

「まことですか」

信雄は顔を輝かせた。

北条とは盟約を結んでいる。援軍を寄越してくれるとの返事も北条氏政《うじまさ》からあった。北条の援軍は清州城に入ってもらい、小牧山城の織田、徳川勢と共に尾張国内に陣を敷く秀吉勢のいずれかの陣を攻めようと家康は計画している。

「頼もしい限りじゃ」

信雄は家康の調略に感心し、安心をしたようだ。

信雄が落ち着いていることを見て家康は小牧山城に戻った。

九月になり酒井忠次から、

「北条の援軍が来られなくなったそうです」

と、報告が上がった。

「そうか」

言葉に力が入らない。

「佐竹義重《よししげ》が北条の領国を侵しておるとか」

忠次は続けた。

「秀吉の差し金かもしれぬな。佐竹に北条の領国に軍勢を進めるよう要請したのであろう。北条を動けなくする為にな」

家康の推論に忠次も同調した。

「秀吉め、我らをじわじわと絞り上げるつもりですな」

「さて、どうするかじゃが」

家康は思案をした。

「戦の手仕舞いを考えねばなりませぬな」

忠次の言う通りである。

「和議を結ぶべきであろうが、こちらから切り出すと負けを認めることになる」

家康は渋面を作った。

「和議を有利に導くには長久手のような勝利が必要ですぞ。いっそ、楽田の秀吉本陣に夜討ちをかけてはいかがでしょう。秀吉を討ち取れれば最上ですが、秀吉でなくとも侍大将の首級をいくつか取れれば、当方が有利の和議となるのではありませぬか」

「もっともじゃが、秀吉のことじゃ。我らが小牧山城から出撃するのを待ち構えておるだろう」

「それでは、ここから動けませぬ。やはり、一か八か……」

　忠次の言葉を遮り、

「博打《ばくち》を打てと申すか。それはできぬ。長久手で我らは大勝を得た。しかし、秀吉はびくともしておらぬ。逆に、我らが長久手のような敗北を喫したのなら、二度と立ち直れぬ」

　家康の考えに、

「まさしく……ならば、このまま粘るしかございませぬな」

　忠次は一礼した。

「そういうことじゃが」

　終わりが見えない。

　いつか、決着をつけねばならない。ずるずるでは損耗するだけである。

家康の思いとは違い、ずるずると時が過ぎていった。

いつしか時節はうつろい冬となっている。冷たい風が吹き荒れ、いかにも冬ざれの光景となった。

このまま年を越すことになるのだろうか。

すると服部半蔵がやって来た。

「殿、どうも信雄殿の動きが怪しゅうござります」

半蔵は信雄が秀吉と和議に向けて動き出していることを報告した。

「わしに相談もなくか」

家康は苦々しい顔をした。

「和議がなったら、知らせようとしておられるのではないでしょうか」

「わしに言ったら反対されると思っておるのじゃろう。今回の戦、信雄殿に求められての出陣じゃ。それを……」

家康は今更ながら組んだ相手が悪かったと自戒した。

「信雄さまの所領、秀吉によって奪われております。尾張の北、伊勢の北は秀吉の軍勢によって蹂躙《じゅうりん》されてしまいました」

「秀吉め、信雄殿に涼しい顔で和議を持ちかけたのであろう。信雄殿が和議を結ぶとなると、わしもこの戦を続ける理由はなくなるのう」

それはそれでほっとする。

年内には戦を止《や》め、浜松に帰りたいと思っていたところだ。そうでないと、領国が心配である。加えて、秀吉の行動が読めず、不気味な思いに駆られていた。

「秀吉め、攻めてくるかのう。信雄殿と一緒にな」

そうなれば最悪である。

「まさか、いくら何でも信雄さまとて、そんなことをすれば天下の笑い者、信用を失うことはおわかりと存じます」

多分に願望を込めて半蔵は返した。

「いや、なんと申しても信雄殿じゃ。何をなさるかわかったものではない。三介殿のなさること、じゃ」

笑いごとではないが、家康は不思議と笑いを我慢することができなくなった。

信雄に対する嘲笑《ちょうしょう》ばかりではない。

そんな信雄に味方して秀吉と戦った自分が馬鹿《ばか》に思えて仕方がないのだ。

「この後、秀吉の天下は盤石となろうな」

苦い思いがこみ上げる。

十一月十二日、信雄は秀吉と和睦《わぼく》した。家康には一言の相談もなかった。徳川家中で信雄への憤懣《ふんまん》の言葉が溢《あふ》れたが、やがて、「三介殿のなさることよ」というあきらめに変わった。

信雄が戦を降り、家康も秀吉と戦う意義も目的もなくなった。

十九日、陣を掃《はら》い、浜松城へと引き上げることになった。

家康にとっては戦闘で勝ったが合戦には負けた、と内心でほぞを噛《か》む結果となった。

第五章　関東移封——小田原征伐

一

小牧長久手の戦いは秀吉との和睦《わぼく》で一応の決着がついたが、浜松城に帰った家康は釈然としない思いを正信にぶつけた。

「くたびれ損であったわ。三介殿に味方したわしが馬鹿《ばか》であった。三介殿、ものの見事に秀吉に丸め込まれおった。これで秀吉の天下は盤石となるぞ。まったく、無駄な戦をしたものじゃ」

おまえが勧めたからだ、とまでは責めなかったが、家康は明らかに正信に不満をぶつけている。

しかし、正信は動ずることなく、

「殿は大きなものを得ましたぞ。長久手において秀吉勢に勝利したではありませぬか。これは単なる一勝ではありませぬ。この一勝は今後の徳川家にとってかけがえのない財となります。秀吉が天下人となってからは益々《ますます》光り輝く勝利ですな」

正信に長久手の勝利を賞賛され、

「そうかのう」

家康も気を取り直し、気分を持ち直した。

「よい評判は金では買えませぬ」

正信が言い添えると家康は、「そうじゃのお」と機嫌よく首肯した。

秀吉の力は日に日に巨大になってゆく。

小牧長久手の戦いの翌天正十三年（１５８５）の三月には紀州雑賀《さいか》党を屈服させ、七月には、四国を統一した長宗我部元親を討伐した。

そして、この四国討伐の最中に秀吉は朝廷から関白宣下《せんげ》をうけ、関白に任官する。氏素性も知れぬ秀吉が天皇を補佐する最高の官職に就いたのだ。まさしく戦国乱世を象徴する男であった。

さらに越中の佐々成政をほとんど戦うこともなく降伏させた。

こうした目も眩《くら》むような戦歴、官位を踏まえ、寒風が吹きすさぶ十一月、秀吉は家康に上洛《じょうらく》を求めてきた。上洛すなわち、家康に臣従せよと迫ってきたのだ。

「正信、猿関白殿の上洛要請に従うべきと思うか」

家康は迷う風だ。

浜松城本丸御殿の茶室である。

茶道に関心のない家康は形ばかりの茶道具を揃《そろ》え、茶釜《ちゃがま》を火にかけてはいるものの、茶を点《た》てることもなく番茶を喫している。正信もそれをおかしいとも思わず、粗末な瀬戸物の茶碗《ちゃわん》に白湯《さゆ》を汲《く》んで啜《すす》っていた。

「上洛に応じることは、猿関白殿に臣従するということですな。殿はそれを良し、としますか」

正信は静かに問いかけた。

「気に入らぬな。じゃが、わしの私情で徳川家を危うくさせてはならぬ、とも思うが。猿関白殿はわしが上洛に応じなければ攻めるつもりのようじゃ」

さて、どうしたものか、と家康は悩ましそうに首を捻《ひね》った。茶釜はぐつぐつと滾《たぎ》っているが、家康はお点前《てまえ》を披露しようとはしない。それでも厳冬の朝、室内を程よく温めて火桶《ひおけ》代わりにはなっていた。

「徳川家は殿がご一代で築かれたのです。栄えるも滅ぶも殿のご勝手でございます」

厳《おごそ》かに正信は言った。

「徳川家はわし一代じゃが、松平家はご先祖あってのことじゃ」

心を落ち着かせようとしてか家康は茶杓《ちゃしゃく》を手にしたが、失笑を漏らして手を離した。

「昨年の小牧長久手の時よりも秀吉の勢力は大きくなっておるばかりか、秀吉に抗《あらが》った勢力もほとんど潰《つぶ》されました。一戦交えるとなると、今度は後顧の憂《うれ》いなく、秀吉は総力を挙げて徳川を潰しにかかるでしょう」

正信がここまで語ったところで、服部半蔵が躙《にじ》り口の外から声をかけてきた。正信は家康の了解を取って躙り口を開けた。

半蔵は片膝《かたひざ》をついて語り始めた。伊賀者を使い、秀吉の徳川攻めの準備状況を探って来たそうだ。

「秀吉、本気ですぞ」

半蔵は言った。

三河攻めにおける主力軍を構成するのは尾張、美濃、近江の諸将である。秀吉はそれら諸将に兵糧《ひょうろう》、武具、軍資金を調えさせている。命令をするだけではなく、兵糧、武具、金銀の調達具合を秀吉自ら巡検に訪れているという。

秀吉の本気さがわかる。

「軍勢はどれほどになる」

家康が問いかけると、

「十五万はくだらぬ、と」

半蔵は答えた。

小牧長久手の数を上回るだけではなく、秀吉にはあの時と比べものにならないくらいの求心力がある。小牧長久手では烏合《うごう》の衆《しゅう》であった大軍だが、今や関白秀吉の手足となって動く強大な軍勢なのだ。

「当家は三万五千、いや、かき集めて四万か。味方についてくれる北条は五万。精一杯集めても九万……。いやいや、北条殿にすがるわけにはいかぬ。一万の援軍をいただくとして五万で迎え討つことになるか」

家康は算段をした。

どう勘定しても軍勢の数が増すわけではない。

「しかし、我らの強味は、領国内で戦えるということだ」

気を取り直すように家康は言った。

正信が進言した。

「五カ国全《すべ》てを守るのは手に余ります。秀吉勢は西から進軍をしてきます。すると、信濃《しなの》か三河、あるいは軍勢を二手に分け、両方に攻め込むかもしれませぬ。どの場合でも、守りは三河に集中すべきと存じます」

「信濃は捨てよ、と申すか」

不満そうに家康は問い直した。

「徳川家を守ることが何よりも大事にございます。三河全土を要害にして秀吉勢を食い止め、和睦に持ち込むのがよろしいかと」

正信の考えに、

「徳川家の存亡がかかっておるからのう。いたしかたない、信濃は諦《あきら》めるか」

家康も納得した。

すると、酒井忠次が血相を変えてやって来た。躙り口からもどかしそうに入って来た忠次は、正信を見て口をつぐんだが、家康から話せ、と命じられて口を開いた。

「石川数正殿と水野忠重殿が秀吉に寝返りました」

「……なんじゃと」

家康は唖然《あぜん》とした。

正信も絶句した。

沈黙が茶室を覆《おお》い、茶釜が茹《う》だる音がやたらと耳についた。

静寂を破るように、

「何故《なにゆえ》……」

信じられない、と家康は爪《つめ》を噛《か》んだ。

「秀吉の調略に乗せられたようです」

忠次は正信を見た。

その目は正信への批難の色に彩《いろど》られていた。

正信は忠次が言わんとしていることがわかる。正信が帰参するまでは、数正は家康から戦、政《まつりごと》の相談に与《あず》かっていた。それが帰り新参の正信のお陰で遠ざけられるようになった。そんな数正の不満を逃さず、秀吉は調略の手を伸ばしたのであろう。

忠次は委細を説明した後、出て行った。

時が経《た》つに従い、数正の寝返りが悪夢のような事実として伸《の》し掛かり、家康は口が利《き》けない。城を攻め落とされるよりも、衝撃の度合いは大きかった。

石川数正は西三河を束ね、徳川家の軍法ばかりか三河の城、砦《とりで》の詳細を把握していた。城、砦の位置、構造、守備兵の数、武具、それらが秀吉に筒抜けになってしまうのだ。

そうした軍略上の痛手に加え、石川数正といえば家康が今川の人質の頃から近侍していた股肱《ここう》の臣、右腕とも思っていた男に裏切られた衝撃は家康の心の奥深くまで揺さぶっているだろう。秀吉は戦う前に、家康を揺さぶる大きな先手を打ってきたのだ。

「これで、秀吉勢の侵攻の道筋が三河だとはっきりしましたな。秀吉は三河攻めの先兵とする為《ため》、刈谷城の水野忠重殿を引き抜いたのだと思われます」

正信は数正には触れず忠重を話題にし、家康の気持ちを軍略に向けようとした。

「そうじゃのう……」

家康はうわの空である。

構わず正信は続けた。

「殿、取り急ぎ徳川の軍法を変えねばなりませぬぞ。武田流にされてはいかがでしょうか」

家康は目をしばたたかせ、まじまじと正信を見返すと、深く首を縦に振った。落ち着きを取り戻したのか、表情が和らいでいる。

「なんのこれしき。三河一向一揆《いっこういっき》の時は家臣の半分に寝返られたのじゃからな」

家康は覚悟を決めたようだ。


十一月の終わり、秀吉の使者が岡崎城に来た。用向きはわかり切っている。家康に臣従を迫り、拒否すれば討伐する、という恫喝《どうかつ》だ。

家康は岡崎城の大広間に重臣たちを集めて軍議を開いていた。

「みなも存じておるように、石川数正と水野忠重が秀吉に奔《はし》った。秀吉の口車に乗ったのじゃ。あ、いや、何を申しても愚痴じゃな。それはともかく、秀吉が攻めてくる。十五万の大軍じゃ。徳川家存亡の時である。関白の大軍に怖気《おじけ》づいたり、秀吉に媚《こ》びをうり召し抱えられたいと欲する者は去ってもよい」

家康はみなを見回した。

忠勝が立ち上がり、

「そのような腰抜けや邪《よこしま》なる者はおりませぬ」

と、声を張り上げた。

忠勝の口から、「腰抜け」という言葉を聞いて正信は一瞬ぎくりとしたが、かつてのような動揺はない。

続いて榊原康政《さかきばらやすまさ》と井伊直政も腰を上げて、

「我ら、殿の為に粉骨砕身致します」

「秀吉の首級《くび》を挙げてみせます」

意気軒昂に次々と言い立てた。

他の者からも賛同の声が上がり、大広間は熱気を帯びている。この場を秀吉に見せてやりたい、と正信は思った。石川数正、水野忠重の裏切りは危機意識を高め、却《かえ》って徳川家の結束を強めたようだ。

「よう申した」

家康は頰を紅潮させ、上気した顔で言った。

興奮冷めやらぬ面持ちで家康は大広間を出た。付き従う正信が、

「徳川家は一枚岩となりましたな」

と、斜め後方から声をかけた。

「うむ」

家康は小さく首肯するに留めたが、気分は高揚しているようだ。

天正十三年（１５８５）、十一月二十八日、家康は秀吉の使者を岡崎城で引見した。空はどんよりと曇り、今にも雪が降りそうな昼下がりである。

大広間で家康は正信のみを同席させて使者と対面した。

使者は高圧的であった。家康に上洛して秀吉に臣従せよと迫り、拒否すれば軍勢を送って家康を滅ぼすと宣告する。秀吉の最後通牒《つうちょう》であった。

「そんなことを受け入れるわけには参らぬ。秀吉に伝えよ。いつでも攻めてまいれ、

受けて立つ！」

家康は毅然《きぜん》と使者を追い返した。

顔を真っ赤にした使者が去ってから、

「よくぞ、申されました」

正信は家康に平伏した。

「正直、震えておるわ。両の手も汗ばんでおる」

両手をこすり合わせ家康は笑った。

「本日は早うお休みなされませ」

正信が言うと、

「わしはそんな歳《とし》ではないぞ」

家康は苦笑した。

「殿、こういう時はゆっくり寝た者の勝ちでござります。どのような危難に直面しようとも、ぐっすり眠ることができる図太さが大将の器量でござりますぞ。信長公は今川の大軍に領内に攻め込まれながら悠然とお休みになった後に敢然と起き上がり、湯漬けを食され、敦盛《あつもり》を舞ってから出陣なさったとか」

大真面目《おおまじめ》に正信は語った。

「よしよし。それでは秀吉に勝った夢でも見るかのう」

家康は大広間を出て寝間に向かった。


明くる朝、正信は家康の寝間に呼ばれた。

「ゆっくりお休みになれましたか」

「おお、ぐっすりとな」

白絹の寝間着姿で家康は大きく伸びをした。上機嫌な様子に、

「秀吉に勝つ夢をご覧になりましたか」

正信は問いを重ねた。

「龍《りゅう》の夢を見た」

家康は虚空《こくう》を見上げた。

正信が訝《いぶか》しむと、

「雲を摑《つか》む龍が空を駆け上がっていった」

家康は繰り返した。

「それは良き夢ですな」

それは吉兆だと正信は繰り返した。

二

奇跡が起きた。

その日の夜、すなわち天正十三年（１５８５）十一月二十九日（陽暦で明くる年の一月十八日）の亥《い》の刻、大地震が発生し、尾張、美濃、近江や北陸に甚大《じんだい》な被害をもたらしたのだ。畿内各地は大雪にみまわれており、地震で大勢の人々が命を落とし、助かった人々も路頭に迷い凍えた。

秀吉は近江坂本城に滞在していた。坂本城は近江国滋賀郡、琵琶湖の南西にあり、明智光秀が築城したが、光秀滅亡の際に焼失した。その後、信長の武将、丹羽《にわ》長秀《ながひで》によって再建され、地震発生時は秀吉子飼いの浅野長政《ながまさ》が城主となっていた。

秀吉が坂本城にいたのは、翌年の一月に実行する三河侵攻に深く関係していた。秀吉は美濃、近江の諸大名に兵糧、軍備、軍資金を調えさせており、その検分のために立ち寄っていたのだ。坂本城を訪れる前は美濃大垣城を巡検した。大垣城には征討軍の兵糧となる大量の米を蓄えさせていたのだ。

多くの城が倒壊、焼失し、三河攻めの為に準備万端であった軍備、兵糧、軍資金が地震で灰燼《かいじん》に帰していた。

対して三河から東、つまり徳川の領国は強い揺れは感じられたものの、城、砦はもちろん寺院、民家も、ほとんど被害が出なかった。

後に天正大地震と呼ばれる震災が秀吉と家康の明暗を分けた。

服部半蔵指揮下の伊賀者が畿内の被害状況を確認してきた。

家康は岡崎城本丸の奥書院で正信と安堵《あんど》のため息をもらしつつ、半蔵の報告書に見入っていた。

「天地も揺るがす大地震にさすがの天下人も慌《あわ》てふためき、馬を乗り継いで大坂城に戻ったか」

家康は肩を揺すった。

「ひょっとして、猿関白殿、明智光秀の亡霊を見たのかもしれませぬぞ」

正信もおかしそうに笑い、家康の武運を賞賛した。光秀の怨霊《おんりょう》を嫌ったのか、秀吉は倒壊した坂本城を廃城にするそうだ。浅野長政に命じて坂本城の資材を大津に移して新城を建てさせるという。

「驚くべきは飛騨《ひだ》の帰雲城と城下でございます。山崩れで城と城下が一気に埋没してしまったとか」

正信の言葉に家康は表情を引き締めた。

帰雲城という変わった名は、城が帰雲山の麓《ふもと》にあったことに起因する。飛騨国白川郷にある帰雲山は標高千六百二十二メートル、当たった雲が逆流して帰っていったという伝承から名付けられたそうだ。

帰雲城の城主、内ケ《うちが》嶋氏理《しまうじまさ》は飛騨国の国人領主で、領内では砂金や金山採掘が行われ、全国から坑夫や侍が集まっていた為、山間にありながら、城下は大変に賑《にぎ》わっていた。

氏理は越中を勢力下に置いた佐々成政に従っていたが、成政は秀吉に攻められ降伏、越中から去った。その後、白川郷は秀吉の命を受けた金森長近《かなもりながちか》に攻め込まれ、氏理は降伏した。しかし、秀吉は内ケ嶋氏の鉱山経営を高く評価し、その所領を安堵していた。

「帰雲城内には莫大《ばくだい》な金が蓄えられていたようですぞ。秀吉が三河攻めの軍資金を内ケ嶋に求めたぐらいですからな。莫大な軍資金が埋没してしまったのです……殿、金を掘りに行きますか」

滅多に言わない正信の戯言《ざれごと》に家康は恰幅《かっぷく》のいい腹を抱えて笑った。

危機を脱した喜びに溢《あふ》れている。

「殿は地震が起きる前の晩、龍の夢を御覧になられたのですな」

　ふと、正信は思い出した。

「おお、そうじゃった。雲を摑む龍が天を駆け上った……」

　それがどうした、と家康は問い直した。

「岡崎城は、『龍ガ城』と呼ばれております。そして、殿がお生まれになった時、城を雲が覆い金色の鱗《うろこ》の龍が出現したと耳にしました。殿はその龍に守られたのかもしれませぬな」

　この時代、地震を起こすのは地震の虫、もしくは龍だと信じられている。源平合戦の直後に起きた文治地震のときは死んだ平清盛が龍となって起こした、と言い伝えられている。

　岡崎城に棲《す》む黄金の龍が大地震を起こし家康を救った、と正信は真顔で言った。

　家康も表情を引き締め、

「この後、秀吉はどう出るかのう。地震の痛手から立ち直ったら、三河に攻めてくるか……」

「さて、そうしようとすると、莫大な費用を要することとなります。せっかく調えておった兵糧、軍備、軍資金を失い、一からやり直しですからな。それに、地震で倒壊した城、砦、城下、領内を復旧させるので一苦労でござりましょう。いくら強大な力を持つ秀吉といえど、三河攻めの大軍をすぐに催すのは難しいかと」

正信は近々の三河攻めの可能性は低いとの考えを述べ立てた。

「ひとまず、時は稼げるわけじゃな」

家康は様子を見る、と結論付けた。

果たして、明くる天正十四年（１５８６）になると秀吉は、家康に対し武力討伐から懐柔策に方針を転換した。織田信雄《のぶかつ》を通じて盛んに上洛を求めてきたのだ。五月には家康に正室がいないことに目をつけ、夫ある身の妹朝日を無理やり離婚させて家康に嫁がせると言ってきた。

家康は拒まず、朝日を正室として迎えた。これで秀吉は家康が上洛して臣従するものと期待したが、家康は知らん顔を決め込んでいた。すると、秀吉は十月になって母親の大政所《おおまんどころ》を浜松城に送ってきた。名目は娘である朝日の見舞いだが、実際は人質といってよいだろう。

本丸御殿の奥書院で家康と正信は密談に及んだ。

「関白殿、よほど殿を従わせたいのですな。まさしく、なりふり構っておられぬ様子」

正信は言った。

「秀吉、徳川の領国には興味を失ったのか、わしを大きな敵とは思わなくなったのかのう」

秀吉の意図が読み切れない、と家康は首を傾《かし》げた。

「見下された、とお思いですか」

正信が問うと、

「戦をせず頭を下げろとは虫のよい話じゃな」

家康は複雑な気持ちを抱いているようだ。

小姓が、本多忠勝が面談を望んでいると告げた。

「さてさて、戦をせよと囃《はや》し立てるかのう」

家康は楽しそうに手をこすり合わせた。

正信は席を外そうとしたが家康に居るように命じられ、部屋の隅で控えた。

程なくして忠勝が入って来た。

忠勝は正信に会釈《えしゃく》をしてから挨拶《あいさつ》もそこそこに、

「殿、秀吉の上洛命令に従うおつもりですか」

本題に切り込んできた。

「嫌か」

無表情で家康は問い直した。

「嫌です……とは申せませぬ。徳川家が栄えるには秀吉との共存なくては、と思っております」

意外にも忠勝は柔軟な姿勢を示した。

「ほう、ずいぶんと丸くなったではないか」

家康はにんまりとした。

「その代わり、秀吉には徳川領国の寸土も削らせないで頂きたいと存じます。もし、徳川の一つの城、砦であろうと秀吉の思うままになろうものなら、拙者、たとえ一騎でも合戦に及ぶ所存です」

猛然たる決意の目で忠勝は正信を見た。

「平八郎殿の思いは殿も同じじゃ。秀吉に徳川の領国には指一本触れさせぬお覚悟を決めておられる」

確信を以《もっ》て正信は答えた。

「弥八郎殿は事情通のようだが、秀吉が徳川領に食指を動かさないという根拠は何じゃ。まさか、あてずっぽうではあるまいな」

忠勝は曖昧《あいまい》な言葉には胡麻化《ごまか》されないぞと目が語っている。

正信は穏やかな口調で答えた。

「秀吉は徳川を取り込みたいのだ。目下、秀吉の目は九州に向いておる。九州は大友と島津が争っておったが、島津の勢いが大きく、大友は劣勢に立たされて秀吉に泣きついてきた。秀吉は大友の要請を受け、九州の島津を征伐することにした。九州に二十万の大軍を送るようじゃ。島津を成敗する間、東に不安の種を残しておきたくはないであろう。徳川には大人しくしていてもらいたい。よって、軍勢を動かすことなく穏便に徳川を従わせようとしておるのじゃ。徳川の機嫌を損じるようなことは決してせぬ。秀吉は徳川の強さをよく知っておるからな。長久手で痛い目に遭ったのが、心に刻まれているのだ。秀吉は蜻蛉切《とんぼきり》の鑓《やり》に肝を冷やしたそうじゃぞ」

その正信の言葉に、忠勝は笑みを漏らしそうになったが、却って表情を引き締めた。

更に正信は続けた。

「秀吉が九州平定を急ぐわけに、上方ではこんな噂《うわさ》がある。明《ミン》国に攻め込むというものじゃ。つまり、九州を明国制覇の前線にしたい、と秀吉は目論《もくろ》んでおるのだと」

「まさか……いくらなんでも……秀吉の大言壮語は世に鳴り響いているが、そんな馬鹿なことを真面目に考えておるのか。夢物語もよいところではないか」

　信じられぬ、と忠勝は首を左右に振った。

「秀吉は信長公に比べ、敵対する者に寛大じゃ。明智、柴田は滅ぼした。それは信長公の後継者となる為であった。その後、天下平定の戦では、長宗我部元親も佐々成政も領国を削ったり、召し上げたりはしたが、命までは奪っておらぬ。毛利や上杉といった帰服の意を示した者には領国も安堵しておる。なにゆえ、そんな寛大な処置をしておるのか……秀吉は度量の大きな天下人だからであろうか……わしはそうは思わぬ。秀吉は成り上がり者、己《おの》が力と運を頼りにのし上がってきた。成り上がり者の野心は留まるところを知らぬ。明国制覇は秀吉にすれば夢でも幻でもないのじゃよ」

　淡々と正信は考えを述べ立てた。

　忠勝は唖然として耳を傾けていたが、

「ならば、徳川も秀吉の野心に従わされるのでござるか」

と、新たな危機意識に目覚めた。

　すると家康が、

「平八郎、明国で暴れ回りたいか」

と、茶化した。

明国には渡りたくないと忠勝は答えてから、

「弥八郎殿のお考えの通りとすれば、秀吉は化け物ですな。化け物とはやり合わぬがよろしい」

と、小さくため息を吐《つ》いた。

三

ついに家康は上洛して秀吉に謁見《えっけん》し、臣従を誓った。

東の安全を確保した秀吉は天正十五年（１５８７）に二十万の大軍で九州征伐を行い、島津を屈服させた。秀吉は島津が攻め取った領知は召し上げたが、薩摩《さつま》、大隅《おおすみ》という本領は安堵した。秀吉の寛大な処置は正信が予想したように、明国制覇に島津の武力を活用しようという思惑があったからだろう。

九州平定後、秀吉は、明国制覇、すなわち、「唐入《からい》り」を公言した。日本全土を統一して豊臣《とよとみ》秀吉の下に全国の武士団を結集し、明国制覇を成し遂げようというのだ。

この大目標達成の為、秀吉に屈しない関東の大勢力小田原北条氏征伐が行われることになった。

家康は盟約を結んでいた北条氏と秀吉の仲介の労を取ったが、北条氏は秀吉に臣従するのを拒絶し、征伐の対象となったのである。北条氏にすれば小田原城は天下一の巨大城郭、上杉謙信も武田信玄も落とせなかった難攻不落の要害で、籠城《ろうじょう》すればいかなる大軍の来襲にも耐えられる、という目算があった。

大軍であればある程、兵站《へいたん》に苦労する。籠城を続けている内に秀吉勢はかつての謙信、信玄のように去ってゆく、そう高を括《くく》ったのだ。

天正十八年（1590）の三月、秀吉は九州征伐を超える二十二万もの大軍を動員し、小田原征伐を開始した。

廃城であった駿河《するが》国沼津城を修繕し、北条征伐の根城とする。城内は篝火《かがりび》が焚《た》かれ厳重に警固されていた。東海道を東進してきた軍勢は秀吉、秀次の他、家康、織田信雄旗下の総勢十四万である。秀吉は山中城と共に北条の前線基地である韮山《にらやま》城攻めの総大将に織田信雄を任じていた。

三万の軍勢を率いる徳川の陣所は、沼津城本丸の隅に急ごしらえで普請《ふしん》された。板《いた》葺《ぶ》き屋根の陣小屋は家康らしい質素さだが、堅固な造りとなっている。

居間として使っている板敷きの一室に忠勝は息子忠政《ただまさ》を伴って入った。

忠政は天正三年（１５７５）生まれの数え十六、母親は三河松平家の内、能見松平家の一族阿知波《あちわ》玄鉄の娘であった。

小田原攻めが初陣《ういじん》となる忠政を連れ、忠勝は家康に挨拶しにやって来たのだ。

強い薬種の香に鼻先が蠢《うごめ》く。

鎧直垂《よろいひたたれ》姿の家康は薬研《やげん》で薬草を碾《ひ》いていた。

「倅《せがれ》の忠政でござります」

忠勝が言うと忠政は平伏した。

「うむ、よき面構《つらがま》えじゃ。父に勝る剛の者となろう」

家康に励まされ、

「徳川家の将に恥じぬ鑓働きをしたいと存じます」

忠政は声を大きくした。

家康は笑みを浮かべ、

「平八郎の初陣は桶狭間《おけはざま》の戦いであったな。あれから丁度三十年じゃ。世の移り変わりの激しさよ……あの頃、関白殿下は信長公の馬の轡《くつわ》を取っておられたがのう」

その一言でわかる家康の戦歴に、忠政は感嘆の目をした。

「もうすぐ碾き終わる。少しだけ待っておれ」

声をかけると家康は伸《の》し掛かるようにして薬研車を何度か引き、薬材を摺《す》り潰した後に満足の笑みを漏らし、

「薬種を碾くには目方があった方がよい」

それが太った言い訳でもあるかのように家康は呟《つぶや》くと薬研を脇《わき》に置いた。

「山中城攻めは秀次殿が総大将じゃ。徳川勢は側面の援助である。秀次殿の指揮下には、殿下子飼いの将である一柳直末《ひとつやなぎなおすえ》、中村一氏《かずうじ》、田中吉政《よしまさ》らが従っておる」

秀次とは中納言《ちゅうなごん》豊臣秀次である。秀吉の姉の子、つまり秀吉の甥《おい》であったが秀吉の養子となり、跡継ぎとされていた。

ここで、

「忠政、腹が空《す》いておろう。存分に食せ」

家康は忠勝を見た。

内聞の話があるようだ。忠勝は忠政に席を外させた。家康は忠勝に語り始めた。

「殿下はわしを疑っておられる。わしと織田内府殿が伊達《だて》や北条と組んで殿下を裏切るという風聞が巷《ちまた》に広がっておるのじゃ」

その噂は東海道を駆け巡っている。駿河、遠江《とおとうみ》、三河、信濃、甲斐を領する家康と

尾張と伊勢を所領とする織田内府こと内大臣織田信雄が北条に味方すれば、関東、甲信、東海道は反豊臣の巨大勢力圏となり、そこに破竹の勢いで奥羽を切り取っている伊達《だて》政宗《まさむね》も加われば天下統一どころか、豊臣の天下はひっくり返ってしまうだろう。

「その風聞を流しておるのは北条氏照《うじてる》じゃ。聡明《そうめい》な殿下は北条の攪乱《かくらん》に乗せられることはないだろう。わしや内府殿が裏切るなど万が一にもないと信じていられる。じゃがな、徳川家康謀反《むほん》の噂を利用なさるかもしれぬ。かつて信長公が武田に内通したと濡《ぬ》れ衣《ぎぬ》を着せ、水野信元殿を切腹に追い込んだようにな」

家康は口元に笑みを含んだ。

「利用とは……」

忠勝は目をしばたたいた。

「さて、どのようにかまではわからぬ。北条を征伐の後、所領を召し上げられるかもしれぬ。ま、悪いことを考えるのはわしの癖じゃが、用心に越したことはない。それゆえ、わしはな、こたびの合戦、秀次殿に花を持たせる。山中城を一日、いや、半日で落としてみせる、しかも、中納言殿の手で落城に追い込んでみせると殿下と中納言殿に約束した。よってあくまで花は秀次殿に持たせ、徳川勢は側面を支援する形にする。よいな、平八郎」

珍しく長広舌を振るうと、家康は忠勝を見た。

「承知しました」

声を励まし返すと家康は満面に笑みを広げ、話を続けた。

「いま申したように、秀次殿を支えるのは関白殿下古参の大名たちじゃが、秀次殿のために兵を損なうのを果たしていとわぬか、それとも惜しむか。中納言殿に忠義を貫くか、距離を置くか。捨丸《すてまる》君の誕生が暗雲を広げておる様じゃ。関白殿下の嫡子《ちゃくし》誕生という豊臣家の慶事が影を落とすとは皮肉なものよ」

家康は続けた。

「出陣は明日じゃ。明日は好天であるからな。山中城の土塁を見たであろう」

「赤土ですな」

「関東特有の土じゃ。硬くて滑りやすい。具足を身に着け攻め上るには相当な困難を伴う。雨が降ればまず無理じゃ。それとあの空堀……堀を障子のように畝《うね》で区切っておる。実際、北条では堀障子とか障子堀と呼んでおるらしい。赤土ゆえ、堀に落ちたら這《は》い上がれぬぞ。堀を進むには細い畝を行かねばならぬ。しかし、それでは鉄砲や弓の餌《え》食《じき》にされるだろうな」

豊臣勢には未経験の赤土で普請された土塁と障子堀が大きな障害となろう。相当な損耗は免れまい。

「晴れている間に決着をつけねばならぬ。明日一日、いや、半日で落とすぞ」

野太い声で家康は決意を語った。

「存分に働きます。戦場においては余計な邪念は禁物、とにもかくにも鑓《やり》一筋に暴れ回りますぞ」

「戦場になると血が騒ぐようじゃのう」

「殿も大いに猛《たけ》っておられるではありませぬか」

忠勝に言われ、家康は目尻《めじり》を下げ染《し》み透るような笑みを広げた。

主従は心が通い合っていた。

夜が明けた。

晴天である。危惧《きぐ》された雨にならず、山中城の赤土も攻略できるだろう。豊臣勢は闘志に溢れていた。誰もが勝利を信じて疑わない様子だ。

夜が明けて間もないとあって、山中城は山霧に閉ざされている。

戦端が開かれたのは朝五つ半（八時頃）であった。青空に雲が白く光り、海風が新緑と潮の入り混じった香を運んでくる。

山中城は半日で落ちた。

北条方の武将、間宮康俊《やすとし》は出丸で討ち死にを遂げ、松田康長は本丸で切腹して果てた。北条氏勝《うじかつ》は周囲に説得され、相模《さがみ》玉縄城に落ち延びた。

死者は敵味方合わせて二千人。半日の攻城戦にしては稀有《けう》な激戦であった。

この勝利で秀次は面目を施し、家康の助勢に感謝した。

あくまで側面援護に徹した徳川勢であった為、忠政は鑓働きができなかった。それが不満ゆえ、真の初陣を飾りたいと何度も言い立てていた。

幸いにも北条征伐は続く。本拠である小田原城ばかりではない。関東には数多《あまた》の支城があるのだ。忠勝勢は秀吉子飼いの武将浅野長政指揮の軍勢と共に武蔵国岩槻《いわつき》城攻めに加わった。徳川勢からは鳥居元忠《もとただ》、平岩親吉、河窪信俊《かわくぼのぶとし》の軍勢が加わっている。

「父上、ここが初陣です」

忠政は勇んだ。

「存分の鑓働きをせよ。但《ただ》し、勇猛さと無謀は違うのを心しておけ」

忠勝の戒めの言葉を忠政は素直に受け止め、鑓をしごいた。蜻蛉切よりは短いが初陣を飾るにふさわしい長柄の鑓だ。

本多勢は浅野長政の軍勢に加わり、岩槻城の大手門に殺到した。

寄せ太鼓、陣鐘、法螺貝《ほらがい》が霞《かす》み空に響き渡り、大地も震えんばかりの大音声《だいおんじょう》で本多勢は攻めかかる。敵勢の矢玉が容赦なく降り注ぐ。竹束や鉄盾で防ぐものの、貫かれる恐怖心に将兵は身をすくめた。

臆《おく》したと見たか敵は門を開き、鑓襖《やりぶすま》を連ねて突進して来た。血飛沫《ちしぶき》と絶叫と共に味方が次々と鑓の餌食となってゆく。

「かかれ！」

鉄盾に身を隠しながら忠勝が味方を督励した。竹束で身を守りながら数十人の将兵が門に近づく。

すると、地雷火が土砂を跳ね上げるや敵味方の区別なく将兵を吹き飛ばした。吹き飛ばされた将兵たちは、手、足が千切れ、地べたをのたうちまわっている。

我慢ならずとばかりに忠政が鉄盾から飛び出した。

「待て！」

忠勝が追いかけた。

横矢が飛び、銃弾が味方の兜《かぶと》を貫通する。土煙と硝煙の向こうに赤土の土塁が見える。その手前に障子堀が広がっていた。血気にはやった忠政が鑓を振るい敵勢に躍り込む。敵勢と鑓先を合わせ火花が飛び散る。

忠勝譲りの勇猛果敢さで鑓を振るう。血飛沫を舞い上がらせながら敵勢を倒す姿は我が子ながらあっぱれだ。

思わず見惚《みと》れていると忠政の背後から鑓を手にした雑兵《ぞうひょう》が近づいた。忠勝は雑兵に駆け寄り蜻蛉切を投げつけた。

雑兵の背中を穂先が刺し貫いた。

忠政は振り返った。

忠勝と視線が合うと、軽く頭を下げた。三十年前の情景が忠勝の脳裏に蘇《よみがえ》った。初陣の時、叔父忠真《ただざね》が投げた鑓に救われた。だが、あの時、忠勝は恐怖に身をすくませ落馬をしてしまった。それに比べての忠政の堂々たる武者振りに忠勝は目を細めた。

櫓門《やぐらもん》が開き、敵勢が攻め寄せて来る。

忠勝は忠政に竹束の影に身を潜ませているよう強く言った。

一際《ひときわ》大きな寄せ太鼓や陣鐘の音が聞こえる。

風が唸《うな》り、矢が飛来する。やがて、竹束が燃え始めた。火矢が命中したようだ。

「おのれ！」

忠政は竹束から抜け出た。

大将と思《おぼ》しき立派な具足を身に着けた武者に向かって行く。

敵将が太刀を手に迫ってきた。白刃《はくじん》と矢玉を潜《くぐ》り抜けてきた敵は鑓を失い、面頬《めんぽお》も剝《は》がれ血に染まった形相には憎悪《ぞうお》が溢れていた。

忠政の身を案じながらも忠勝も迫りくる敵を叩《たた》き伏せる。

身体《からだ》中がかっかと熱くなり、血潮が高ぶった。敵の雑兵が忠政を囲んだが微塵《みじん》の恐怖心も沸かない。

「かかってこい！」

忠政の気合に怖《おそ》れをなしたのか雑兵たちは退《ひ》き始めた。彼らばかりでなく、北条勢が櫓門の中に引き上げてゆく。

それに付け入り、本多勢は本丸に雪崩《なだ》れ込んだ。

七月、小田原城は落城した。

小田原城、受け取りの使者には忠勝と康政が選ばれた。

秀吉は関東一帯に広がる広大な領知を家康に与えた。

しかしその代わり、三河、遠江、駿河、信濃、甲斐、五カ国は没収である。石高は増えたが父祖伝来の地、三河を去らねばならないのは家康にも譜代の家臣団にも不満と不安が生じた。

家康は正信を呼び、

「さて、どうしたものかのう。いや、でも断ることはできぬのう」

と、悩ましそうな顔をした。

実際、織田信雄は徳川の領国への領知替えを断り秀吉の不興を買い、全ての領知を没収された。愚鈍と評判の信雄は自滅した。秀吉は信雄を厚遇し、尾張、伊勢百万石の領国と正二位内大臣という官位で遇していたのだ。豊臣政権下の序列では、秀吉に次ぐ地位にあった。信雄には丁寧に接し、馬上にあっても信雄を見ると下馬をした。いつまでも信雄に主人面された上に、無能を承知の上で厚く遇するのが馬鹿《ばか》馬鹿しくなったのだろう。領知替えに応じない信雄に秀吉は怒りを爆発させたのだった。

「しかもじゃ。秀吉は、あ、いや、関白殿下は居城を江戸がよい、と仰《おお》せだ」

家康は言った。

「江戸というと、かつて太田《おおた》道灌《どうかん》が居城を作った地ですな。今はさびれた漁村に過ぎませぬ。殿下も意地の悪いことを……小田原城に殿が入るのを恐れたのでしょう。小牧山城を難攻不落の城塞《じょうさい》に改修した殿ですからな。小田原城が徳川の居城となれば、大坂城を凌《しの》ぐ天下無双の城になるのを警戒なさったのでしょう」

　秀吉の腹の内を見透かし、正信は苦笑した。

「わしを関東の草深いところに置いておきたいのじゃな。まあ、ともかく、江戸となると、新たに城と城下を作らねばならぬ。その費用、月日を考えるとやれやれという気がするのう。重き荷を負うて遠き道を行くが如《ごと》しじゃ」

　家康はため息を吐いた。

「ものは考えようと申しますか、江戸は関東を治めるには丁度よい地でありますな。小田原では西に寄り過ぎております」

　正信は言った。

「確かにその通りじゃのう」

　認めたものの家康は浮かない表情で爪を噛んだ。

「北条の色を消しますか」

　正信の問いかけに、

「そうじゃのう……いや、それは考えものじゃ。かつて、武田が滅び、信長公から甲斐の国を河尻秀隆《かわじりひでたか》が拝領した。ところが、河尻は武田を否定する政を強行したが為に領民から一揆を起こされ、哀れな末路を辿《たど》ったのじゃ」

「おおせの通りです。領民どもが一番心配しておるのは、年貢《ねんぐ》でございましょう。新しい領主となって厳しい年貢の取り立てがなされることを何よりも恐れております」

正信の言葉に、

「北条と同じにするか。北条は領国を治める為、様々な法度を設けたはずじゃ。早雲以来の法度じゃな」

家康が言うと、

「早速、取り寄せます」

正信は言った。

ふと家康は言った。

「四公六民……」

「はあ……」

正信は怪《け》訝《げん》な顔で問い直した。

「年貢じゃ。北条は早雲以来、四公六民と年貢を決めておる。徳川もそれに倣《なら》う」

「それだと年貢が不足ではございませぬか」

正信が危惧を示すと、

「関東は広大な野が広がっておる。不足分は開墾すればよい。領民どもと共に土地を開けば、徳川は関東に根差すことができる」

家康の考えに、

「ごもっともでござります」

諸手《もろて》を上げて正信は賛同した。

家康はうなずくと、

「ところで、正重はいかがしておる」

と、問いかけてきた。

「弟は蒲生氏郷《がもううじさと》殿に仕えております」

正信の口調が鈍った。

正重は徳川家を離れてから滝川一益《かずます》、前田利家、蒲生氏郷と主《あるじ》を変えている。自分を高く買ってくれる主に仕えるのは戦国の倣いであるが、度重なる主替えには正重の気性が影響しているだろうと、正信は心配をしていた。

追従《ついしょう》や世辞を使う必要はないが、我を通し過ぎるのはよくない。無用の軋轢《あつれき》を生むことになるのだ。

「蒲生氏郷か……関白殿下は高く買っておられるな。奥州仕置きで会津に大きな領知を与えられた。伊達政宗への備えということじゃ」

家康は言った。

「まさしく、蒲生殿は無類の戦上手とか。軍勢の駆け引きにおいて蒲生殿に勝る大名はいないと評判でございます。信長公も見込んで娘婿《むすめむこ》になさった程です」

蒲生氏郷の父賢秀《かたひで》は南近江の大名六角承禎《ろっかくじょうてい》の重臣であった。永禄十一年（１５６８）に信長が足利義昭を奉戴《ほうたい》して上洛《じょうらく》した際、六角は信長に従わず討伐され滅ぼされた。六角滅亡の後、賢秀は氏郷を人質として差し出して信長に臣従したのである。人質となった氏郷を信長は見込み次女を嫁がせたのだった。

「氏郷は勇猛果敢な武将じゃ、正重と気性が合うのではないか」

家康が言うと、

「それだけにぶつかってしまうかもしれませぬ」

正信は苦笑を漏らした。

家康も失笑し、

「関白殿下が面白いことを申された」

と、聚楽第《じゅらくだい》で催された宴席での出来事を語った。

聚楽第は秀吉が京都に造営した豊臣政権の政庁であり秀吉の住まいである。秀吉は諸大名を集め、戦や政治以外の雑談に興じていた。

ある夜、

「殿下が居並ぶ諸大名に問いかけられたのじゃ」

秀吉は大名に向かって、蒲生氏郷が兵千騎、織田信長公が五百騎で合戦に及んだらどちらが勝つと思うか、と問いかけた。

「氏郷は戦上手、しかし、相手はあの信長公じゃ。信長公、氏郷の半分の兵しか率いておらぬとは申せ、氏郷の勝利になるのだろうか、と、まあ、一同答えられずにおった。すると殿下は明瞭《めいりょう》な答えを示された」

家康は言葉を止めた。

正信にわかるか、と目で問いかけている。

「さて、殿下のお考えはわしごときには窺《うかが》いしれませぬ」

正信が返すと、

「殿下はこう申された。氏郷の負け、じゃとな。そのわけとして信長公は兵五百騎の内四百五十騎まで討ち取られたとしても残り五十騎の中におわす。対して、兵千騎の内、百騎しか討ち取られなかったとしても、その百騎の中に氏郷がおる。将なき軍勢は烏合《うごう》の衆《しゅう》である、とな」

「言い得て妙ですな。殿下らしい機知を感じます」

納得したように正信はうなずいた。

「殿下は信長公を持ち出し、氏郷を諫《いさ》めたのじゃ。勇猛果敢は良いが猪突猛進《ちょとつもうしん》をしてはならぬ。大領を任せるからには、命を惜しめとおっしゃりたかったのだ。この話、正重にも報《しら》せてやれ」

家康が命ずると、

「ありがたきお言葉にござります。正重の戒めとしてやりたいと存じます」

正信は頭を下げた。

「関東に移封するのを期に、これを徳川家の一区切りにしたい。これまで徳川家の為《ため》に尽くしてくれた者どもに領知を与え大名に取り立てる」

家康の考えに、

「それはよきお考えでござります」

即座に正信は賛同した。

家康は正信を見返し、

「弥八郎には十万石を与えようと思う」

不満かと言い添えた。

「勿体《もったい》のうございます。殿のお気持ちをありがたく頂戴し、しかしながら十万石の領知はご辞退申し上げます」

恭《うやうや》しく正信は平伏した。

「遠慮することはない」

家康の気遣いを受け、正信は面を上げ、

「遠慮ではございませぬ。まこと、ご辞退申し上げます」

強い口調で拒んだ。

「何故《なにゆえ》じゃ」

おやっとなり、家康は真顔で問うた。

「わしは殿を裏切り、徳川家を離れた身でござります」

「伊賀越えの後に帰参を許した……過去は水に流したのじゃぞ」

「帰参を許されました後、わしは殿のお側近くに侍《はべ》り、物を申させて頂いております。しかしながら、これといった武功はございませぬ。徳川は武門の家、武功を挙げた者が報われ、領知を与えられるのが当然と存じます。帷幄《いあく》にあって謀《はかりごと》を巡らす者が大領を得ては、その者に過度の力が集まりまする。そして、武功を挙げた者からは不満の声が上がり、やがては御家の争いが生じましょう。よって、わしはほんの捨扶持《すてぶち》でも過分と存じます」

ぼそぼそとした遠慮がちな口調ながら正信は強い意志を込めて話した。

家康はしばし黙考の後、

「弥八郎、よう申した。よう気が付いた。ならば、望み通りに十万石を与えるのはやめよう」

「ありがたき幸せにござります」

深々と頭を下げると、

「領知をもらわない礼など聞いたことがないぞ」

家康は笑った。

出っ張った腹を揺すりながら、

「じゃが、弥八郎は大名に取り立てる。そうでないと、格好がつかぬ。わしの帷幄にあって相談に乗ってもらうには、それなりの格式が必要じゃ」

家康は一万石を与えると言った。

これには正信も逆らわなかった。正信は相模国玉縄に一万石を領する大名となった。

四

八月三十日、江戸城本丸御殿の大広間に徳川家の諸将が集まった。

江戸城といっても、後年の徳川幕府の居城とは比ぶべくもない貧相さである。本丸、二の丸、三の丸は設けてあるが太田道灌の築城した城に多少の改修が加えられたに過ぎない。地方の国人領主の城程度であり、関八州の領主の居城にしてはみすぼらしい。石垣ではなく土塁、御殿を始めとする建物は板葺きであった。

大広間といっても潮風が吹きすさぶ、粗末な板敷である。浜松城が華麗に思える程だ。

それでも、諸将の顔は希望に溢れていた。

関東での新たな領知が定められるからだ。関東で大名になるという希望に諸将は溢れていた。

上段に座す家康が正信を促した。

正信は書付を読み上げる。

「井伊直政、上野《こうずけ》国箕輪《みのわ》に十二万石を与える」

まずは直政への所領が読み上げられた。

一同からどよめきが起きた。

直政は家康の前に進み、家康から所領を書き記された証文を受け取った。お礼言《ごん》上《じょう》する直政の声は感激に震えていた。

正信は続けた。

「本多忠勝、上総《かずさ》国大多喜に十万石を与えるものなり」

忠勝の表情が引き締まった。

家康の前に伺候する。

無言で忠勝は家康からの書付を受け取った。

続いて榊原康政が上野国館林《たてばやし》で十万石、大久保忠世が相模国小田原に四万五千石、鳥居元忠、下総《しもうさ》国矢作《やはぎ》に四万石、平岩親吉、上野国厩橋《まやばし》三万三千石、酒井家次は下総国臼井《うすい》に三万七千石、大須賀《おおすが》忠政《ただまさ》は上総国久留里《くるり》で三万石が宛《あて》がわれた。

最後に、

「本多正信には」

正信は自分の名を呼んだ。

みなは耳をそばだてた。帰り新参者、戦の働きはないくせに家康の側近くに侍る茶《ちゃ》坊主《ぼうず》、更に悪意を持った者は君側の奸《かん》と見なしている。家康に取り入り、どれだけの大封を得るのやら。

　やっかみの籠《こも》った視線を浴びながら正信は書付を読み上げた。

「本多正信には相模国玉縄で一万石を与えるものなり」

　野太い声で言うと、正信は家康の前に進み、平伏した。家康からの証文を両手で受け取る。諸将の中から戸惑いとも驚きともつかない声が聞かれた。家康はみなを見回し、

「各々《おのおの》の領知をしかと治めよ。民に背かれるな。領内を見回り、領内の事情をしかと見聞するのじゃ。尚《なお》、年貢は四公六民とせよ」

　家康の言葉にみな声を揃《そろ》え、平伏した。

　大広間を出てから康政が忠勝に近づいた。

「十万石とは、しわい殿にしては大盤振る舞いでござりますな」

　康政は満足そうだ。

「それだけ、我らに期待をしておられるのだよ」

　忠勝は言った。

「しかし、井伊直政が我らより上とは……」

喜びを表したのも束《つか》の間《ま》、康政は渋面となった。

「不満か。しかし、今後、加増を目指して粉骨すればよい。直政は乗り越える目標となったではないか」

忠勝が慰めると、

「関白殿下の下、天下は統一されたのですぞ。加増を望もうにも戦はないではないか」

康政は不満を言い立てた。

「唐入りを聞いておろう。明国は広大だぞ」

忠勝が明国制覇を話題にすると、

「関白殿下は本気かのう」

訝《いぶか》しんだ康政は首を捻《ひね》った。

「本気だろうよ」

「よし、唐土で暴れるか。のう、平八郎殿」

「わしは気が進まぬ。唐土に渡るなんぞ」

忠勝は肩をそびやかした。

康政も明国制覇など実感が湧《わ》かないようで話題を転じた。

「直政の十二万石はやり過ぎと思ったが、弥八郎の一万石も意外でありましたな」

「意外だったが、驚きはしなかったぞ。殿は武功と領知の均衡をちゃんと考えておられるのだ」

忠勝の考えに、

「そのようですな」

「だから、これからも武功を立てようではないか。日本だろうが唐土だろうがな」

忠勝は康政の肩を叩いた。


九月になり忠勝は家康から意外な命令を受けた。奥州仕置から戻り、下野《しもつけ》の小山《おやま》城に在陣中の秀吉を訪ねよというのだ。なんでも、秀吉から直々の声がかりだそうだ。

訝しみながらも忠勝は小山城を訪問した。

戦への出陣ではない為、甲冑《かっちゅう》ではなく烏帽子《えぼし》を被《かぶ》り、大紋直垂《だいもんひたたれ》に身を包んで秀吉の御前に出た。大広間の上段に座した秀吉は温和な笑みを浮かべ、

「本多平八郎、やはりそなたには鹿角脇立兜《かづのわきだてかぶと》と黒糸威《おどし》胴丸具足が似合うのう」

と、にこやかに声をかけた。

「武骨者の田舎武者でござります」

忠勝は言った。

「ただの田舎武者ではない。この者はのう、わしの軍勢を足止めにさせた剛の者であるのだ。日本第一、古今独歩の勇士なり」

大音声で告げると秀吉は諸将を見回した。

一同から賞賛の声が上がる。

忠勝は無言のまま平伏した。

「そなたの武勇に対し、これをつかわすぞ」

凛《りん》とした声で秀吉は告げた。

近習たちが甲冑を運び込んできた。立派な大鎧である。

「これはのう、かの源九郎判官《ほうがん》義経《よしつね》の郎党、佐藤忠信《ただのぶ》が身に着けておった大鎧じゃ。奥羽平定の際に献上されたのじゃが、この大鎧を身に着けるにふさわしい勇者は本多平八郎をおいて他にはおらぬ」

秀吉は高らかに宣言した。

大名たちも賞賛の言葉を挙げる。

「畏《おそ》れ入りましてござります」

忠勝が御礼を言上すると、

「うむ」

秀吉は満足そうだ。

諸将が座を引き揚げたが忠勝は残るよう命じられた。

秀吉は上段から下りて来て、忠勝の前に座した。忠勝は両手をつく。

「よい、無礼講じゃ」

気さくな調子で秀吉から声をかけられ、わずかに忠勝は面を上げた。

「ところで、家康殿から上総大多喜に十万石を貰《もら》ったそうじゃな」

秀吉は言った。

忠勝が首肯すると、

「少ないのお」

秀吉は肩をそびやかした。

忠勝は無言で見返す。

「天下無双の勇者、本多忠勝がたった十万石とは家康殿、まことに悋気《りんき》、しわいのお」

家康を揶揄《やゆ》する言葉を秀吉は平然と重ねた。

「畏れながら、いくら関白殿下でも主のことを悪《あ》しくおっしゃることには得心がゆきませぬぞ」

毅然《きぜん》と忠勝は抗議した。

秀吉は一瞬、険しい顔をしたがそれもほんの束の間のことで、じきに満面に笑みを広げ、

「家康殿は果報者よのう」

羨《うらや》ましいと言い添える。

忠勝は口を閉ざした。

秀吉は背筋をぴんと伸ばして問いかけた。

「その方、天下人たる関白太政大臣《だじょうだいじん》豊臣秀吉からの恩と、秀吉から関八州を任された徳川家康からの恩、どちらが重いか」

忠勝は秀吉の視線を受け止め、

「日本国で鑓働きをする者としまして、関白殿下の御恩は海よりも深いと存じます。しかるにわが主家康の恩は譜代相伝の恩、すなわちこの平八郎一人のみならず、先祖代々が受けし恩でございます。比べられるものではございませぬ」

淀《よど》みなくはっきりと答えた。

秀吉は手で膝《ひざ》を打ち、

「よう申した。わしの目は確かであった。やはり、本多平八郎は日本一の武者じゃ。関東の片田舎に置いておっては、日本国の損失じゃ」

これまで以上に大きな声で忠勝を賞賛した。

忠勝は表情を引き締めた。

秀吉の世辞に乗ってはならない。秀吉は忠勝を抱き込み、徳川家中に楔《くさび》を打ち込もうとしているのだ。

果たして、

「井伊直政は上野で十二万石を与えられたそうじゃな。井伊が本多忠勝よりも戦働きをしたのか、武者として上なのか……わしは家康殿の領土仕置を聞き、耳を疑ったぞ」

秀吉は忠勝の不満に付け入ってきた。

石川数正もこのようにして寝返らせたのだろう。数正の胸に燻《くすぶ》っていたであろう本多正信への不満と嫉妬《しっと》心《しん》、永年に亘《わた》って側近くに仕えた自分よりも帰り新参の正信の意見に頼る家康への不審を煽《あお》り立てて徳川から離反させたのだ。

忠勝は表情を和らげ、

「井伊直政より少ない領国、実は拙者も不満に思いました。ですが、これは殿らしい仕置だと思い直しました。殿は拙者の負けん気を見透かし、わざと直政より少ない領国を下さったのです。見知らぬ関東の地を領し、さあ、一から領国を栄えさせてみよ。始まりは直政より少ない領国だが、平八郎の手でもっと栄えさせてみよ……そう、殿は拙者を焚きつけたのです。拙者は拝領した領国を十万石のままにはしておきませぬ。十五万石、二十万石にもしてみせようと、大いに勇んでおるのです」

胸を張り、忠勝は言った。語る内に、俄然《がぜん》、領国経営への闘志が漲《みなぎ》った。

秀吉は何度か首を縦に振り、

「徳川殿は果報者じゃな」

と、呵々《かか》大笑《たいしょう》した。

大多喜城に戻ると、家康から思わぬ書状が届いていた。

嫡男忠政に国姫を娶《めと》らせると告げている。国姫とは家康の亡《な》き嫡男、松平信康の次女である。武田への内通を疑われ、母築山殿《つきやまどの》と共に非《ひ》業《ごう》の死を遂げた信康の忘れ形見を忠政に嫁がせるというのだ。

秀吉の懐柔から逃れた後だけに、家康への忠義心が一層高まった。父祖伝来の地から離れ、新天地で新たな徳川家を築いてゆかねばならない。家臣団が一致団結すれば、徳川家は無双の勢力となる。たとえ秀吉が三十万、いや、百万の軍勢で攻め寄せようと、北条のように滅ぼされはしない、そんな堅固で強大な徳川家を創《つく》り上げるのだ。

これからは戦ばかりではない。領国を富ませることも秀吉との合戦になる。

忠勝はしばし蜻蛉切《とんぼきり》の鑓《やり》を封印しようと心に決した。

第六章　天下は夢にあらず――関ヶ原の戦い

一

関東移封後、徳川家康は江戸城と城下を調え、着々と領国経営を進めていた。関八州に領知を与えられた家臣団も新天地で鑓《やり》を筆や鎌《かま》に持ち替え、必死で奮闘した。

そんな最中の文禄元年（１５９２）豊臣秀吉は年来の野望である明国遠征、すなわち、「唐入り」達成の為《ため》に大軍を朝鮮半島に渡海させた。

秀吉は、日本における「唐入り」の前線基地として九州肥前に広大な名護屋城を築いた。家康以下、徳川家の面々も出陣を覚悟したが、徳川勢は名護屋城に在陣を命じられたものの、朝鮮半島へ渡海することはなかった。

明国遠征は失敗に終わり、幸いにも渡海しなかった徳川家は損耗を免れた。

しかし、それは結果論であり、唐入り当初は、日本軍は赫々《かっかく》たる戦果を挙げ、「唐入り」の成功を疑う者はいなかった。渡海した大名たちは明国や朝鮮半島で大きな領知を得られると勇んでいたのだ。

従って、留守を預かる徳川家は、恩賞、領知とは無縁であった。渡海しなかったのが幸いとなったのは、「唐入り」が失敗に終わったからである。

渡海しなかった為、家康は関八州経営に注力できたが、文禄四年（１５９５）の七月、思いもかけない事件が起きた。

秀吉が後継者としていた関白豊臣秀次が謀反《むほん》の疑いにより関白職を罷免《ひめん》されたのだ。秀次は領知召し上げの上、高野山に追放された後、切腹を命じられた。秀次の正室、側室などの係累《けいるい》も斬首《ざんしゅ》され、家臣や秀次と縁の深かった大名たちも斬首、切腹に追い込まれた。

実子秀頼《ひでより》の脅威となる、と秀吉が秀次を邪魔に思ったとか、秀頼の生母淀殿《よどどの》に近い石田三成ら近江《おうみ》出身の大名たちの陰謀などと世間では噂《うわさ》された。

秀吉が秀次と秀次一派を粛清した理由はともかく、この事件は家康にも大きな影響を及ぼした。

秀次亡《な》き後の豊臣政権の重職として秀吉の居城がある伏見に居住することになり、江戸城にあって関八州の経営に軸足を置くことができなくなったのだ。

翌慶長元年（１５９６）五月、家康は秀吉の推挙で内大臣に任官し、以後、諸大名から、「内府殿」「江戸内府」と称され、豊臣政権の中枢《ちゅうすう》を担《にな》うこととなった。二年後の七月、秀吉が危篤《きとく》状態になると、遺児秀頼を補佐する為に、五大老、五奉行が定められ、家康は大老となった。五大老中、最大の領国、最高位の官位を持つ家康は、豊臣政権での最大の実力者となったのである。

八月十八日、一代の英雄豊臣秀吉は、五大老、五奉行に息子秀頼の行く末を託し、あの世へと旅立った。

秀吉の死は豊臣政権に大きな断裂を生むことになる。

朝鮮半島に渡海した武断派の大名たちと日本にあって内政を担っていた文治派の大名たちが対立したのだ。武断派からすれば、自分たちは朝鮮半島で命懸けの合戦をしていたのに、文治派は合戦とは無縁の日々を送っていた、と遺恨を抱いていたのだ。武断派の武将の憎悪《ぞうお》は文治派の筆頭である石田三成に向けられた。

それでも、五大老の一人、前田利家が生きている内は表だった争いは生じなかった。利家は三成を信頼し、反三成の大名たちに睨《にら》みを利《き》かせていたのだ。

しかし、秀吉の死から八カ月後の慶長四年（１５９９）閏《うるう》三月三日、利家は秀吉の後を追うように病死した。三成は最大の庇護者《ひごしゃ》を失ったのだった。

利家が死んだ翌四月、徳川家伏見屋敷に石田三成が駆け込んで来た。

本多正信は予期せぬ来訪者を御殿玄関脇《わき》の使者の間に通した後、奥書院で家康と談合に及んだ。

「さて、石田治《じ》部《ぶ》少輔《のしょう》三成、抜け抜けとわしに助けを求めて来るとはのう」

家康は爪《つめ》を噛《か》んだ。

「三成を匿《かくま》いますか」

静かに正信は問いかけた。

「程なくしてうるさい者どもが押しかけてこよう。そ奴《やつ》らに引き渡すか」

言いながらも家康は迷っている。

「うるさい者ども……福島正則《まさのり》、加藤清正、細川忠興《ただおき》、浅野幸長《よしなが》、加藤嘉明《よしあきら》、池田輝《てる》政《まさ》、黒田長政《ながまさ》の七人でござりますな。みな太閤《たいこう》殿下子飼いの大名。三成も子飼いですが、七人とはそりが合わない、武断派と文治派のいがみ合いということでしょうな……太閤殿下という巨大な存在がなくなり、対立が表に現われましたな」

正信は現在の政治状勢を淡々と述べ立てた。

「三成は清正らの憎しみの対象となっておる」

「引き渡してやれば、七人は大いに喜び、殿に感謝しましょう」

「ならば、引き渡してやるか」

浮かない顔で家康は返した。

「それはそれでめでたしめでたし、ですが、楽しくはありませぬな」

正信は言った。

「いかにも楽しくはないのお……」

家康はにんまりとした。

家康の意図を読み取り正信は続けた。

「三成を福島、加藤らに引き渡せば、それで内紛は収まりましょう。殿の豊臣家の大老筆頭としての地位も盤石となりましょう。しかし、それでは楽しくはありませぬな」

「わしは太閤殿下から秀頼公と公儀の政《まつりごと》を託された。大老として豊臣家を支える立場にあるのじゃぞ」

家康は正論を述べ立てた。

「それでよろしいのですか」

正信は念を押した。

「何が言いたい」

家康は静かに問う。

「天下でござります。以前、殿は天下などというあやふやなものには興味がない、とおっしゃいました。天下よりは目の前の戦に勝ち、目の前の領国を豊かにする、とお考えでしたな。今もそれはかわりませぬか」

「変わらぬ。わしは、夢は追わぬ」

きっぱりと家康は断じた。

「ならば、三成を福島らに引き渡してはなりませぬ」

正信は強い口調で返した。

「何故《なにゆえ》じゃ。三成を福島らに引き渡せば、豊臣家の大老としての地位が盤石となる。天下取りなどという夢を追いかけずにすむのじゃぞ……」

ぎろりとした目で家康は問い直した。

「天下を取る為に引き渡してはなりませぬ」

正信はさらりと言ってのけた。

「だから天下など……」

家康は言葉を止めた。

「今や天下は殿の目の前に転がっております。決してあやふやなものでも、夢でもありませぬ」

「うむ……」

曖昧《あいまい》に家康はうなずいた。

「もう一度申します。今、天下は目の前ですが、何時《いつ》までも転がってはおりませぬ。秀頼公が元服を遂げ、関白となり、自ら政を行う前までに天下を取らねば……転がっておる天下を横取りしようとする者も現れましょう。指を咥《くわ》えて見ておってはなりませぬ。殿は信長公、太閤殿下の下で、常に二番手に甘んじてきたのです。ここで一番を目指さねば、これまでの苦労が水の泡となります」

ここぞとばかりに正信は熱弁を振るった。

「今川の人質であった三河の小領主が関八州の領主にして天下を治める豊臣家の大老……一歩一歩足元を固めてまいった末の今じゃな。……よし、天下を望むことにするか」

腕を組んで家康はしばし思案をした後、

「して……いかにする」

と、半眼になった。

「三成を使うのです」

正信は答えた。

「引き渡せば、三成を使えなくなるな……三成を生かしておけば、豊臣の公儀に火種がくすぶり続ける。福島、加藤ら武断派と三成ら文治派で豊臣家は割れるのう。戦になるかもしれぬ」

「割れた方がよろしいのです。いや、むしろ割れるよう仕向けましょう。武断派と文治派の間で生じたひびに鑿《のみ》を打ち込めば、豊臣家という大きな岩もたやすく砕け散りますぞ」

帯に差した扇子を鑿に見立て、正信は金槌《かなづち》で鑿を叩《たた》く真似《まね》をした。

「豊臣家が砕ければ……」

心を決めた家康の表情が晴れやかになった。

半刻《はんとき》後、福島正則以下七人の大名が屋敷に乗り込んで来た。

彼らを大広間に通し、まずは正信が面談した。

「佐渡殿、三成を渡してもらいたい」

七人を代表して福島正則が言った。

正信の官職名は佐《さ》渡守《どのかみ》であり、それによる呼び名だ。

「さて、当家の主《あるじ》が承知しますかな」

正信は小さく息を吐いた。

「内府殿は亡き太閤殿下より政を託された大老である。大老として、奸臣《かんしん》を成敗するのは当然の役目である」

正則は大声を発した。

正信は表情を変えず、

「それゆえ、わが殿は苦慮しておられる。天下の為、秀頼公の為、いかにすればよいのか、と」

「であるから、三成を引き渡してくれればよい。あとは我らで対処する。内府殿のお手を煩《わずら》わせることもない」

当然のように正則は言い、清正たち六人に視線を這《は》わせた。異論を唱える者はいない。

「対処とは」

静かに正信は確かめた。

「決まっておる。そっ首を刎《は》ねてやるわ」

正則は息巻いた。

三白眼をかっと見開き、正信は一同を見回した。

「方々はいかなる権限で石田殿の首を刎ねると申されるのか」

鋭い眼光、凛《りん》とした声音で問われ、

「それは……」

正則が言葉に詰まると、

「君側の奸を排除すること、我ら太閤殿下のご恩を受けた者ならば当然の役目でござる」

細川忠興が言った。

「これは異なことを申される。石田三成殿は五奉行の一人でありますぞ。それに対し、方々はどんな役職にあるのでしょうか」

正信に指摘され、

「我らに役職はない。役職には就いておらぬが、太閤殿下の為、秀頼公の為に粉骨砕身してまいったのじゃ。奸臣を見過ごしにはできぬ」

声を震わせ、正則が言い立てた。

六人も眦《まなじり》を決し、正則に同調する。

七人の気持ちを宥《なだ》めるように正信は微笑み、

「この本多佐渡、方々のお気持ちはよくわかります。しかしながら、天下の政に私情を挟むことは許されませぬ。あくまで、公《おおやけ》の立場、法度《はっと》に則《のっと》り、不正、間違いがあればそれを正さねばならぬものと存ずる」

　もっともらしい顔で正信は考えを述べ立てる。

「それは理屈じゃ」

　それまで射すくめるような目で黙り込んでいた加藤清正が言った。声を大きくしているわけではないが、数多《あまた》の戦場を疾駆し、虎《とら》退治の逸話の主の清正だけに気迫が漲《みなぎ》っている。

　その気迫に思わず正信は口ごもってしまったが、ここで退《ひ》いてはならじ、と己を叱《しっ》咤《た》し、反撃に転じようとした。

　猛将加藤清正の威にたじろぎそうになったその時、濡《ぬ》れ縁《えん》を踏みしめる足音が近づいてきた。近習を従えた家康に違いない。正信には何よりも頼もしい足音だった。

　家康の登場に、正則たち七人も身構えている。

　家康は上段の間に座した。

　七人は平伏し、家康に礼を取った。

「方々、ご苦労なことであるな。こたびは、この内府の不徳の致すところ、方々には不愉快な思いをさせ、天下に争乱を招きかねぬ事態となった」

家康は謙虚そうに語った。

「あ、いや」

勢いを削《そ》がれ、正則は戸惑い、他の六人も居住まいを正す。

家康はうなずき、

「三成じゃが、確かに当家に駆け込んで参った。わしは、三成の処遇をいかにすべきか熟慮した」

七人はじっと家康の言葉を待った。

焦《じ》らすように家康は虚空《こくう》を見上げている。七人を代表するように清正が半身を乗り出し、

「内府殿、三成の身柄をお引き渡しくだされ。さすれば内府殿を煩わせることはありませぬ」

と、申し出た。

「断る！」

家康は大音声《だいおんじょう》を発し、清正の言を拒絶した。

家康の剣幕に七人は息を呑《の》んだ。

一拍置いてから家康は表情を柔らかにし、

「わしは煩うことが役目じゃ。秀頼公の為、天下の為にならば、わしは粉骨砕身して対処する。逃げ隠れはせぬ。嫌な役目もいとわぬ。みなの三成への憎しみ、わしが引き受ける」

と、言い渡した。

一同唖然《あぜん》とした。

「方々の気持ちはよくわかる。方々は朝鮮で命を賭《か》けて戦ってこられた。対して三成は書き物や交渉事をやっておっただけじゃ。桶狭間《おけはざま》以来、戦場を疾駆してきたわしは方々の無念、憎しみがよくわかる。じゃがな、公儀には三成のような者も必要なのじゃ。算術に長《た》け法度に精通し、物の流通を管理できる者がいなくては、大所帯となった豊臣家は動かぬのじゃ」

わかるな、と諭すように家康は言葉を止めた。

みな押し黙った。

「わしは豊臣家が割れるようなことは絶対に許さぬ。私情で豊臣家を危うくしてはならぬ」

家康が言うと、

「ならば、内府殿にあっては三成をいかになさりますか」

忠興が問いかけた。

「佐和山の城に送り届ける」

あっさりと家康は答えた。

「なんと……」

不満そうに正則は歯嚙みした。

「それでは、我らの気持ちは治まりませぬ」

忠興が訴えた。

「むろん、佐和山城にて謹慎をさせ、しかる後、三成の処分を行うつもりである」

家康は言い添えた。

正則は不満の色を隠そうとはしない。他の六人も家康の処置に得心がいかないような素振りを示している。

不意に家康は立ち上がった。

怒りの形相でみなを睨みつけ、

「よかろう。わしの処置に不満ならわしに向かってこい。さあ、誰でもよい。わしを討ち取ってみよ」

両手を広げ、上段の間から下りると仁王立ちをした。

その家康の姿に、一同はうろたえた。

忠興が、

「いや、これは失礼致しました」

と、詫《わ》びを入れた。

「わしも言葉が過ぎました」

正則も反省の弁を述べる。

家康は表情を強張《こわば》らせたまま上段の間に戻り、

「つい先日、前田大納言《だいなごん》殿が太閤殿下の後を追われ、秀頼公をお支えする大黒柱を失った。そんな危急の時に方々は私怨《しえん》を晴らさんとなさっておられる。こんな有様では、大老として亡き太閤殿下に顔向けができぬ。秀頼公がいたわしくてならぬぞ」

拳《こぶし》を握りしめ、目に涙を溜《た》めた。

正則たちは面目なさそうに頭を垂れた。

すると清正が腰を上げ、

「内府殿、我ら心得違いをしておりました。三成のこと、内府殿にお任せ致します。みな、よいな」

清正に言われ、誰も異を唱えなかった。

「かたじけない。これで、豊臣家は割れずにすむ」

家康は深々と礼をした。

神妙な顔で七人は引き上げた。

七人がいなくなってから、

「他愛もない者どもでござりますな」

正信は笑った。

家康も失笑を漏らし、

「天下を取るには、その他愛もない者どもを頼らねばならぬ」

「まこと、おめでたいことでござります」

正信は平伏した。

「三成に護衛をつけ、佐和山城に送り届けよ」

「その後、いかになさいますか」

「奉行職を辞めさせ、佐和山城で隠居じゃ」

当然のように家康は告げた。

「それがよろしいと存じます」

正信も賛同した。

「さて、天下取りの合戦が始まったぞ」

家康は目を爛々《らんらん》と輝かせた。

二

石田三成は奉行職を辞し、佐和山城で隠居した。前田利家は既に死去しており、秀吉が定めた五大老、五奉行は四大老、四奉行となった。豊臣政権で徳川家康に対抗できる者はいない。

正信は徳川家伏見屋敷の自室に権次郎を呼んだ。

権次郎はさすがに往年の脚力は衰えているとはいえ、それでもまだまだ足には自信があるようで連絡役を続けている。

伏見と大坂の往復くらいは平気だが、これから起こる大戦での全国を股《また》にかけた繋《つな》ぎは無理だろう。

「お互い歳《とし》じゃ。もう、無理はできぬぞ」

正信は労《いた》わりの気持ちになっている。

「旦那《だんな》さま、わしは走れなくなったら生きてられねえずらよ」

年寄り扱いはやめてくれ、と権次郎は言い張った。

「馬のような男じゃのう」

正信は笑った。

「そうずらよ」

うれしそうに権次郎も応じた。

秀頼を補佐するという名目で大坂城に入った家康は、二の丸御殿の奥書院で正信と密談に及んでいた。

「これから、いかにして天下を取ろうかの」

家康に問われ、

「豊臣家を割る戦を仕掛けます。大きな戦になりましょうぞ。敵は石田三成、戦を起こさせるように三成を動かさねばなりませぬな」

正信は答えたが、

「三成を買い被《かぶ》り過ぎではないか。あ奴はなるほど切れ者じゃが、切れ者ゆえに嫌われもする。実際、福島、加藤らに憎まれる余り、命を奪われそうになった。あれでは、豊臣家を割るような大きな勢力を集められまい。よって、戦相手には不足じゃ。三成では旗頭にはなれぬからのう」

　家康が異を唱えると、

「そうかもしれませぬ。ただ、三成はこのままでは終わりませぬぞ。きっと、何かを企《たくら》みます。波を立ててくれればそれでよし。太閤殿下恩顧の大名たちは大きな領知を持つ者が揃《そろ》っております。殿は先日の三成が屋敷に逃げ込んできた一件で太閤殿下恩顧の大名たちに信頼を得ました。加えて高台院さまの信頼を得たことも殿には大きいと存じます」

　高台院とは豊臣秀吉の正室、おねである。大坂城の二の丸に住んでいたが落飾して京都に移り、高台院と号して庵《いおり》を結んでいる。高台院は福島正則、加藤清正など尾張から秀吉に付き従った大名たちに強い影響力を持っていた。

　正信は高台院が豊臣家の行く末を家康に託し、二の丸を譲った、という噂を流した。これにより、秀吉恩顧の大名たちの家康への信頼は嫌が上にも上がったのである。

「やはり、このまま大老筆頭として秀頼公を支えるのは癪《しゃく》でござりますな」

　正信は言った。

「どうする……三成は当てにはできぬぞ」

家康は爪を噛んだ。

「豊臣恩顧の大名たちを刺激してみましょう。前田家などどうですかな。戦が起こればその隙《すき》をついて、三成も蠢《うごめ》きはじめるかもしれませぬ」

「よし、まずは前田に謀反の疑いあり、とするか」

家康はほくそ笑んだ。

正信は前田家謀反の噂を流した。巷《ちまた》は俄《にわ》かに騒がしくなったが、前田家は乗ってこなかった。前田利家の妻、お松、落飾して芳春院が人質として江戸に向かうことを申し出たのである。

「参りましたな。芳春院さまが人質になるというのに、こちらから攻めることはできませぬ」

正信は顔をしかめた。

「となると、次は……」

家康は虚空を見上げた。

「上杉ですか」

正信は言った。

「上杉百三十万石、なるほど、戦い甲斐《がい》がある。かつて武田信玄の跡継ぎ勝頼を信長公と共に滅ぼした。次は謙信の跡継ぎ上杉景勝を滅ぼすか」

闘志を滾《たぎ》らせ家康は爪を嚙み切った。

「では、上杉討伐に向け、準備を致します」

語調を強め正信は言上した。

「楽しそうじゃのう」

家康もにんまりとした。

正月になり、大坂城で年賀が行われた。

家康は二の丸で諸大名の挨拶《あいさつ》を受けたが、上杉景勝は国許《くにもと》に残り、代理として家臣の藤田信吉《のぶよし》を寄越した。

「景勝め、代理を寄越すとはわしを見下しておるわ」

家康は不快感を示した。

正信は黙っている。

「弥八郎、そなたが挨拶を受けよ」

家康は不愉快そうに命じた。しかし、正信は、

「殿が挨拶を受けられませ」

やんわりとだが強い意志を目に込めて拒んだ。

「陪臣ごときを引見すれば、わしは舐《な》められるではないか」

不快感を隠そうともせずに家康は拒絶した。

「いえ、殿の懐《ふところ》の深さが広まりましょう。藤田を大いに歓待してやりましょう。藤田が有頂天になるように仕向けてやるのです」

「喜ばせてどうする。藤田を徳川家に引き抜くのか。それに足りる男か」

「大した男ではない方がよろしいかと」

妙な言い方をする正信に、

「何じゃ、勿体《もったい》をつけおって」

家康は苛立《いらだ》ちを示した。

「大した男でもないのに、殿が歓待したとしたら、世間、なかんずく上杉家中はどう思うでございましょう」

意味深に正信は問いかけた。

家康は正信の狙《ねら》いが読め、

「なるほど、面白いのう」

家康は破顔した。

「上杉家中では藤田の裏切りを勘繰る声が上がりましょう。藤田には殿と上杉の間の仲介の労を取るよう仕向けるのがよろしいかと」

「それが上杉とわしの溝を深めるというわけじゃな」

家康は納得した。

藤田信吉は家康から大いに歓待された。

銀五百枚の他、名刀を贈った。藤田信吉は感激の面持ちとなり、徳川と上杉の橋渡しを務めると胸を張った。

信吉が去ってから、

「愚かな男でござりますな」

正信はくさした。

「あれでよいのであろう」

不満たっぷりに家康は言った。

「まさしく」

正信はうなずいた。

その後は、家康の望んだ展開となった。

越後の領主堀秀治《ひではる》が上杉景勝謀反を訴えてきたのだ。

秀治は信長の信頼厚い文官であった堀久太郎秀政《きゅうたろうひでまさ》の嫡男《ちゃくなん》である。秀政は本能寺の変の際、信長の使者として備中《びっちゅう》高松で毛利勢と対峙《たいじ》していた秀吉の陣中にいた。この為、秀吉の信長弔い合戦に加わり、以後、秀吉に仕えていた。嫡男秀治も秀吉に重用され、上杉景勝が米沢に転封された後に越後の領主となっていたのである。

ところが、秀治が越後に入封してみると、蔵に年貢《ねんぐ》米が一粒も残っていなかった。上杉景勝の重臣、直江《なおえ》兼続《かねつぐ》が転封先の米沢にすべて持ち去ったのだ。慣例として転封になった者は収穫した年貢米を残しておく。それを持ち去られたのだから堀家は困窮した。

秀治はこれを遺憾に思い、上杉が謀反を企てていると訴えてきたのだ。讒言《ざんげん》もいいところだろう。

それを承知で、

「弥八郎、いかにする」

家康は正信の考えを訊《き》いた。

「訴えを受けるは大老たる者の役目でございます」

当然のように正信は答えた。

「その通りじゃ」

満足そうに家康は首を縦に振った。

「それで、手前、勝手ながら藤田に書状を送りました」

正信は、藤田に上杉謀反の疑いありとの訴えがあった、ついては早々に釈明した方がよい、と書き送ったのだ。

「藤田はおっとり刀で駆けつけてくるでしょう。堀は直江のやり方に深い遺恨を抱いての讒言、直江は景勝さまの信頼厚き男でございます。一方で直江と藤田の仲はしっくりとはいっていないようです」

「すると、上杉家で内紛が起きるかもしれぬな」

「そうなれば討伐の良い機会となりましょう」

正信の言葉に家康も賛同した。

藤田信吉は自らが釈明の為に大坂に向かうことを主張したが、直江兼続は反対するどころか、藤田は家康に寝返る心づもりと景勝に訴え、襲撃を企てたのだ。藤田は命からがら江戸の徳川秀忠《ひでただ》に助けを求めた。

想定以上の展開だ。

藤田信吉襲撃は上杉景勝謀反を裏付けるに十分だった。

六月、家康は上杉景勝に謀反の疑いありとして討伐軍を編成することにした。

「これで上杉を討伐し、その戦を機会に蠢きはじめるであろう三成を制すれば、まさしく、事実上の天下人でござります」

正信に言われても家康は浮かれず、

「とりあえず、上杉を討伐したあとはいかにする」

早くも上杉討伐後の天下に思いを馳《は》せている。

「討伐軍に加わった者どもに、所領を与えなされ。領知の分配をする者が事実上の天下人でござります」

「うむ」

「討伐軍に加わらなかった者の領知を上杉に加担したとして、減封なさりませ」

「それもよい考えであるな」

家康は納得した。

しかし、何か釈然としない様子である。

「それで、豊臣家の大老として天下を主宰するのはわかる。それもよいだろう。しかし、主君はあくまで秀頼公じゃ。わしは、秀頼公が元服し、天下の政を切り盛りするまでの間の繋ぎ役に過ぎぬ。徳川は豊臣の上には立てぬぞ」

不満を家康は言い立てた。

「むろん、内府では物足りませぬな」

正信も応じた。

「右大臣、左大臣になっても所詮《しょせん》は秀頼公の下じゃ。関白にはなれぬ」

家康は舌打ちをした。

「征夷《せいい》大将軍にお成りなされ」

すかさず正信は進言した。

「将軍じゃと……」

家康はおやっという顔をした。

続いて、

「なるほど、わしは関東を領しておる。上杉を討伐すれば、文字通り東国を征することになる。将軍にふさわしき立場じゃ」

「それに、将軍は武家の棟梁《とうりょう》。全国の武士の頂きに立ちます。武士は将軍の命令には逆らえませぬ。文字通り天下を手になさるのです。太閤殿下は将軍になれず、苦肉の策として関白になった。関白は公家《くげ》の頂きでございます。武家の頂きではございませぬ」

　豊臣政権のいびつさを正信は強調した。

「その通りじゃ。わしは将軍になるぞ」

　家康は決意を新たにした。

三

　久しぶりの戦、徳川家にとっては天正十八年（１５９０）の北条征伐以来、十年ぶりとあって、本多忠勝と榊原康政も気持ちを昂《たかぶ》らせている。

「上杉討伐だ。久しぶりの戦じゃのう」

　忠勝は満面に笑みをたたえた。

「明国には渡りませんでしたからな。日本の中での戦となると十年ぶりですぞ」

　康政も燃え立っているようだ。

「上杉は百三十万石だ」

忠勝は言う、

「殿は上杉を滅ぼすおつもりでしょうかな」

「さて、殿の腹の内はわからぬが、減封に留めるにしても、相当な領国が減らされるはずじゃ」

「じゃが、福島正則、加藤清正、黒田長政らも勇んでおる。彼らも加増を目論《もくろ》んでおるだろう。

康政は危惧《きぐ》の念を示した。

「それはそうじゃが、方々は西国に領知を持つ。奥羽に加増となっても……まあ、飛び地を貰《もら》ってもありがたいだろうがな」

そんなことより、戦だと忠勝は勇み立った。

七月に家康は七万の軍勢を率いて上杉景勝討伐に向かった。みな、手柄を立てようと勇み立っている。

強い日差しをものともせず、家康率いる上杉討伐軍は順調に行軍を続けている。

正信の脳裏には三成の顔が浮かんだ。才槌頭《さいづちあたま》、神経質そうな目、才覚を鼻にかけたような言動、実に忌々《いまいま》しい男だ。

服部《はっとり》半蔵が三成や畿内の情勢に目を光らせている。隠居し、大人しくしているようだが何やら蠢動《しゅんどう》を始めるのではないか。

江戸城に至ったところで家康と正信は密談に及んだ。

「半蔵が佐和山の動きを報《しら》せてきおった」

家康は言った。

「何かありましたか」

正信は表情を引き締めた。

「大谷刑部《ぎょうぶ》が佐和山城にやって来たとか。他にも伝令らしき者どもが、出入りしておるようじゃ」

大谷刑部とは大谷吉継《よしつぐ》、刑部卿《きょう》の官職ゆえ刑部と呼ばれている。秀吉の信頼厚い文官で三成とは肝胆相照らす仲であった。

「大谷刑部ですか。なるほど、三成と懇意にしておるとか。しかし、大谷如《ごと》きがいくら三成と手を組もうと、大した勢力にはなりませぬ」

今は上杉討伐に集中すべきだと、正信は家康の杞憂《きゆう》を払拭《ふっしょく》した。

「伏見城には鳥居元忠殿がおられます。三成ずれが騒ごうが、どうしようもないでしよう」

正信は見通した。

「まさしくじゃ。彦右衛門《ひこえもん》は歴戦の勇者である。三成なんぞの餓鬼が相手になるものではない」

家康も賛同した。

七月十日、下野《しもつけ》国の小山《おやま》城に着陣した。

本多忠勝は十年前の出来事を思い出した。秀吉に呼ばれ、源義経の忠臣佐藤忠信の大鎧《おおよろい》を下賜《かし》され、自分の直参《じきさん》にならないかと誘われた時のことである。

太閤秀吉、卑賤《ひせん》の身から天下人に成り上がっただけあって、実に食えぬご仁であった。豊臣秀吉が敵からも心服されたのはその大きな権力ばかりではなく、秀吉に人としての魅力を感じてしまうからだろう。

そんな稀有《けう》な存在も人であるからには死は避けられない。機略縦横、泉のごとく策が湧《わ》き出た知恵者も自分の死後を見通せたのだろうか。目に入れても痛くない程に溺《でき》愛《あい》した秀頼を託した大名たちの間で争いが生じ、豊臣の天下が割れるかもしれない事態を予想できたのであろうか。

忠勝は感慨を抱きながら小山城に入った。

世の移り変わりは神仏のみぞ知る、明確なことは生きている者が世を動かし、築いているということだ。

未踏破の地、奥羽に間もなく到着する。上杉を討伐すれば家康は豊臣政権で圧倒的な地位を築き、さらにその先には天下が待っている。

桶狭間から四十年、よくぞここまで戦ってこられた。よほど武運があるのか、激しい戦をいくつも潜《くぐ》り抜けてきたというのに、忠勝の全身には矢傷一つもない。

幸運に浸ったところで、家康本陣から緊急の招集がかかった。

家康の本陣に忠勝はやって来た。

家康、秀忠をはじめ、榊原康政、井伊直政、本多正信をはじめ諸将が集まった。みな緊張の面持ちであった。

正信が床几《しょうぎ》を立ち言った。

「上方で石田三成が兵を挙げた」

みな、どよめいた。

正信は続けた。

「詳細はこの後に報告がもたらされると思うが、三成には相当な人数が味方しておるようじゃ。毛利輝元《てるもと》殿、宇喜多秀家《ひでいえ》殿が加わっておる」

この言葉は更なる衝撃を与えた。毛利輝元と宇喜多秀家は家康と共に大老として豊臣政権を支えているのだ。毛利と宇喜多がついたということは、西国の大名、土豪で三成に加担する者も多数いるだろう。上杉景勝も大老である。すなわち、家康を除く三人の大老が家康に敵対したのである。

思惑通り、三成の挙兵は家康の天下取りには好都合だ。万事がうまくいっていると思われたが、三成が毛利と宇喜多と呼応したとすれば、何のことはない、三成を軽くみていたようだ。足元をすくわれ、この政治闘争に敗北するかもしれない。

正信は、三成を侮《あなど》っていたことを激しく悔いた。

家康が、

「まず、五万といったところか」

横で秀忠が厳しい顔をしている。

正信が、

「速やかに決断をせねばなりませぬ。上杉討伐を続行するか、上方に取って返すか。むろん、随行している徳川以外の諸将の意見も聞かねばなりませぬが、まずは、徳川の考えをしっかりと固めましょう」

と、告げた。

「遠慮することはむしろ不忠じゃ。腹蔵のない考えを述べよ。いや、待て。がむしゃらに上方に攻め上れ、と勇ましい考えを述べるのはよいが、その場合、徳川は秀頼公の敵にされることを考えよ」

家康の言う通りである。

三成らは大坂城の秀頼を擁するだろう。秀頼を担《かつ》ぎ上げ、家康を敵として討伐しようとするだろう。

家康は続けた。

「秀頼公を旗印にするばかりではないかもしれぬ。禁裏にも働きかけるであろう。つまり、徳川家康を朝敵にするかもしれぬ。帝《みかど》と秀頼公を神輿《みこし》とすれば、わしを討つにこれ以上の大義名分はないからのお。みなも天下の不忠者になる覚悟があるのなら、三成討伐に参ろう。その覚悟がなくば、江戸に戻り関東を固める」

すぐに忠勝が応じた。

「一も二もなく、三成を討つべし。三成は加藤清正、福島正則らに追われ、命からがら徳川家の伏見屋敷に駆け込んだ際、殿に救われた。命の恩人の殿を己《おの》が権力欲の為《ため》に裏切るどころか、討とうなど、それは人の道に外れる。しかも、幼少の秀頼公を担ぎ上げるという卑怯《ひきょう》さ。そのような者を討つのに何の躊躇《ためら》いなどあろうか。たとえ朝敵の汚名を着ようが、何ら躊躇うものではない」

力拳を振り上げ、忠勝は力説した。

家康は黙ってうなずく。

続いて康政が、

「平八郎殿に同心致す！」

これにより、反対意見を述べる者はいなくなった。

徳川は一枚岩となったことを家康は確信した。

「みな、よう申してくれた。わしは果報者じゃ」

みなに言葉をかけてから家康は正信をちらりと見た。

正信は言った。

「これより、諸大名を集めて軍議を開く。諸大名は大坂に妻子を残して来た者が多い。しかも、彼らの多くが太閤《たいこう》殿下子飼い、秀頼公に並々ならぬ忠義の心を持つ。秀頼公に弓引くことには躊躇いがあろう」

すると井伊直政が、

「ならば、まずは彼らと一戦を交えますか」

と、勇んだ。

正信はここで忠勝に視線を向け、

「平八郎殿はいかにお考えか」

と、問いかけた。

忠勝は深く呼吸をしてから、

「彼らの裁量に任すべしと考える。三成に同心したくばさせればよい。しかし、彼らは石田三成憎しの気持ちが強い。わしの見立てるところ、戦わずして三成の軍門に降《くだ》りはしない。三成が秀頼公を担いだとしても、むしろ、幼少の君を己が道具にする三成の小賢《こざか》しさを憎み、秀頼公を取り戻そうとするであろう」

と、見通した。

「いかにもご慧眼《けいがん》でありますな。では、いかがでござろう。軍議の場を平八郎殿が仕切ってはくださらぬか」

正信の頼みは意外だったようだ。

「いや、それは殿がなさるのではないか」

忠勝は言った。

家康は首を左右に振り、

「わしは、できるだけ言葉は発しないつもりじゃ。わしに構わず大名どもの裁量に任せるべきと思うのでな」

と、言った。

「では、弥八郎殿がよろしかろう。弥八郎殿は知恵者じゃ。わしのような武骨一辺倒の者ではない」

忠勝は正信を見た。

正信は三白眼をしばたたかせ、手で顔をつるりと撫《な》でてから、

「わしはこの通りの悪相、人相以上に人の悪さで通っておる。きっと、腹に一物を持っておると、勘繰られるのが落ちじゃ。なにかあるかと軍議に入る前から、疑われる。その点、平八郎殿は太閤殿下も日本第一、古今独歩の勇士、と褒め称《たた》えた武者じゃ。軍議に参加する大名衆、みな、信長公、太閤殿下の下で戦場を駆け回った武者ばかりじゃ。鑓《やり》にかけての平八郎殿の言葉は重い」

淡々と、それでいて気持ちの籠《こも》った口調で正信は言った。

忠勝はしばし口を閉ざした後、

「承知した。引き受けましょう」

と、力強く応じた。

軍議が開かれた。諸将には三成挙兵が伝えられている。

みな、険しい顔をしているが誰も口を開かない。上座にあって家康は目を閉じていた。

忠勝が立ち上がった。

「方々の中には奥方やお子様を大坂に残してこられた方もおられましょう。さぞや、ご心配のことと存ずる。逆臣、石田三成は不遜《ふそん》にも幼少の秀頼公を担ぎ上げ、天下を私しようとしておる。我ら徳川は三成討伐に向け、東海道を攻め上がる所存です。われらとともにご参陣いただけるかは、方々の裁量にお任せ致す。たとえ、三成方に味方するとしても、留め立ては致さぬ。後日、戦場でまみえましょうぞ。その時は蜻蛉《とんぼ》切《きり》の鎗がお相手致す」

忠勝は語り終えた。

忠勝の熱弁に一同は身動《みじろ》ぎ一つしない。忠勝の言は、腹の内を打ち明けた、まことに赤心の表れであった。手にはしていない蜻蛉切の鎗が一同には見えるようだ。

福島正則が立ち上がった。

「わしは内府殿にお味方致す。君側の奸《かん》、石田三成の首級《くび》を挙げてみせるぞ」

忠勝の熱意に応《こた》えるように正則が勢いよく言った。

次いで皆を見回し、

「方々、いかがじゃ」

と、呼びかけた。

誰ともなく、

「拙者も内府殿にお味方致す」

「それがしもじゃ」

「同じく」

次々と賛同の声が上がる。

ここに至り、家康はかっと両目を見開いて腰を上げた。

「方々、かたじけない。みなの賛同を得、百万の軍勢を得たような心持ちじゃ。この家康、秀頼公の為、身命を賭して三成を討つ」

しっかりとした声音で告げた。

緊張の糸が張られた。

すると、

「失礼致す」

と、やや緊張を欠いた声音と共に一人の大名がすっくと立ちあがった。

「山内殿、いかがされた」

家康が怪訝《けげん》な声を挙げた。

一豊《かずとよ》はこの期《ご》に及んで三成に味方するとでも言い出すのか。そんなことをされてはせっかく一枚岩となったのが水の泡になってしまう。

発言を止《や》めさせようか、いや、そんなことをすれば藪蛇《やぶへび》になる。

一豊は尾張の土豪の家に生まれ、秀吉の下で戦場を駆け武功を挙げて累進《るいしん》を重ね、遠江国掛川に五万一千石の領知を有している豊臣恩顧の大名である。

一豊は緩慢な所作で家康を見た。

一同は怪訝な表情でそんな一豊を見つめている。

「拙者、わが城の掛川城を内府殿に差し出したい、と存じます」

一豊は言った。

一豊の言っている意味がわからず、場の空気が微妙に淀《よど》んだ。掛川城を差し出すということは、城ばかりか城に備蓄している兵糧《ひょうろう》や武器弾薬も家康に提供するということだ。全財産を差し出すようなものである。

この男、阿呆《あほ》か。

正信はまじまじと一豊を見返した。一豊は自分の言葉には不似合いな程のほほんとした表情で立ち尽くしている。

すると家康は一豊に歩み寄り、

「山内殿、かたじけない。この家康、山内殿の忠義忘れませぬぞ。必ずや三成を撃破し、秀頼公をお助け申し上げる」

一豊の手を握りしめた。

これがきっかけとなり、東海道に居城を構える大名たちが一豊に倣《なら》って、城を献上すると言い立てた。

家康は悠々と東海道を攻める態勢ができたのである。

家康は福島正則ら上杉討伐に加わった大名たちを西進させ、本多忠勝を戦目付にした。自らは江戸城に入り、全国の大名に向け、味方につくよう書状送付に勤《いそ》しんだ。

家康の嫡男秀忠は上杉勢南下に備え、小山城に留まっていたが、八月二十四日、出陣し中山道《なかせんどう》を西に進軍した。

四

正信は秀忠につき中山道を行軍している。秀忠は三万八千の軍勢、しかも徳川の主力軍を率いていた。一日も早く上方に着かなければならない。徳川の軍勢の到着が遅れれば遅れる程、三成に呼応する大名が増え、三成は上方から美濃、尾張にまで勢力をひろげるだろう。

九月二日、徳川に味方した仙石秀久《せんごくひでひさ》の居城、信濃国小諸《こもろ》城に入っても秀忠は緊張している。この大戦に家康の息子として武功を挙げねばならない、と焦《あせ》ってもいるようだ。

本丸御殿の一室に腰を落ち着けると秀忠は正信と康政を呼んだ。

「佐渡、上杉は関東に攻め寄せてはこぬか……江戸城を攻めぬか」

秀忠は官職名の佐渡守で正信に意見を求めた。

「まずはないと」

答えてから正信は根拠として、上杉景勝の重臣直江兼続が出羽国山形城の最上義光《もがみよしあき》と合戦に及んでいることを述べ立てた。

「上杉はこのどさくさに紛れて自分の領知拡大に動いたのです。天下のことなど考えておらぬ証拠です。上杉の軍勢を率いて最上領に攻め込んだのは直江兼続、そもそも上杉討伐の口実となった堀秀治殿の訴えの原因を作った者ですぞ」

越後から米沢に転封になった際、年貢米を根こそぎ持ち去ったのである。そんな狡《こう》猾《かつ》な男が秀頼の為なんぞに戦いはしない、と正信は強調した。

「わかった。この上は一日も早く上方へ行こうぞ」

秀忠が言ったところで物見が戻って来た。

上田城の真田《さなだ》昌幸《まさゆき》が籠城《ろうじょう》し、抵抗をしているそうだ。

「真田か」

真田とは因縁がある。

秀忠は憎々し気に言った。

「軍勢の数は」

正信が確かめると、

「およそ、三千と」

物見は答えた。

「よし、一思いに踏みつぶすぞ」

秀忠は勢いづき、康政も同意する。

「待たれよ。真田の上田城など所詮は小城。捨ておくべきと存じます」

正信は毅《き》然《ぜん》と主張した。

「小城を避けて逃げたとなれば徳川の恥となる。舐められてたまるか」

顔をゆがめ秀忠は正信の意見を制した。

「今は意地を張る場合ではございませぬ。中納言《ちゅうなごん》さまは、大軍を率いております。一刻も早く殿の軍勢と合流なさるべきでございます」

三白眼と言葉に力を込め、正信は説得した。

「意地ではない。真田にはかつて煮え湯を飲まされておる。戦わずに過ぎたとなれば、尻尾《しっぽ》を巻いて逃げていったと悪評を広められるだろう。そうであろう」

秀忠は康政に同意を求めた。

「いかにも」

康政は賛同した。

「中納言さま、なりませぬ」

断固とした口調で正信は反対した。

「佐渡、逆らうか」

秀忠はむきになった。

「今は、上方へ一刻も早く到着することが何よりも重要ですぞ」

声を嗄《か》らして正信は訴えた。

結局、上田城に使者を送り、真田昌幸に降伏を勧告することになった。曲者《くせもの》の昌幸ゆえずるずると日延べをすることが想定されることから、二日という猶予《ゆうよ》期間しか設けなかった。

「やれやれ……殿はまだ江戸に留まっておられようか」

ぶつぶつと正信は独り言を漏らした。

小諸城内の二の丸に与えられた一室で正信は床に就いたが眠れるものではない。

先鋒《せんぽう》隊として東海道を攻め上った福島正則たちは八月二十七日に美濃国岐阜城を攻め落とした。尾張まで勢力下に置こうとした石田三成は出鼻を挫《くじ》かれ、岐阜城の西、四里半にある大垣城に在陣している。

伊勢に展開していた三成方の諸将も大垣城に向かっているようだ。

「大垣で決戦となるぞ」

こんなところでぐずぐずとしていていいのか。

正信の不安は募る。

三成は大垣城に味方を集結させるつもりだ。集結がなれば徳川の先鋒隊を遥《はる》かに凌《りょう》駕《が》する大軍勢となろう。

慎重な家康も江戸城に留まってはおられまい。

すると、

「旦那さま……」

権次郎の声が聞こえた。

即座に床を抜け出し、寝間を出ると濡《ぬ》れ縁《えん》に立った。庭先に権次郎が片膝《かたひざ》をついていた。

「ご苦労」

短く声をかけた。

「殿さまが江戸をお発《た》ちになっただよ」

権次郎は報告をした。

正信はうなずき、

「軍勢は」

「三万だ」

権次郎の答えを受け正信はやはり大垣辺りで決戦になる、と確信した。三成が担いだ西軍の大将、毛利輝元は大坂城を出陣して大垣城へ向かうのではないか。すると、家康率いる徳川勢が大垣に着陣しても東軍は数で劣るだろう。西軍と対陣するには秀忠率いる徳川勢が加わらねばならない。

明朝、何としても秀忠に大垣を目指すことを進言し、説き伏せよう。

しかし、秀忠が聞く耳を持ってくれるか。

「権次郎、もう一働きをしてもらうぞ」

大垣に向け、権次郎を走らせようと思った。

五日、秀忠は上田城攻めの陣触れを出した。上田城を攻撃する前、真田の支城である戸石城を攻めることになり、その攻撃を徳川勢となっていた真田昌幸の嫡男信幸《のぶゆき》に任せることにした。真田家は信幸が家康、昌幸と次男の信繁《のぶしげ》は三成方に味方している。策士昌幸は、家康、三成、どちらが勝っても真田家が存続するように手を打ったのだ。

真田家の内情を知る信幸は一日で戸石城を攻め落とした。幸先《さいさき》のよい真田攻めに秀忠は気を良くし、上田城を見下ろせる染谷《そめや》台《だい》に本陣を据え、上田城攻めを本格化させた。

初戦の勝利にもかかわらず、正信は苦い顔をしながら秀忠の本陣に顔を出した。

床几に腰を据える秀忠の側近くに控え進言しようとしたが、

「佐渡、上田城は一思いに捻《ひね》り潰《つぶ》すぞ」

機先を制するように秀忠は言った。

正信の進言など聞き入れないという態度があからさまである。正信は黙るしかなかった。

「上田城に籠る真田勢は三千、我らは三万八千、しかも、徳川の精兵である。上田城に手を出さず、素通りしたとしたら、徳川は臆病者《おくびょうもの》のそしりを受けるぞ」

秀忠は正信に意見を差し挟ませないようにするためか、上田城攻めを正当化する言葉を並べ立てた。

今の秀忠に反論しても却《かえ》って意地を張るばかりだろう。それに、一旦《いったん》、戦端を開いたからには決着がつくまで兵は引けない。こうなっては、秀忠の見通しのように、大軍にものを言わせて一気《いっき》呵成《かせい》に攻め立て、一日、いや、一刻も早く落城させねばならない。

正信は静かに告げた。

「殿は江戸を出立なさり、東海道を西に進軍しておられます」

「そのようじゃな」

今朝、秀忠も一報を受けたそうだ。

正信の意図を汲《く》んだ秀忠は横を向き、

「石田三成は美濃の大垣城に在陣しておるそうな。父も美濃を目指している。わしも上田城を落とし次第、中山道を美濃に向かう。美濃の何処《いずこ》かで父の軍勢と合流し、三成らと決戦をするぞ」

秀忠は一日か二日で上田城を落とせると確信しているようだ。

「木曾路に入りますと山道が続きます。雨が降れば、軍勢の歩みは緩やかとなりましよう。長雨の時節ですからな」

遠回しにではあるが、行軍を急ぐべきだと正信は言った。

「わかっておる」

秀忠は床几から立ち上がった。話は終わった、と言わんばかりだ。

伝令が戦況を伝えてきた。

上田城を打って出た真田勢に攻撃を仕掛け、大勝利だそうだ。真田勢はほうほうの体で逃げ去ったとか。徳川勢は一気呵成に上田城を落とすべく追撃しているという。

「見よ、佐渡」

声を弾ませ、秀忠は勝利だと喜んだ。初陣《ういじん》を見事に飾ったのだ、と興奮を抑えきれない様子である。しかし、正信の胸には暗雲が立ち込めていった。

おかしい……。

あまりにも安易に過ぎる。

三千の軍勢で徳川の大軍に降伏しない真田の自信はどこからきているのか。こうなると、あっさりと戸石城が落ちたのもおかしい。

「罠《わな》だ」

正信は目をむいた。

「中納言さま、直ちに伝令を向け、兵を引かせてください」

唐突な正信の申し出に秀忠は口を半開きにしたが、

「何を申す」

正信の断固とした物言いに秀忠は不安そうに顔を曇らせた。

「真田の罠です。真田は徳川勢を引き寄せ、伏兵を配置し城内からは矢玉を浴びせるつもりでしょう」

正信は考えを述べ立てた。

秀忠は迷う風だ。

「中納言さま！」

正信は強い口調で繰り返した。

秀忠はうなずくと伝令を呼んだ。


引けの伝令は間に合わなかった。

徳川勢は真田の伏兵と城内からの攻撃をまともに受け、多大な犠牲を出した。

こうなると秀忠は益々《ますます》引けなくなったようだ。初陣で負けては徳川の名折れ、家康の後継者としても疑問視されるという思いなのだろう。

何とかせねば……正信は苦悩した。

頼れるのはあの男しかいない。

かつて、自分を腰抜け呼ばわりした男、本多忠勝、天下無双の勇者にして徳川家康の最たる忠臣。

徳川家の守護神たる平八郎忠勝を頼ろう、と正信は心に決めた。

五

美濃大垣城から程近い赤坂に着陣中の本多忠勝は、正信が遣わした小者から書状を受け取った。自分を嫌う正信が文を寄越すなど余程のことに違いない。

不思議に思いつつも、

「中納言さまは、木曾路を越され、美濃に入られた頃かのう」

落ち着こうと書状を読む前に独り言を言った。ちらりと権次郎を見ると、権次郎は無表情だ。何とも惚《とぼ》けた面構《つらがま》えで心中を読み取ることはできない。権次郎のことは視界から遠ざけ、書状を読み始めた。

「なんだと……」

文の日付は九月十三日の未明、したためた地は信濃国である。正信は徳川勢が上田城攻めに手間取り、釘《くぎ》付けになったが為に行軍が遅れた様を記していた。

結論として西軍との決戦には間に合いそうもない、よって、忠勝に家康を守ってくれとしたためてあった。

「まことか……」

茫然《ぼうぜん》として呟《つぶや》くと、

「間違いねえだよ。中納言さまの軍勢がここに来るのはしばらくかかるずら」

権次郎は言った。

息子の忠政は何をしておった……。

秀忠の助けと思い、本多勢の主力を任せたのだ。西軍との決戦に参陣できるようしっかりとお務めせよ、ときつく言い渡した。

それにもかかわらず、何だこの体たらくは。

忠勝は憤《いきどお》りで胸が焦《こ》がされた。

次いで、秀忠が上田城攻めに拘《こだわ》った様子が目に浮かんだ。秀忠は初陣で武功を挙げようと焦ったのだ。それを諫《いさ》めるのが忠政の役割であるのに、忠政のことだ、秀忠を止めるどころか強く賛同し、上田城攻めに勇み立ったのではないか。

対して正信は強く止めただろう。

しかし、燃え盛った秀忠の戦意を消すことはできなかったに違いない。

「ご苦労であったな」

忠勝は権次郎の労《ねぎら》い、小粒金を渡した。権次郎はぺこりと頭を下げると立ち去った。忠勝は権次郎の背中に向かって、

「弥八郎殿に礼を言ってくれ」

と、声をかけた。

権次郎は足を止め、背中を向けたままうなずくと、脱兎《だっと》の勢いで走り出した。

忠勝は家康本陣にやって来た。

家康は心なしか緊張の面持ちだ。

側に井伊直政が控えている。

「大垣城に西軍が集結しておるようじゃな」

家康は言った。

続いて直政が、

「毛利勢は関ヶ原の南宮山《なんぐうさん》、小早川秀秋《ひであき》は松尾山に着陣しましたぞ」

と、やや声を大きくして言った。

「すると、西軍の軍勢は……」

忠勝が問いかけると、

「八万を超えておりますな」

直正が返したところで、

「当方は七万ですな」

忠勝は声の調子を落とした。

「秀忠が数日中に着陣するじゃろう」

家康の表情に危機感はない。

「中納言さまの三万八千の軍勢が着陣すれば、当方は十一万の軍勢になります。たとえ、大坂城から毛利輝元が参陣しても、十分に戦えますぞ」

直政にも焦りはない。

秀忠勢の現状を知らないようだ。

上田城攻めで、兵を消耗し、それから大急ぎで山中を行軍している。大垣に来たところで、すぐには合戦などできない。

「殿、直ちに攻めましょう」

忠勝は進言した。

「なんじゃ、平八郎、戦の血が滾《たぎ》って仕方がないか」

おかしそうに家康は言った。

「三成が大軍を集結させる前に攻めかかりましょう」

忠勝は真剣に繰り返した。

「平八郎殿、ですから、中納言さまの軍勢が……」

直政が異を唱えると、

「待ってはおれませぬ」

忠勝は声を大きくした。

「何故《なにゆえ》でござる」

直政も声を張り上げ対抗した。

秀忠勢の現状を語るのは憚《はばか》られる。正信がわざわざ自分に報せたということは、秀忠の失態を今は覆《おお》い隠さんとしての配慮だ。決戦を前に、徳川家を分断してはならない。

「毛利輝元が大軍を率いて着陣する前に、合戦に及ぶべきです」

という忠勝の主張に、

「ですから、中納言さまの軍勢を待った方がよいではないですか」

直政も引かない。

忠勝の頑《かたく》なな態度に家康は真顔となり、二人のやり取りに黙って耳を傾けていた。

「毛利輝元が秀頼公を担いで着陣したらどうする」

忠勝は直政に問いかけた。

「それは……」

直政は言葉を詰まらせた。

「あり得ない話ではない。いや、むしろ、その可能性が高い。秀頼公を戴《いただ》けば、西軍は豊臣家の正統な軍勢となる。福島正則、黒田長政、細川忠興、山内一豊ら太閤殿下子飼いの大名どもは弓を向けることはできまい」

「寝返りましょうか」

直政の顔が危機意識に彩《いろど》られた。

「寝返りはせぬかもしれぬが、戦場で模様眺めの姿勢を取るかもしれぬ」

忠勝の考えを受け、

「我ら東軍主力はまさに太閤殿下恩顧の大名たちだ。徳川だけとなると三万か」

直政は冷静さを取り戻した。

「三万で毛利輝元が加わった西軍十万と合戦に及ばねばならぬ」

忠勝は言い添えた。

直政は両目を大きく開き、

「小《こ》牧《まき》長《なが》久《く》手《て》で殿は太閤殿下十二万の大軍と三万で合戦に及び、勝利されましたぞ」

「あの時は小牧山城という難攻不落の要害に拠《よ》っておった。おまけに、太閤殿下の力はまだまだ盤石ではなく、寄せ集めの大軍であったのだ。それに対してこの戦では、要害である南宮山、松尾山は既に毛利勢と小早川勢が陣取っておる。よって、毛利輝元が関ヶ原にやって来る前に三成を攻めるべきです」

断固として忠勝は主張した。

家康は爪《つめ》を嚙《か》み、思案をしている。

すると、そこへ物見がやって来て、石田三成が大垣城を出て関ヶ原方面に向かっていると報告した。

ここぞとばかりに、

「殿、追撃しましょう」

忠勝が進言すると、

「よし、出陣じゃ。陣触れを出せ」

家康は決断した。

それから、

「小早川秀秋がこちらに、寝返る約束をした。さて、まこと我らに味方するか……駄目で元々、夜明けと共に松尾山を下り、麓《ふもと》に布陣する大谷刑部を攻めるよう使者を立てるぞ」

家康の表情は引き締まり、肥満した身体《からだ》が限りない逞《たくま》しさに溢《あふ》れた。

直政も表情を強張《こわば》らせ、赤備えの出陣準備にかかるべく本陣を出た。忠勝は追いかけ、

「直政、先陣を切れ」

と、声をかけた。

直政は意外そうな顔で忠勝を見返した。

「おれは五百の小勢、殿を御守り致す。そなたは、先陣を飾れ。いや、飾らねばならぬ」

忠勝の意図を直政は汲み取った。

「なるほど、福島や黒田に先陣を切られたとあっては、徳川の名折れとなる。わかりもうした。平八郎殿、殿を御守りくだされ」

直政は一礼した。

家康は赤坂の陣を出陣し、南宮山の麓に着陣した。

南宮山には毛利勢の先手として一万六千の軍勢が陣取っている。輝元の養子秀元《ひでもと》が大将を務め、後見役の僧侶《そうりょ》安国寺恵《え》瓊《けい》、毛利家を支える吉川広家《きっかわひろいえ》が補佐をしている。

毛利勢が山を駆け下れば、家康本陣は蹂躙《じゅうりん》される。しかし、家康は毛利勢が動かないと踏んでいる。南宮山の麓に陣取る吉川広家が家康と内通し、中立を保つことになっているのだ。吉川勢が動かなければ、毛利勢も南宮山を下ることはできない。

しかし、もし毛利輝元が秀頼を担いで出陣してくれば密約はひっくり返るだろう。

九月十五日の払暁《ふつぎょう》、関ヶ原は朝霧に覆われている。

関ヶ原一帯には不気味な静けさが漂っていた。霧に隠れた東西併せて十五万を超える大軍が息を潜め、関ヶ原一帯に布陣しているのだ。

家康は爪を嚙みながら本陣内を行ったり来たりしている。今か今かと戦端が開かれるのを待っているのだ。

やがて、霧が晴れてゆき、朝日が降り注いだ。家康の目には後光が差しているように映った。

いや、そう思おうとし、空を見上げ両手を合わせる。

そこに銃声が轟《とどろ》いた。

「始まったな」

家康はどっかと床几に腰を据えた。

時を置かずして、攻め太鼓、鐘が打ち鳴らされ、将兵の雄叫《おたけ》びが聞こえた。

本陣にあって忠勝は、直政が先陣を切ったことを願っていた。

家康の願いが通じ、小早川秀秋の軍勢は松尾山を駆け下り、麓に陣取った大谷刑部の軍勢に襲いかかった。一万六千の小早川勢に大谷勢は千五百とあって圧倒された。秀秋の寝返り、大谷勢の窮地に焦った石田三成と宇喜多秀家が助勢に駆け着ける。

石田勢六千、宇喜多勢一万八千が西軍主力となり、東軍七万とぶつかった。

東軍先鋒は福島正則の軍勢であったが、何としても徳川が先陣を切るべく、井伊直政は家康の四男、松平忠吉《ただよし》と共に三百の軍勢で福島勢に紛れ、抜け駆けをして宇喜多勢に鉄砲を放ち、鑓隊で突撃した。

その後、西軍で奮戦したのは石田勢、宇喜多勢ばかりで、西軍の敗勢は明らかとなり、三成、秀家は逃亡した。天下の帰趨《きすう》を決めた大会戦ながら、昼前には決着がついたのだった。

西軍の内、島津義広《よしひろ》率いる島津勢が決着がついた後、ぽつんと戦場に残されていた。

進退窮まった島津勢は一か八かの賭《か》けに出た。何と、家康の本陣を目がけ突撃し、本陣前を横切って伊勢路へ向かったのだ。

大軍をものともせず、島津勢は命を賭けて徳川勢と戦い、その乱戦の中、井伊直政が銃撃されて重傷を負った。

しかし、戦の勝敗はついていた。

忠勝は武者としての意地で死を賭けて戦う島津勢に敬意を抱き、蜻蛉切の鑓を振るった。数え五十三の身には重荷であった鑓が往年のように身体の一部と化した。

思う存分忠勝は暴れ回り、戦闘が終わる頃には九十を超える首級を得た。

本多平八郎忠勝、最後の合戦かと予感し、功名心よりも達成感に包まれた。関ヶ原の山並みが目に優しく、宙を舞う鳶《とんび》の鳴き声が心地よかった。

生涯の働き場所である戦場を記憶に留めようと、周囲を染める血の色、漂う死臭をしっかりと目と鼻に刻んだ。

後年、徳川の世の出発点と見なされた関ヶ原の戦いは尾鰭《おひれ》がついて伝わってゆく。

徳川家康の神格化、参陣した大名たちの手柄話が加えられたのだ。

合戦後、家康は近江国大津城に入った。

秀忠が大津城に到着したのは九月二十日、つまり、関ヶ原で家康が勝利した五日後であった。

大津城で正信は忠勝とすれ違った。

二人は立ち止まり、無言で顔を見合わせる。どちらからともなく笑みがこぼれたが、言葉を交わすことなく別れた。

関ヶ原の戦いの翌年、本多忠勝は上総《かずさ》国大多喜から伊勢国桑名に転封となった。家康は忠勝の功に報い、桑名十万石とは別に次男忠朝《ただとも》に大多喜で五万石を与えた。

戦乱の世から徳川による泰平の世へと移り変わる時代、忠勝は役目が終わったのを思いつつ、慶長十四年（１６０９）に隠居、翌年に病で死んだ。

享年《きょうねん》六十三歳、生涯五十七回も合戦に参陣したが傷一つ負わなかったと伝えられる。

一生を徳川家康と徳川家に捧《ささ》げた本多忠勝は徳川四天王の一人に数えられた。

もう一人の本多、正信は長生きをした。

関ヶ原の戦いの後は江戸城にあって秀忠を補佐し、徳川幕府の基盤造りに貢献した。幕府内で大いなる権勢を誇りながら、加増は辞退し続け、相模の小大名で生涯を終えた。元和《げんな》二年（１６１６）六月七日、享年七十九、家康薨去《こうきょ》、わずか五十日後であった。

戦場を疾駆し、鑓働きによって大名にのし上がった忠勝。帰参後、帷幄《いあく》にあって策謀を巡らし無二の重臣となりながら小禄《しょうろく》に甘んじた正信。二人の本多は武と知で徳川家康に忠節を尽くした。正反対の二人を家康は巧みに使いこなし、天下取りを成就《じょうじゅ》したばかりか、二人の才を光り輝かせたのだ。

家康を軸に忠勝と正信は躍動した。

家康は武と知の「やじろべえ」を操り、戦乱の世を終息へと導いたのであった。

主要参考文献

徳川四天王　天下統一の立役者たち　岡崎市美術博物館
特別展　三河一向一揆　三河武士のやかた家康館
知っておきたい岡崎の人物伝　別冊　家康　三河紀行　上・下　市橋章男　情報文化社
一向一揆の基礎構造　新行紀一　吉川弘文館
一向一揆と石山合戦　神田千里　吉川弘文館
家康と伊賀越えの危難　川崎記孝　日本図書刊行会
家康研究の最前線　ここまでわかった「東照神君」の実像　平野明夫編　日本史史料研究会監修
洋泉社歴史新書y
徳川四天王　家康に天下を取らせた男たち　川村真二　ＰＨＰ文庫
日本の歴史12　天下一統　林屋辰三郎　中公文庫
日本の歴史13　江戸開府　辻達也　中公文庫
復原　戦国の風景　戦国時代の衣・食・住　西ヶ谷恭弘　ＰＨＰ研究所
戦国の村を行く　藤木久志　朝日選書
殿、それでは戦国武将のお話をいたしましょう　貝原益軒の歴史夜話　山崎光夫　中央公論新社
名将言行録　現代語訳　岡谷繁実・北小路健・中澤惠子訳　講談社学術文庫
秀吉の武威、信長の武威　天下人はいかに服属を迫るのか　黒嶋敏　平凡社

大航海時代の日本と金属交易　平尾良光・飯沼賢司・村井章介編　思文閣出版
京都時代MAP　安土桃山編　新創社編　光村推古書院

この作品は新潮文庫のために書き下ろされた。

池波正太郎著

真田太平記（一〜十二）

天下分け目の決戦を、父・弟と兄とが豊臣方と徳川方とに別れて戦った信州・真田家の波瀾にとんだ歴史をたどる大河小説。全12巻。

池波正太郎著

まぼろしの城

上野《こうずけ》の国の城主、沼田万鬼斎の一族と、戦乱の世に翻弄された城の苛烈な運命。『真田太平記』の前日譚でもある、波乱の戦国絵巻。

池波正太郎著

あばれ狼

不幸な生い立ちゆえに敵・味方をこえて結ばれる渡世人たちの男と男の友情を描く連作3編と、『真田太平記』の脇役たちを描いた4編。

池波正太郎著

武士《おとこ》の紋章

敵将の未亡人で真田幸村の妹を娶り、睦まじく暮らした滝川三九郎など、己れの信じた生き方を見事に貫いた武士たちの物語8編。

池波正太郎著

忍びの旗

亡父の敵とは知らず、その娘を愛した甲賀忍者・上田源五郎。人間の熱い血と忍びの苛酷な使命とを溶け合わせた男の流転の生涯。

池波正太郎著

黒幕

徳川家康の謀略を担って働き抜き、六十歳を越えて二度も十代の嫁を娶った男を描く「黒幕」など、本書初収録の4編を含む11編。

影武者徳川家康（上・中・下）

隆慶一郎著

家康は関ヶ原で暗殺された！ 余儀なく家康として生きた男と権力に憑かれた秀忠の、風魔衆、裏柳生を交えた凄絶な暗闘が始まった。

一夢《いちむ》庵《あん》風流記

隆慶一郎著

戦国末期、天下の傾奇者《かぶきもの》として知られる男がいた！ 自由を愛する男の奔放苛烈な生き様を、合戦・決闘・色恋交えて描く時代長編。

死ぬことと見つけたり（上・下）

隆慶一郎著

武士道とは死ぬことと見つけたり――常住坐臥、死と隣合せに生きる葉隠武士たち。鍋島藩の威信をかけ、老中松平信綱の策謀に挑む！

憑（つきがみ）神

浅田次郎著

別所彦四郎は、文武に秀でながら、出世に縁のない貧乏侍。つい、神頼みをしてみたが、あらわれたのは、神は神でも貧乏神だった！

赤猫異聞

浅田次郎著

三人共に戻れば無罪、一人でも逃げれば全員死罪の条件で、火の手の迫る牢屋敷から解き放ちとなった訳ありの重罪人。傑作時代長編。

五郎治殿御始末

浅田次郎著

廃刀令、廃藩置県、仇討ち禁止――。江戸から明治へ、己の始末をつけ、時代の垣根を乗り越えて生きてゆく侍たち。感涙の全6編。

葉室麟著

橘花抄

己の信じる道に殉ずる男、光を失いながらも一途に生きる女。お家騒動に翻弄されながら守り抜いたものは。清新清冽な本格時代小説。

葉室麟著

鬼神の如く

—黒田叛臣伝—

司馬遼太郎賞受賞

「わが主君に謀反の疑いあり」。黒田藩家老・栗山大膳は、藩主の忠之を訴え出た――。まことの忠義と武士の一徹を描く本格歴史長編。

葉室麟著

春風伝

激動の幕末を疾風のように駆け抜けた高杉晋作。日本の未来を見据え、内外の敵を圧倒した男の短くも激しい生涯を描く歴史長編。

青山文平著

伊賀の残光

旧友が殺された。伊賀衆の老武士は友の死を探る内、裏の隠密、伊賀衆再興、大火の気配を知る。老いて怯まず、江戸に澱む闇を斬る。

青山文平著

春山入り

山本周五郎、藤沢周平を継ぐ正統派にして、全く新しい直木賞作家が、おのれの人生を掴もうともがき続ける侍を描く本格時代小説。

青山文平著

半席

熟年の侍たちが起こした奇妙な事件。その裏にひそむ「真の動機」とは。もがきながら生きる男たちを描き、高く評価された武家小説。

新潮文庫最新刊

加藤シゲアキ著
オルタネート
吉川英治文学新人賞受賞

料理コンテストに挑む蓉《いるる》、高校中退の尚志《なおし》、SNSで運命の人を探す凪津《なづ》。高校生限定のアプリ「オルタネート」が繋ぐ三人の青春。

住野よる著
この気持ちもいつか忘れる

毎日が退屈だ。そんな俺の前に、謎の少女チカが現れる。彼女は何者だ？　ひりつく思いと切なさに胸を締め付けられる傑作恋愛長編。

町田そのこ著
ぎょらん

人が死ぬ瞬間に生み出す赤い珠「ぎょらん」。噛み潰せば死者の最期の想いがわかるというが。傷ついた魂の再生を描く7つの連作集。

小川糸著
とわの庭

帰らぬ母を待つ盲目の女の子とわは、壮絶な孤独の闇を抜け、自分の人生を歩き出す。涙と生きる力が溢れ出す、感動の長編小説。

重松清著
おくることば

中学校入学式までの忘れられない日々を描く「反抗期」など、〝作家〟であり〝せんせい〟である著者から、今を生きる君たちにおくる6篇。

早見俊著
ふたりの本多
―家康を支えた忠勝と正信―

武の本多忠勝、智の本多正信。家康の天下取りに貢献した、対照的なふたりの男を通して、徳川家の伸長を描く、書下ろし歴史小説。

新潮文庫最新刊

白河三兎著

ひとすじの光を辿《たど》れ

女子高生《JK》×ゲートボール《GB》！ 彼女と出会うまで、僕は、青春を知らなかった。ゴールへ向かう一条《ひとすじ》の光の軌跡。高校生たちの熱い物語。

紺野天龍著

幽世《かくりよ》の薬剤師4

昏睡に陥った患者を救うため診療に赴いた空洞淵霧瑚は、深夜に「死神」と出会う。巫女・綺翠にそっくりの彼女の正体は……？

月原 渉著

すべてはエマのために

わたしの手を離さないで――。謎の黒い邸で、異様な一夜が幕を開けた。第一次大戦末期のルーマニアを舞台に描く悲劇ミステリー。

川上和人著

そもそも島に進化あり

生命にあふれた島。動植物はどのように海原を越え、そこでどう進化するのか。島を愛する鳥類学者があなたに優しく教えます！

朝井リョウ著

正欲

柴田錬三郎賞受賞

ある死をきっかけに重なり始める人生。だがその繋がりは、〝多様性を尊重する時代〟にとって不都合なものだった。気迫の長編小説。

伊与原 新著

八月の銀の雪

科学の確かな事実が人を救う物語。二〇二一年本屋大賞ノミネート、直木賞候補、山本周五郎賞候補。本好きが支持してやまない傑作！

ふたりの本《ほん》多《だ》

家康を支えた忠勝と正信

新潮文庫　は - 54 - 13

令和五年七月一日発行

著者　早《はや》見《み》俊《しゅん》

発行者　佐藤隆信

発行所　株式会社 新潮社
郵便番号　一六二―八七一一
東京都新宿区矢来町七一
電話　編集部(〇三)三二六六―五四四〇
　　　読者係(〇三)三二六六―五一一一
https://www.shinchosha.co.jp

価格はカバーに表示してあります。

乱丁・落丁本は、ご面倒ですが小社読者係宛ご送付ください。送料小社負担にてお取替えいたします。

印刷・三晃印刷株式会社　製本・株式会社植木製本所

ISBN978-4-10-138983-7 C0193